# POZWÓL MI WRÓCIĆ

*W serii ukazały się*

JENNY BLACKHURST

Zanim pozwolę ci wejść
Czarownice nie płoną

TANA FRENCH

Ściana sekretów. Wiem, kto go zabił
Zdążyć przed zmrokiem
Lustrzane odbicie
Bez śladu
Kolonia
Ostatni intruz

ALEX MARWOOD

Dziewczyny, które zabiły Chloe
Zabójca z sąsiedztwa
Najmroczniejszy sekret

B.A. PARIS

Za zamkniętymi drzwiami
Na skraju załamania
Pozwól mi wrócić

MARISHA PESSL

Nocny film

*Wkrótce*

JENNY BLACKHURST

Tak cię straciłam

# POZWÓL MI WRÓCIĆ

B.A. PARIS

Z angielskiego przełożyła
MAGDALENA KOZIEJ

ALBATROS

Tytuł oryginału:
BRING ME BACK



Redakcja: Katarzyna Kumaszewska

Zdjęcia na okładce: Fabian Krause/EyeEm/Getty Images (*pęknięcia*),
© Erin Beutel/Arcangel Images (*bluszcz*), © Reilika Landen/Arcangel Images (*ściana*),
Juan Nel/Shutterstock.com (*dziura*)

Projekt graficzny okładki: Jonathan Bush

Opracowanie graficzne okładki polskiej: Kasia Meszka

Skład: Laguna

ISBN 978-83-8125-465-6

Książka dostępna także jako e-book i audiobook
(czytają Magdalena Schejbal i Maciej Kowalik)

*Dystrybutor*
Firma Księgarska Olesiejuk sp. z o.o.
Poznańska 91, 05-850 Ożarów Mazowiecki
tel. (22) 721 30 00, faks (22) 721 30 01
www.olesiejuk.pl

*Wydawca*
Wydawnictwo Albatros Sp. z o.o.
Hlonda 2A/25, 02-972 Warszawa
www.wydawnictwoalbatros.com
Facebook.com/WydawnictwoAlbatros | Instagram.com/wydawnictwoalbatros

ALBATROS

2019. Wydanie I
Druk: CPI Moravia Books, Czech Republic

*Dla Christine, najlepszej siostry na świecie*

# DWANAŚCIE LAT WCZEŚNIEJ

Przesłuchanie: Finn McQuaid
Data: 15/03/2006
Godzina: 3.45
Miejsce: Fonches

Wracaliśmy właśnie z nart w Megève. Postanowiłem po drodze zatrzymać się w Paryżu, bo Layla nigdy tam nie była; zrobiłem jej niespodziankę. Zjedliśmy kolację w restauracji w pobliżu katedry Notre Dame, a potem przeszliśmy się nad Sekwaną. Mogliśmy tam przenocować – teraz żałuję, że tak nie zrobiliśmy – ale oboje chcieliśmy jak najszybciej znaleźć się w naszym wiejskim domku w St Mary's, w Devonshire.

Z Paryża wyruszyliśmy około północy. Po mniej więcej półtoragodzinnej jeździe musiałem skorzystać z toalety, więc zjechałem z autostrady na parking piknikowy w Fonches. Nie ma przy nim stacji obsługi, nie można zatankować ani nic kupić, ale wiedziałem, że są toalety, bo już wcześniej się tam zatrzymywałem, przy okazji wyjazdów narciarskich do Megève. Miejsce było wyludnione, stał tylko jeden samochód, o którym już wcześniej mówiłem, zaparkowany przed pawilonem z toaletami. Po drugiej stronie, w wydzielonej zatoczce, stało kilka ciężarówek; musiały być co najmniej dwie, ta, której odjazd zauważyłem, i druga, z której kierowcą później rozmawialiśmy.

W samochodzie turlała się pusta butelka po wodzie, a w drodze z Megève jedliśmy jakieś przekąski, więc żeby się pozbyć śmieci, minąłem pawilon z toaletami i podjechałem na sam kraniec parkingu, gdzie stał śmietnik. Trzeba było zaparkować przed toaletami i podejść do śmietnika. Gdybym tak zrobił, byłbym bliżej. Powinienem być bliżej.

Layla spała – zasnęła, gdy tylko wjechaliśmy na autostradę, a że nie chciałem jej budzić, posiedziałem chwilę w samochodzie, żeby się odprężyć. Przebudziła się, kiedy zacząłem zbierać rzeczy do wyrzucenia. Nie chciała korzystać z tamtejszej toalety, powiedziała, że woli zaczekać, aż zatrzymamy się na porządnej stacji, więc jak wysiadałem z samochodu, powiedziałem, żeby zablokowała drzwi, bo nie czułem się dobrze z tym, że ją tak zostawiam po ciemku. Ona nienawidzi ciemności.

Wchodząc do pawilonu z toaletami, minąłem się z mężczyzną, który go właśnie opuszczał, a chwilę później usłyszałem warkot odjeżdżającego pojazdu. Facet był niższy ode mnie, miał może z metr osiemdziesiąt. I chyba ciemne włosy, a na pewno ciemną brodę. W toalecie uwinąłem się szybko, nie podobało mi się tam, czułem niepokój, jakby ktoś mnie obserwował. Może dlatego, że drzwi jednej z kabin były zamknięte.

Kiedy wracałem do samochodu, usłyszałem, że ciężarówka rusza z zatoczki parkingowej, i odprowadziłem ją wzrokiem, gdy zmierzała drogą dojazdową ku autostradzie.

Kierowca jechał szybko, jakby się spieszył, ale wtedy mnie to wcale nie zastanowiło. Z oddali widziałem zarys naszego samochodu, jedynego, jaki pozostał na parkingu, bo tamten, który stał wcześniej przed toaletami, zdążył już odjechać. Dopiero gdy byłem bardzo blisko, zauważyłem, że Layli nie ma w samochodzie, i pomyślałem, że pewnie zmieniła zdanie i postanowiła jednak skorzystać z toalety. Pamiętam, że obejrzałem się, bo sądziłem, że biegnie za mną – wiedziałem, że musi się czuć w tym miejscu tak samo nieswojo jak ja – ale jej nie było, więc wsiadłem do samochodu, żeby na nią zaczekać. Jednak ciemność wzmagała mój niepokój, więc uruchomiłem silnik i podjechałem do pawilonu z toaletami, gdzie była przynajmniej odrobina światła. Nie chciałem, żeby Layla musiała po ciemku wracać do samochodu.

Wkrótce zacząłem się denerwować. Wydawało mi się, że coś jest nie tak, skoro Layla jeszcze się nie pojawiła, więc wysiadłem z samochodu i przeszedłem na damską stronę pawilonu, żeby jej poszukać. W środku były trzy kabiny, dwie puste, ale drzwi trzeciej zastałem zamknięte i założyłem, że Layla tam jest. Zawołałem ją, a kiedy nikt nie odpowiedział, pchnąłem drzwi. Otworzyły się z łatwością, zobaczyłem, że Layli nie ma w środku, więc pospieszyłem na zewnątrz i zacząłem ją nawoływać, myśląc, że może, kiedy wyszedłem z samochodu, postanowiła się przejść, by rozprostować nogi albo odetchnąć świeżym powietrzem. Ale chociaż tak pomyślałem, wiedziałem, że nigdy by się nie oddaliła, nie w nocy, bo, jak mówiłem, nienawidzi ciemności. A było ciemno choć oko wykol.

Pobiegłem za pawilon, sądząc, że mogła tam pójść ale jej tam nie było. Wtedy wyjąłem latarkę z bagażnika i rozszerzyłem krąg poszukiwań. Obszedłem cały parking, wołając ją. W zatoczce wciąż stała jedna ciężarówka, podszedłem do niej i zawołałem w nadziei, że znajdę kogoś, kto mi pomoże szukać. Jednak w kabinie kierowcy nikogo nie było, a kiedy załomotałem w drzwi, nikt nie odpowiedział, więc uznałem, że kierowca śpi z tyłu. Próbowałem się do niego dobić, jednak nikt nie wyszedł tylnymi drzwiami. Wyjąłem telefon i okazało się, że brak zasięgu… nie miałem pojęcia, co robić dalej. Nie chciałem odjeżdżać, bo bałem się, że Layla gdzieś upadła i leży ranna, ale wiedziałem, że nie dam rady jej odnaleźć jedynie z latarką. Tak więc znów wsiadłem do samochodu i pojechałem jak najszybciej na najbliższą stację benzynową. Wbiegłem na nią, wzywając krzykiem pomocy. Ludziom na stacji trudno było mnie zrozumieć, bo słabo mówię po francusku, ale w końcu zgodzili się zadzwonić na lokalny posterunek policji. A potem przyjechaliście i mówiliście dobrze po angielsku, i zabraliście mnie z powrotem na parking piknikowy, by pomóc poszukać Layli, bo musiałem ją odnaleźć.

Takie zeznanie złożyłem, siedząc w komisariacie gdzieś na poboczu autostrady A1 we Francji. Powiedziałem prawdę. Ale nie całą.

# CZĘŚĆ PIERWSZA

# 1

## *Teraz*

Telefon dzwoni, kiedy opuszczam imponujące biuro Harry'ego przy London Wall i jestem już w przeszklonym holu. Odwracam się i sprawdzam godzinę na cyfrowym wyświetlaczu nad biurkiem recepcjonistki; jest dopiero szesnasta trzydzieści, ale chciałbym jak najszybciej dotrzeć do domu. Wiele miesięcy zajęło mi wytrwałe nakłanianie Granta Jamesa, słynnego magnata biznesowego, by zainwestował pięćdziesiąt milionów funtów w nowy fundusz Harry'ego, i chętnie to uczczę. W ramach podziękowania Harry zaprosił dziś wieczorem mnie i Ellen do Hideout, najlepszej restauracji w Cheltenham, i wiem, że Ellen będzie zachwycona.

Zerkam ze zniecierpliwieniem na telefon w nadziei, że nie będę musiał odebrać. Wyświetla się nazwisko dzwoniącego; to Tony Heddon z wydziału dochodzeniowo-śledczego policji w Exeter. Poznaliśmy się przed dwunastu laty, kiedy zostałem aresztowany jako podejrzany o zamordowanie Layli, a potem zdążyliśmy się zaprzyjaźnić. Po lewej od recepcji jest łukowata stalowa ławka, więc podchodzę tam, stawiam teczkę na metalowym siedzisku i odbieram połączenie.

– Tony – mówię. – Miło cię słyszeć.

– Mam nadzieję, że nie przeszkadzam.

– Ależ skąd. – Słyszę, że głos Tony'ego brzmi poważnie, jak zawsze, gdy dzwoni, by mi zakomunikować, że francuskie władze znalazły ciało jakiejś niezidentyfikowanej kobiety. Domyślam się, jak niezręcznie Tony musi się przy tym czuć, więc walę prosto z mostu: – Czy znaleziono kolejne ciało?

– Nie, nic z tych rzeczy – zapewnia. Mówi z miękkim akcentem z Devonshire. – Tylko że Thomas Winter... wiesz, twój były sąsiad z St Mary's, zjawił się wczoraj w komisariacie.

– Thomas? – pytam zdziwiony. – Tyle lat minęło, nie sądziłem, że jeszcze żyje. Jak się miewa?

– Fizycznie całkiem nieźle, ale widać, że wiek robi swoje. Dlatego nie chcemy przywiązywać zbytniej wagi do tego, co powiedział – dodaje i zawiesza głos.

Czekam, co będzie dalej, a tymczasem zastanawiam się szybko, co Thomas mógł im naopowiadać. Ale od razu przypominam sobie, że zanim Layla i ja wyjechaliśmy na wakacje do Francji, zanim zniknęła, Thomas znał nas wyłącznie jako bardzo szczęśliwą parę.

– Dlaczego? Co takiego powiedział? – pytam w końcu.

– Że wczoraj widział Laylę.

Na chwilę zamiera mi serce. Kładę wolną rękę na chłodnym metalowym oparciu ławki, starając się przyswoić to, co właśnie usłyszałem od Tony'ego. Wiem, że czeka, aż coś powiem, ale nie jestem w stanie nic wydusić, więc pozwalam mu zagadać ciszę.

– Twierdził, że zobaczył ją, jak stała przed domem, a kiedy wyszedł, by z nią porozmawiać, uciekła – ciągnie.

– Bo to nie była ona – mówię neutralnym tonem.

– To właśnie zasugerowałem. Przypomniałem, że ostatnio widział ją dwanaście lat temu, ale odparł, że poznałby ją nawet po pięćdziesięciu. Miała na głowie kaptur, ale on stanowczo twierdzi, że to była Layla. Chodziło mu o sposób, w jaki stała.

– Ale z nią nie rozmawiał?

– Nie. Powiedział, cytuję: „Zawołałem ją po imieniu i odwróciła głowę, ale kiedy mnie zobaczyła, uciekła". Podobno pobiegła w stronę stacji, ale o tej porze kasa biletowa była zamknięta i jak dotąd nie trafiliśmy na nikogo, kto widział kobietę czekającą na pociąg. Nie ma tam kamer, więc nic więcej nie wiemy.

Szukam właściwej odpowiedzi.

– Chyba nie sądzisz, że to rzeczywiście była Layla? – odzywam się w końcu. – Nie po tylu latach.

Tony ciężko wzdycha.

– Raczej składam to na karb wybujałej wyobraźni pana Wintera. Pomyślałem, że powinieneś wiedzieć, to wszystko.

– Dziękuję, Tony. – Chcę się rozłączyć, ale czuję, że jeszcze nie wypada. – Kiedy przechodzisz na emeryturę? Zdaje się, że we wrześniu?

– Tak, zostało mi tylko kilka miesięcy. Ale nie bardzo wiem, co wtedy ze sobą pocznę.

Chwytam się tego.

– Na początek możesz przyjechać do nas w odwiedziny. Wiem, że Ellen bardzo by chciała się z tobą zobaczyć.

– Jasne, przyjadę.

Może wyczuwa, że nie palę się do rozmowy, bo mówi, że ma do załatwienia jeszcze jeden telefon. Stoję przez chwilę, starając się ułożyć sobie wszystko w głowie, zastanawiam się, dlaczego Thomas pomyślał, że widział Laylę. Dokonuję szybkich obliczeń: jego osiemdziesiąte urodziny świętowaliśmy tuż przed wyjazdem na te feralne wakacje we Francji w roku 2006, co oznacza, że Thomas ma obecnie dziewięćdziesiąt dwa lata. W tym wieku ludziom plączą się różne rzeczy, więc łatwo zbywa się ich słowa, lekceważy to, co rzekomo widzieli. Ot, zwykłe bredzenie staruszka. Uspokojony, wyjmuję kluczyki z kieszeni i ruszam na parking.

*

Jazda do domu jest niewiarygodnie wolna, jak to zwykle bywa w piątkowe popołudnia. Kiedy przy wjeździe do wioski mijam tablicę z napisem *Witamy w Simonsbridge. Prosimy jechać wolno*, zaczyna powracać ożywienie wywołane nowym kontraktem. Dobrze, że Harry zarezerwował stolik w Hideout; powiedział, że powinienem zamówić stek z sarniny, i pewnie tak zrobię.

Minutę później zajeżdżam pod dom. Może z zewnątrz nic specjalnego, ale w środku mam swoją przystań, a ogród to moja świątynia. Zazwyczaj Ellen stoi w progu, niecierpliwie mnie wypatrując; ja też nie mogę się doczekać, kiedy ją zobaczę. Przeważnie słysząc chrzęst opon na żwirze, odrywa się od ilustracji, nad którą właśnie pracuje, i otwiera drzwi, zanim jeszcze wysiądę z samochodu. Jednak nie teraz. I dziś wydaje mi się to złowieszcze.

Sztorcuję się za głupie myśli, mówię sobie, że przecież Ellen nie zawsze otwiera drzwi, a gdybym zadzwonił z wyprzedzeniem i przekazał dobre wieści, oczywiście by na mnie czekała. Chciałem jednak powiedzieć jej osobiście, widzieć ją, gdy będzie mówiła, że jestem mądry, a nie tylko to usłyszeć. Wiem, brzmi, jakby chodziło o rozbuchane ego, ale rzecz w tym, że zawarcie umowy z Grantem Jamesem jest najważniejszym wydarzeniem w mojej karierze. Złowienie takiej grubej ryby daje kopa adrenaliny. Jeszcze większego niż haj, który mam, gdy uda mi się przechytrzyć rynki.

Zgrzyt klucza w zamku też nie przywołuje jej do drzwi. Nie sprowadza nawet Peggy, naszej rudej seterki, co jest jeszcze dziwniejsze. Zamiast nawoływać, tknięty niepokojem idę poszukać Ellen. Kiedy otwieram uchylone drzwi do salonu, widzę, że siedzi skulona na jednym z foteli, ubrana w niebieską koszulę dżinsową, którą stale podwędza mi z szafy. Nie mam nic przeciw temu, uwielbiam, jak w niej chodzi. Ellen ma podkulone kolana, koszulę naciągnęła na nie niby namiot.

Wzdycham cicho z ulgą, że ją tam znalazłem, ale natychmiast się spinam, bo Ellen patrzy niewidzącym wzrokiem w okno, mając oczy utkwione w odległej przeszłości. Dawno nie widziałem tego spojrzenia, ale znam je aż za dobrze. Wyjaśnia ono, dlaczego Peggy – zawsze tak wyczulona na nastroje Ellen – leży cicho u jej stóp.

– Ellen? – odzywam się cicho.

Odwraca ku mnie głowę, a jej spojrzenie nabiera ostrości. Ellen zrywa się na równe nogi.

– Przepraszam – mówi z żalem, idąc do mnie spiesznie, a Peggy sunie spokojnie za nią; widać, że ma swoje lata. – Odpłynęłam myślami.

– Właśnie widzę.

Ellen zadziera głowę i daje mi całusa.

– Jak ci minął dzień?

– Dobrze – mówię, zatajając na razie dobre wieści o kontrakcie. – A tobie?

– Też dobrze. – Jej uśmiech jest nieco wymuszony.

– A o czym tak rozmyślałaś, kiedy wszedłem?

Kręci głową.

– O niczym.

Zadzieram palcem jej brodę, by nie mogła uniknąć mojego spojrzenia.

– Wiesz, że nie ze mną te numery.

– Naprawdę nic takiego – upiera się.

– Mów.

Wzrusza lekko ramionami.

– No... nic, tylko że jak wróciłam z popołudniowego spaceru z Peggy, znalazłam to. – Wkłada rękę do kieszeni koszuli i coś wyjmuje. – Leżało na chodniku przed domem.

Patrzę na malowaną drewnianą laleczkę we wnętrzu jej dłoni i wzdrygam się zszokowany, po czym natychmiast przeszywa mnie wściekłość, bo przez jedną szaloną chwilę myślałem, że szperała w mojej pracowni. Ale przypominam sobie, że Ellen nigdy by czegoś takiego nie zrobiła, i staram się szybko ochłonąć. Zresztą, powiedziała przecież, że znalazła laleczkę na chodniku przed domem.

– Pewnie ktoś zgubił – rzucam niedbale. – Może jakieś dziecko, które wracało ze szkoły.

– Wiem. Tylko że przypomniała mi... – Urywa.

– Tak? – napieram, nastawiając się psychicznie na odpowiedź, którą z góry znam.

– O Layli. – Jak zawsze, to imię jakby zawisa między nami. A dziś, z powodu telefonu Tony'ego, wydaje się cięższe niż zwykle.

Nagle Ellen parska śmiechem, który osłabia napięcie.

– Przynajmniej mam teraz komplet. – I oczywiście wiem, do czego pije.

To Layla pierwsza opowiedziała mi o tym, że każda z nich

miała swój komplet matrioszek, tych rosyjskich lalek, które się wkłada jedną w drugą, a pewnego dnia najmniejsza laleczka z kompletu Ellen zginęła. Ellen zarzuciła Layli, że ją zabrała, lecz ta zaprzeczyła, a laleczka nigdy się nie odnalazła. Teraz, trzynaście lat po tym, jak pierwszy raz usłyszałem tę historię, uderzyła mnie jej ironia, bo Layla zaginęła tak jak matrioszka Ellen i też nigdy się nie odnalazła.

– Może powinnaś ją postawić na murku na zewnątrz, jak się robi ze zgubionymi rękawiczkami – mówię. – Na wypadek gdyby ktoś przyszedł jej szukać.

Mina jej rzednie i robi mi się przykro, bo to tylko matrioszka. Ale ponieważ pojawiła się od razu po telefonie od Tony'ego, czuję, że to dla mnie trochę za dużo.

– Nie pomyślałam o tym – przyznaje.

– Zresztą, teraz będę ci mógł kupić tyle matrioszek, ile tylko zechcesz – obiecuję, chociaż oboje wiemy, że nie o to chodzi.

Wytrzeszcza oczy.

– Chcesz powiedzieć, że…?

– Tak! – Unoszę Ellen i wiruję z nią w kółko.

Zwracam uwagę – nie po raz pierwszy – że jest o wiele lżejsza od Layli. Kosmyki kasztanowych włosów wymykają się z jej krótkiego kucyka i opadają na twarz. Zaciska dłonie na moich ramionach.

– Grant James zainwestował? – piszczy.

– Tak! – odpowiadam, odsuwając myśli o Layli. Przestaję się obracać i stawiam Ellen na podłodze.

Zakręciło jej się w głowie i zatacza się na mnie, a ja chwytam ją w objęcia.

– Cudownie! Harry jest pewnie zachwycony! – Wyślizguje się z moich ramion. – Zaczekaj tutaj, za chwilkę wracam.

Znika w kuchni, a ja siadam na kanapie i czekam. Peggy wpycha mi się między nogi, więc ujmuję jej łeb w obie dłonie i z ciężkim sercem zauważam, jak bardzo posiwiała. Delikatnie pociągam ją za uszy, co tak uwielbia, i mówię, że jest piękna. Często to powtarzam, może nawet zbyt często. Ale prawda jest taka, że Peggy od zawsze jest dla mnie czymś więcej niż psem. A teraz, z powodu matrioszki, wydaje się to złe.

Jestem zdenerwowany, ciężko mi usiedzieć, bo rozsadza mnie energia. Chciałbym pójść do swojej pracowni – specjalnej dobudówki w ogrodzie – i upewnić się, że matrioszka, o której Ellen nie wie, wciąż tkwi w kryjówce. Zmuszam się jednak do cierpliwości, przypominam sobie, że wszystko w moim świecie jest dobre. Ale to trudne, i już prawie ruszam za Ellen, kiedy ona wraca z butelką szampana w jednej ręce i dwoma kieliszkami w drugiej.

– Doskonale. – Uśmiecham się do niej.

– Ukryłam go parę tygodni temu w głębi lodówki – mówi, stawiając kieliszki na stole i podając mi butelkę.

– Ho, ho. – Chwytam butelkę i używam jej do przyciągnięcia Ellen ku sobie. – Mam na myśli ciebie. – Przez chwilę trzymam ją mocno, szampan tkwi między naszymi ciałami. – Czy ty masz pojęcie, jaka jesteś piękna? – Ponieważ komplementy zawsze ją peszą, opuszcza głowę i całuje mnie w ramię. – Skąd wiedziałaś, że Grant jednak w to wejdzie?

– Nie wiedziałam. Ale gdyby tego nie zrobił, szampan byłby na pocieszenie.

– Teraz rozumiesz, dlaczego uważam, że jesteś doskonała? – Wypuszczam ją, jednocześnie całując, odkręcam drucik i uwalniam korek z butelki. Szampan się pieni, Ellen szybko chwyta kieliszki ze stołu. – Zgadnij, dokąd cię zabieram dziś wieczorem? – pytam, nalewając.

– Do McDonalda?

– Do Hideout.

Patrzy na mnie z zachwytem.

– Naprawdę?

– Tak. Harry zaprasza w ramach podziękowania.

*

Później, kiedy Ellen szykuje się na górze do wyjścia, idę do pracowni w ogrodzie, siadam przy biurku i wysuwam górną szufladę po prawej stronie. To wielkie zabytkowe biurko z orzechowego drewna, a szuflada jest tak głęboka, że muszę daleko sięgnąć, by wymacać drewniany piórnik ukryty na samym końcu. Wyjmuję umoszczoną tam malowaną laleczkę. Wygląda identycznie jak ta, którą Ellen znalazła przed domem, a kiedy moje palce zaciskają się wokół gładkiej lakierowanej figurki, czuję to samo nieprzyjemne szarpnięcie co zawsze, mieszaninę tęsknoty i żalu, osamotnienia i beznadziejnego smutku. A także wdzięczność, bo gdyby nie ta drewniana laleczka, mógłbym zostać oskarżony o zamordowanie Layli.

Należała do niej. Była tą najmniejszą z kompletu matrioszek, który Layla miała w dzieciństwie, a kiedy zginęła laleczka Ellen, Layla nie rozstawała się ze swoją, w obawie że Ellen ją zawłaszczy. Traktowała ją jak talizman, a kiedy się denerwowała, trzymała między kciukiem a palcem wskazującym i delikatnie pocierała jej gładką powierzchnię. Robiła tak właśnie w trakcie naszej podróży z Megève, skulona przy drzwiach samochodu, a następnego ranka, kiedy policja wróciła na parking, znaleziono laleczkę na ziemi, w pobliżu miejsca, w którym zaparkowałem samochód, obok kosza na śmieci. Znaleziono tam również rowkowate zagłębienia, które – jak zauważył mój prawnik – sugerowały, że Layla została wywleczona z samochodu i celowo upuściła laleczkę, jako wskazówkę. Ponieważ nie było dowodów na inny przebieg wypadków, ostatecznie pozwolono mi opuścić Francję i zatrzymać matrioszkę.

Odłożyłem ją z powrotem do kryjówki i poszedłem poszukać Ellen. Lecz później, kiedy leżeliśmy już w łóżku, syci po wykwintnej kolacji w Hideout, ze splecionymi ciałami, przeklinałem w duchu matrioszkę znalezioną przez Ellen. Stanowiła kolejne przypomnienie, że bez względu na to, ile lat przeminie, nigdy całkiem nie uwolnimy się od Layli.

Rzadko mija miesiąc, żebyśmy nie słyszeli albo nie widzieli jej imienia – ktoś nawołuje kogoś na ulicy, takie imię nosi bohaterka filmu albo książki, tak się nazywa nowo otwarta restauracja, koktajlbar, hotel. Przynajmniej nie musimy już ciągle mierzyć się z tym, że Layla prawdopodobnie została przez kogoś zauważona – wczorajsze zgłoszenie Thomasa było pierwsze od wielu lat. Zaraz po zniknięciu Layli sypały się ich setki; chyba każdą rudowłosą dziewczynę uznawano za potencjalną kandydatkę.

Spoglądam w dół na Ellen, wtuloną w zgięcie mojej ręki, i zastanawiam się, czy ona również myśli o Layli. Jednak sądząc po miarowym oddechu, już zasnęła i cieszę się, że nie powiedziałem jej o telefonie Tony'ego. Wszystko – włącznie ze sprawą zaginięcia Layli – byłoby łatwiejsze, gdybyśmy z Ellen zakochali się w kimś innym, zamiast w sobie. To nie powinno mieć znaczenia, że Ellen jest siostrą Layli, skoro od jej zniknięcia minęło już dwanaście lat.

Ale oczywiście ma to znaczenie.

# 2

## *Wcześniej*

*Wydaje mi się, Laylo, że wieki minęły od chwili, gdy ujrzałem cię po raz pierwszy. Nie jestem pewien, czy w ogóle o tym wiesz, ale w owym czasie miałem dziewczynę, zupełnie do ciebie niepodobną. Robiła równie zawrotną karierę w reklamie co ja w City. Wspomnienia wyprawiają dziwne rzeczy z czasem. Zawsze myślę o tobie, kiedy wspominam Harry'ego i mieszkanie w St Katharine Docks, chociaż spędziłaś w tym świecie o wiele mniej czasu niż moja eks. Doprowadziłaś do tego, że moje wcześniejsze życie się zakończyło. Odtąd wszystko dzieliło się na „przed Laylą" i „po Layli".*

*Był sylwester 2004 roku, musiało być tuż po dziewiętnastej. Pewnie tego tak dokładnie nie pamiętasz, ale ja owszem, ponieważ Harry uparł się, byśmy wyszli do teatru ze znacznym wyprzedzeniem. Nie obchodziło mnie, że to niby taki ważny wieczór, ale wówczas odnosiłem się obojętnie do bardzo wielu spraw. Dopóki nie poznałem ciebie.*

*Kiedy schodziłem z Harrym na stację metra przy Liverpool Street, nie miałem pojęcia, że zaraz się zakocham. Harry musiał doładować swoją kartę Oyster, a kiedy stał w ogonku przy automacie, ja obserwowałem ludzi pędzących w miejsca, w których zamierzali przywitać Nowy Rok.*

*Po kilku minutach moją uwagę przyciągnął błysk koloru na tle szarości i czerni londyńczyków, najpiękniejsza czerwień, jaką widziałem w życiu. I oczywiście to byłaś ty – a raczej twoje włosy. Pamiętasz, jak stałaś oparta o przeciwległą ścianę, śledząc przerażonym wzrokiem przelewający się wokół tłum? Wyglądałaś na wystraszoną, ale wtedy najzwyklejsze rzeczy budziły w tobie lęk: tłumy, psy, ciemność. Tak strasznie bałaś się psów, że na widok zbliżającego się psa potrafiłaś przejść na drugą stronę ulicy, by uniknąć spotkania z nim, nawet jak szłaś ze mną, a zwierzę było na smyczy. A tego dnia w metrze, kiedy przywierałaś do ściany, by uniknąć tłumu, twoje włosy znalazły się pod sztucznym oświetleniem i wyglądały, jakby zajęły się ogniem. W krótkiej fioletowej spódniczce, sznurowanych butach do kostek i ze swoimi krągłymi kształtami, tak bardzo różniłaś się od chudych jak patyki kobiet w eleganckich kostiumach i ciemnych zimowych płaszczach. A potem uniosłaś głowę i nasze oczy się spotkały. Zrobiło mi się głupio, że zostałem przyłapany na tak intensywnym wpatrywaniu się w ciebie, i starałem się odwrócić wzrok. Jednak twoje oczy przyciągnęły mnie z powrotem i sam nie wiem kiedy, przemaszerowałem na drugą stronę hali.*

*– Potrzebujesz pomocy? – spytałem, patrząc w twoje zielonobrązowe oczy. Orzechowe, jak dowiedziałem się później. – Wyglądasz na nieco zagubioną.*

*– Nie spodziewałam się, że w Londynie panuje taki ruch – odparłaś ze szkockim zaśpiewem. – Co za tłumy!*

*– Jest wieczór sylwestrowy – wyjaśniłem. – Wszyscy jadą imprezować.*

*– A więc nie zawsze tak jest?*

*– Zazwyczaj tylko wczesnym rankiem i późnym popołudniem. Chciałaś kupić bilet?*

*– Tak.*

*– Dokąd się wybierasz?*

*Pamiętasz swoją odpowiedź?*

*– Do hostelu – powiedziałaś.*

*– Gdzie on jest? – spytałem.*

*– Nie wiem dokładnie. Chyba w pobliżu Piccadilly Circus.*

*– Masz adres? – Pokręciłaś głową. – Może jest na rezerwacji? – nalegałem.*

*I wtedy przyznałaś, że nie zarezerwowałaś żadnego pokoju. Twoja naiwność mnie przeraziła, ale też oczarowała.*

*– Może być trudno znaleźć łóżko w sylwestra – wyjaśniłem.*

*Pobladłaś, co uwydatniło piegi na twojej skórze, i właśnie wtedy się w tobie zakochałem.*

*– Masz komórkę? – spytałem.*

*Znów pokręciłaś głową.*

*– Nie.*

*Spotkanie kogoś tak niezorganizowanego, nietkniętego przez współczesne życie i londyński pęd było jak uderzenie alkoholu do głowy. Gdyby to był ktokolwiek inny, odszedłbym szybko, zanim zdołałby mnie spytać, jak znaleźć numer do hostelu. Ale ja już zacząłem zdawać sobie sprawę, że nie mógłbym od ciebie odejść.*

*– Ile masz lat? – spytałem, bo nagle musiałem się dowiedzieć o tobie wszystkiego, co się dało.*

*– Osiemnaście. Prawie dziewiętnaście. – Uniosłaś wyzywająco brodę. – Nie uciekłam z domu, jeśli to ci przyszło do głowy.*

*Od odpowiedzi wybawił mnie Harry, który wyrósł nagle u mojego boku.*

*– Wszędzie cię szukam. Czy nie zostawiłem cię o, tam? Nie odrywałem od ciebie wzroku.*

*– Ta młoda dama szuka hostelu w pobliżu Piccadilly Circus. Znasz go? – spytałem, przekonany, że zapewne nie zna, bo już liczyłem na to, że zabiorę cię do nas.*

*– Raczej nie. – Spojrzał na ciebie życzliwie. – Musieli ci podać adres, kiedy robiłaś rezerwację.*

*– Ona nie ma rezerwacji.*

*Otworzył szerzej oczy ze zdziwienia.*

*– Wątpię, byś znalazła jakieś miejsce w sylwestra.*

*– To co ja mam zrobić? – spytałaś z nutką paniki w głosie.*

*Harry podrapał się po głowie, jak zawsze, gdy natykał się na problem.*

*– Nie mam pojęcia.*

*– Będziemy musieli coś wymyślić – odezwałem się cicho.*

*Obrócił się ku mnie, a jego spojrzenie mówiło: „To nie nasz problem". No i miał rację, to nie był nasz problem, tylko mój.*

*– Słuchaj, pomogę jej znaleźć jakiś hostel albo hotel – powiedziałem. – Nie możemy tak po prostu jej tu zostawić.*

*– No cóż, może ktoś inny jej pomoże. Idziemy do teatru – przypomniał.*

*– Słuchaj, nie martw się, dam sobie radę – wtrąciłaś się. – I tak zabrałam ci już sporo czasu. To moja wina, powinnam to zaplanować z wyprzedzeniem. Ale nie miałam pojęcia, że Londyn będzie taki... – szukałaś słowa – ...szalony.*

*Sięgnąłem do kieszeni marynarki, wyjąłem portfel i wyłuskałem z niego bilet do teatru.*

*– Masz – rzuciłem, podając go Harry'emu. – Zabierz Samanthę. Chciała na to iść, prawda?*

*– Tak, ale...*

*Wcisnąłem mu bilet w rękę.*

*– W porządku. Do zobaczenia później, na przyjęciu. – Próbował pochwycić moje spojrzenie, ale go zignorowałem. – Dzwoń do Samanthy. Może się z tobą spotkać w teatrze. – I zanim zdążył się znów odezwać, wziąłem twoją torbę i ruszyłem przez halę. – Chodź ze mną.*

*Skierowałem się do wyjścia, a serce waliło mi jak zawsze, gdy miałem zaraz zrobić coś emocjonującego albo niebezpiecznego. Martwiąc się, że cię zgubię w tłumie na ulicach, sięgnąłem po twoją dłoń.*

*– Trzymaj się mnie! – zawołałem, przekrzykując ruch uliczny.*

*Twoja dłoń zacisnęła się wokół mojej.*

*– Nie martw się, tak zrobię! – odkrzyknęłaś.*

*A ja miałem nadzieję, że będziesz to robić zawsze.*

# 3

## *Teraz*

Jest sobota, więc idę z Peggy po świeże pieczywo na śniadanie, a Ellen jeszcze się wyleguje. W niedzielę to zwykle ja mogę sobie dłużej poleżeć, a Ellen szykuje jajka na bekonie. Mówi, że pewnego dnia będziemy za starzy na wylegiwanie się, bo nie mogąc wytrzymać dłużej w łóżku po bezsennej nocy, będziemy się zrywać skoro świt i pichcić owsiankę. Pewnie ma rację.

Do wsi jest niedaleko, a piekarnia znajduje się między kioskiem z gazetami a rzeźnikiem. Kupuję chleb pełnoziarnisty i kilka gazet, a kiedy wchodzę do rzeźnika, Roba, by się z nim przywitać, widzę ładny udziec jagnięcy na nasz jutrzejszy lunch, trochę za duży tylko dla Ellen i dla mnie, ale jest jeszcze Peggy.

Wracając do domu, wybieram okrężną drogę nad rzeką, mając nadzieję, że nie wpadnę na Ruby, właścicielkę miejscowego pubu Pod Kawką. Rankiem Ruby często wyprowadza tam swojego teriera airedale, a przy spotkaniu nadal czujemy się trochę niezręcznie. Zaczęliśmy się spotykać z Ruby w dwa tysiące czternastym, po skromnej uroczystości upamiętniającej

Laylę, na której poznałem Ellen. Do tej pory nikt z Simonsbridge nie wiedział, że jestem byłym partnerem młodej kobiety, która zaginęła we Francji. Kiedy moja prawdziwa tożsamość została odkryta w artykule w gazecie, która ukazała się wkrótce po ceremonii, nie wywołało to niczyjego niepokoju, jako że od sześciu lat żyłem spokojnie pośród tych ludzi. Byli raczej zaciekawieni niż przestraszeni w związku z ewentualnością, że mają u siebie mordercę. Dzięki temu zyskałem większą pewność siebie, przestałem się kryć i zacząłem wchodzić w bliższą komitywę z miejscowymi. Jeśli ludzie zagadywali mnie o przeszłość, mówiłem im prawdę… no, powiedzmy, tyle prawdy, ile chciałem im zdradzić.

Dziwnym zrządzeniem losu dziennikarz, który wytropił mnie w Devonshire i „ujawnił" w Simonsbridge, był kuzynem Ruby. Było jej przykro z powodu roli, jaką odegrał, i wynagrodziła mi to na wiele sposobów. Lubiłem być z Ruby, kobietą tak pełną życia i wyrozumiałości. Kiedy Harry nakłonił mnie do powrotu do pracy, zatrzymywałem się w londyńskim mieszkaniu w trakcie tygodnia, a do Simonsbridge wracałem w weekendy, by widywać się z Ruby i Peggy, która podczas moich wyjazdów zostawała Pod Kawką. W moim przekonaniu relacja z Ruby pozostawała niezobowiązująca, mogłem zawiesić ją w poniedziałkowy poranek, kiedy wyjeżdżałem do Londynu, i podjąć na nowo, kiedy wracałem do Simonsbridge w piątkowy wieczór.

Od Harry'ego, który utrzymywał kontakt z Ellen od czasu ceremonii upamiętniającej Laylę, dowiedziałem się, że Ellen próbuje zostać ilustratorką. Kiedy wreszcie znalazła sobie agentkę i musiała przyjeżdżać do Londynu na spotkania, Harry zapraszał ją, by zatrzymywała się w naszym mieszkaniu. Na początku trzymałem się na dystans; zostawiałem ich we dwoje, by zjedli razem kolację, i zastanawiałem się, czy coś ich łączy. Kiedy kariera nabrała rozpędu, Ellen zaczęła częściej przyjeżdżać do Londynu, a ja zauważyłem, że czekam z radością na jej wizyty. Czasami nasze oczy spotykały się nad stołem, a wtedy odwracałem wzrok, bo nie chciałem się w nic angażować. Potem jednak zacząłem zapraszać ją na wspólne weekendy w Simonsbridge. A gdy pewnego wieczoru grzaliśmy się przy kominku, nachyliła się i mnie pocałowała, więc skończyliśmy w łóżku.

Nie zamierzałem okłamywać Ruby, kiedy spytała mnie o Ellen; chodziło raczej o to, że czułem się nieswojo w związku z tym, kim jest Ellen. Nie winię Ruby za to, że poczuła się urażona, kiedy Ellen wprowadziła się do mnie w zeszłym roku. Może to niesprawiedliwe, ale zawsze podejrzewałem, że artykuł pod tytułem *Partner zaginionej kobiety sprowadza jej siostrę*, który ukazał się krótko po tym w prasie, był sprawką Ruby. A ponieważ Ellen i ja wkrótce mamy się pobrać, chciałbym odłożyć rozmowę – w której Ruby powie mi, że bardzo się z tego cieszy, jednocześnie zabijając mnie wzrokiem – do czasu, aż sam zdążę przywyknąć do tej myśli.

Nie byliśmy Pod Kawką od paru tygodni, od dnia, w którym w lokalnej gazecie ukazało się obwieszczenie o ślubie. Ellen uparła się, by je tam zamieścić, ponieważ czuła, że wszyscy, a zwłaszcza Ruby, powinni wiedzieć, że tu zostaje. Myślę, że miała nadzieję zamknąć usta tym, którzy szeptali, że nie powinniśmy być w związku. Są bowiem tacy, którzy nie pochwalają tego, że żenię się z siostrą Layli. Nie mówią tego otwarcie, ale widzę to po ich oczach i słyszę w głosie, kiedy składają nam gratulacje.

Przywołuję Peggy z rzeki, a gdy już otrząśnie się na mnie z wody, wracam ścieżką prowadzącą do drogi, zadowolony, że udało mi się uniknąć spotkania z Ruby. Kiedy zbliżam się do domu, widzę, że coś stoi na murku otaczającym ogród i rozpoznaję maleńką matrioszkę, którą Ellen znalazła w zeszłym tygodniu. To, że zatrzymała laleczkę na tak długo, zanim odłożyła ją na miejsce, w którym ją znalazła, mówi mi, ile ten drobiazg dla niej znaczy, i znów czuję się winny, bo powiedziałem, że nie powinna go zatrzymywać. Teraz wątpię, by właściciel przyszedł tego szukać. Czuję się jednak winny również z innego powodu. To kolejny dowód, że Ellen nigdy nie postępuje wbrew temu, co jej mówię, nigdy nie okazuje mi nieposłuszeństwa, i chociaż zapewnia to spokojne życie, wprawia mnie w zakłopotanie.

Wkładam laleczkę do kieszeni dżinsów i wchodzę do domu. Spodziewam się znaleźć Ellen w kuchni, ale ona woła do mnie z góry. Posyłam po nią Peggy, a sam sprawdzam w telefonie notowania giełdowe. Kilka minut później Ellen przychodzi do kuchni i wygląda tak ponętnie w swojej kusej piżamce, że mam ochotę chwycić ją w ramiona i zanieść z powrotem do łóżka.

– Mam nadzieję, że nie wychodziłaś tak na dwór – droczę się z nią.

– Na dwór?

– Żeby odstawić na murek matrioszkę. – Wsuwam rękę do kieszeni, zamierzając ją zaskoczyć tą laleczką, bo niby czemu miałaby jej nie zatrzymać?

– Jeszcze jej nie odstawiłam.

Patrzę na nią, sądząc, że żartuje. Ale ona się rumieni. Moje palce, zaciśnięte wokół matrioszki, sztywnieją.

– Co to znaczy, że jeszcze jej nie odstawiłaś?

– Miałam to zrobić po śniadaniu – tłumaczy się, mylnie biorąc moje zaskoczenie za irytację. – Nie zamierzałam jej zatrzymać.

– Gdzie ona jest? – Wkurza mnie, że mój głos brzmi, jakbym się złościł, a ja tylko jestem roztrzęsiony.

Wybiega z kuchni i wraca z dużą matrioszką, która stoi na szczycie tekowego kredensu w naszej jadalni, od kiedy Ellen wprowadziła się do mnie w zeszłym roku. Rozkręca lalkę i wyjmuje tę tkwiącą wewnątrz, ją również rozkręca i wyjmuje kolejną, i tak dalej. Kiedy rozkręca ostatnią matrioszkę, dociera do mnie, że żartuje, że w środku nic nie będzie, a ona się uśmiechnie i powie, że oczywiście odstawiła lalkę z powrotem. Unoszę brew i zaczynam się uśmiechać.

– O, proszę, jest. – Wyjmuje maleńką matrioszkę i stawia na blacie kuchennym pośród jej rozłożonych kuzynek. – Chciałam zatrzymać ją tylko na jakiś czas.

Zachowując uśmiech na twarzy, niedbale wyjmuję rękę z kieszeni, zostawiając w środku laleczkę znalezioną na murku.

– Ej, w porządku, zatrzymaj ją, jeśli chcesz.

Patrzy na mnie z powątpiewaniem.

– Naprawdę?

– Tak, przecież nikt nie przyjdzie jej szukać, prawda?

– Nie, raczej nie.

Zaczyna składać na powrót matrioszki, ale zamiast wkładać jedną w drugą, ustawia je obok siebie na blacie, zaczynając od największej, a kończąc na tej maleńkiej. Doskonale pasuje do całego kompletu.

– Proszę bardzo, cała pięcioosobowa rodzinka. Jakie to dziwne, że po tylu latach wreszcie znalazłam tę zaginioną.

Odwracam się, ciekaw, jak by zareagowała, gdybym jej powiedział, że właśnie znalazłem drugą matrioszkę. Jeśliby ciało Layli zostało odnalezione, Ellen przypisałaby pojawienie się matrioszki dziwnemu zbiegowi okoliczności. Ale ciała Layli nigdy nie odnaleziono. A jeśli jest coś, czego nie chcę, to tego, żeby Ellen myślała, że jej siostra może nadal żyć.

Za nic bym nie chciał, by karmiła się złudną nadzieją.

# 4

## *Wcześniej*

*Tego wieczoru przejście ze stacji Liverpool Street do St Katharine Docks zabrało nam trzydzieści sześć minut. Kiedy przedzieraliśmy się przez tłumy ludzi stojących przed pubami i barami winnymi, gdzie już świętowano nadejście Nowego Roku, wmawiałem sobie, że czuję się, jakbym był na rauszu z powodu panującej wokół atmosfery. Ale wiedziałem, że było tak z twojego powodu.*

*– Jak masz na imię? – spytałem.*

*– Layla.*

*– Spodziewałem się czegoś bardziej szkockiego – przyznałem.*

*– Miałam szczęście, bo moje imię wybierała mama. Tata wybrał imię dla siostry i ona nie miała tak dobrze. Ojciec pochodzi z wyspy Islay, więc nazwał ją Ellen, na cześć Port Ellen.*

*– Ale to i tak całkiem ładne imię.*

*– Tak, owszem. A ty? Jak masz na imię?*

*– Finn.*

*– Jesteś Irlandczykiem?*

*– Tak. Urodziłem się i wychowałem w Irlandii.*

*Nie sposób przejść obojętnie obok ogromnej Tower of London, dumnie oświetlonej na tle nocnego nieba, ani majestatycznego Tower Bridge. Gdy dotarliśmy do nabrzeża, gdzie ludzie imprezowali na przycumowanych tam jachtach i statkach, byłaś oszołomiona.*

*– To jest Londyn? – spytałaś.*

*– Tak – odparłem, zadowolony z twojej reakcji na miasto, które kochałem. Przystanąłem przed swoim blokiem. – A tu mieszkam.*

*– Mieszkasz? – Nagle w twoim głosie zabrzmiało powątpiewanie, a ja przypomniałem sobie, że miałem ci poszukać hostelu albo hotelu.*

*– Tak. Nigdzie nie znajdziesz dziś noclegu, więc możesz zostać ze mną i Harrym. Jutro znajdziemy ci hostel. – Nadal nie wyglądałaś na przekonaną. – Mamy osobny gabinet z rozkładaną kanapą, możesz tam spać. Obiecuję, że będzie ci dobrze.*

*Wstukałem kod na domofonie, a ty po chwili wahania weszłaś za mną do środka. W windzie twój niepokój wzrósł – no, ale przecież prawie cię porwałem. Chciałem cię uspokoić, zapewnić, że nie kłamię, że nigdzie nie znalazłabyś dziś miejsca do spania, ponieważ każdy hotel, każdy hostel jest zabukowany od wielu miesięcy. Ale dojechaliśmy już na trzecie piętro, więc miałem nadzieję, że jak tylko zobaczysz mieszkanie, poczujesz się pewniej.*

*– O Boże, to naprawdę twoje? – wydusiłaś, gdy oprowadzałem cię po wnętrzu.*

*– Moje i Harry'ego.*

*– Piękne!*

*Następnych kilka godzin zlało mi się w mgliste wspomnienie. Byłaś głodna, pamiętasz? Więc usmażyłem omlet, a po-*

*tem, przy jedzeniu, każde z nas opowiedziało trochę o swoim życiu. Mówiłaś, że od urodzenia mieszkałaś na Lewis, jednej z wysp Hebrydów Zewnętrznych. Byłaś całkiem szczęśliwa do czternastego roku życia, kiedy zmarła twoja matka. Powiedziałaś, że potem zrobiło się trudno. Ojciec wpadł w alkoholizm, a ty odliczałaś dni do chwili, gdy będziesz mogła opuścić dom.*

*– Zostałam na Boże Narodzenie – powiedziałaś. – Potem spakowałam się i wyjechałam. Postanowiłam, że pierwszego stycznia będę w Londynie. – Zawiesiłaś głos, a światło z masywnej lampy wiszącej nad stołem zamigotało na twoich włosach. – Nowy rok, nowe życie. W każdym razie taką mam nadzieję.*

*– A co z twoją siostrą? – spytałem. – Nie chciała wyjechać?*

*Łzy napłynęły ci do oczu.*

*– Tak. Ale w końcu nie mogła.*

*– Dlaczego?*

*Odpowiedziałaś dopiero po długiej chwili milczenia.*

*– Tata ma raka. Poza tym jest cukrzykiem. Ktoś musi się nim opiekować.*

*– Przykro mi.*

*Nagle się roześmiałaś, co wytrąciło mnie z równowagi.*

*– Możemy pomówić o czymś innym? Nie chcę się smucić w sylwestra.*

*– Wybieram się na imprezę. – Wskazałem przez okno budynek po drugiej stronie portu. – Mój szef mieszka na najwyższym piętrze. Chodźmy razem.*

*Wyglądałaś na niezdecydowaną.*

*– Nie mam żadnego wyjściowego stroju.*

*– Możesz pójść w tym, co masz na sobie – zapewniłem.*

*Z imprezy niewiele pamiętam oprócz wrażenia, jakbym wstąpił do równoległego świata. Zupełnie nie pasowałaś do kobiet w sukniach, z wypielęgnowanymi, polakierowanymi paznokciami, z ufryzowanymi włosami, a ja nie mogłem uwierzyć, że jeszcze kilka godzin wcześniej żyłem w tym świecie. Wydawał się duszny i nudny, a kiedy Caroline objęła mnie w pasie i spytała, jak mi się podobało przedstawienie, z trudem przypomniałem sobie, że to moja dziewczyna. Przedstawiłem ci ją, a jej pokrótce wyjaśniłem, co zaszło. Może chodziło o wzmiankę o hostelu, w każdym razie historia ją rozbawiła, a kiedy odwróciła się do mnie i uniosła znacząco brwi, wiedziałem, że się z ciebie naśmiewa. Zacisnąłem pięści, nienawidząc jej za to.*

# 5

## *Teraz*

Niesamowite, jak te dwie matrioszki działają na mój umysł. Byłoby prościej, gdybym wyrzucił znalezioną laleczkę albo przynajmniej zamknął ją w szufladzie biurka razem z tą, która należała do Layli. Trzymam ją jednak w kieszeni, jako przypomnienie, że nie mogę być zadowolony z siebie. A laleczka nieuchronnie wywołuje wspomnienia o Layli. Co gorsza, Ellen zostawiła swoje matrioszki ustawione w szeregu na blacie w kuchni, zamiast powkładać je z powrotem jedna w drugą i odnieść do jadalni. Nie chcę jej prosić, by je zabrała, bo to by wyglądało tak, jakbym przykładał znaczenie do faktu, że tego nie zrobiła, i mogłoby jej nasunąć myśl, że przez te matrioszki czuję się nieswojo. Ale tak właśnie jest. Może dlatego, że Ellen co i rusz na nie spogląda, jakby się upewniała, że najmniejsza wciąż tkwi na swoim miejscu, że nie zniknie nagle, jak Layla przed laty.

Właśnie podwiozłem Ellen na stację w Cheltenham, żeby zdążyła na pociąg do Londynu o dziesiątej. Jest umówiona na lunch ze swoim agentem w sprawie ilustracji do nowej książki, a po południu wybiera się na zakupy, więc wróci do domu późno. Mogłem pojechać razem z nią i pójść do biura, ale ostatnio wolę pracować w domu. Dzięki rzędowi monitorów, które zainstalowałem w swojej pracowni, mogę wykonywać prawie wszystkie konieczne operacje.

Sprawdzam notowania giełdowe, czytam najświeższe wiadomości, załatwiam kilka telefonów, szukam nowych akcji wartych zainwestowania. Zwykle czytam prasę w sieci, bo tak jest praktyczniej, ale dziś mam gazety kupione wcześniej na stacji. Tak więc w czasie lunchu wracam do kuchni, zaparzam dzbanek kawy, robię sobie kanapkę, po czym, z Peggy leżącą u moich stóp, czytam przez kilka godzin gazety od deski do deski, a nie, jak to zwykle bywa, tylko dział finansowy. W „Financial Times" jest notka o tym, że Grant James zainwestował w Richmond Global Equities, a ja znów odczuwam wielkie zadowolenie, że udało mi się tego dokonać. W moim czterdziestojednoletnim życiu Harry dużo dla mnie zrobił, więc możliwość rewanżu sprawiła mi wielką ulgę.

Jeśli ktokolwiek ukształtował moje życie, to właśnie Harry. Był przyjacielem mojego brata z Wydziału Nauk Ekonomicznych Uniwersytetu Londyńskiego, a kiedy wkrótce po dyplomie Liam zginął w wypadku motocyklowym, Harry się mną zaopiekował. Od tamtej pory wyciągał mnie z kłopotów i pomagał mi wejść na właściwą drogę więcej razy, niż pamiętam. Zrobił to już dwadzieścia lat temu; kiedy musiałem natychmiast wiać z Irlandii, zaprosił mnie do Londynu, żebym uporządkował swoje sprawy. Kilka miesięcy później, gdy miał już dosyć tego, że przepełniony nienawiścią do samego siebie snuję się w kółko po mieszkaniu, dał mi pracę w Villiers, swojej firmie inwestycyjnej, a mnie zafascynowały mechanizmy rynkowe i wkrótce zyskałem reputację bezwzględnego gracza. Harry był przy mnie w tym koszmarnym okresie po zniknięciu Layli, wynajął najlepszych prawników i ściągnął mnie do Anglii, gdy tylko francuska policja pozwoliła mi wyjechać. Był w domku w St Mary's, pomagał mi szukać Layli, wykorzystując swoje znajomości, wydrukował ogłoszenia o zaginionej i dopilnował, by pojawiły się na całym obszarze Fonches i poza nim. Był przy mnie sześć miesięcy później, kiedy nie mogłem znieść dłużej cichych oskarżeń pustego domu. Zabrał mnie z powrotem do Londynu, do mieszkania, które nadal miałem z nim na spółkę. Wsparł mnie również dziewięć miesięcy później, kiedy nie mogłem dłużej znieść londyńskich ulic, przypominających o obecności Layli, i umieścił w Simonsbridge, małej wiosce ukrytej w górach Cotswolds. Miał tam przyjaciela, który wyprowadził się za granicę i dysponował domem do wynajęcia.

Na początku zamieszkanie w Simonsbridge nic nie zmieniło. Wiodłem żywot pustelnika, tak jak w Londynie, za towarzystwo mając jedynie myśli o Layli i grę na giełdzie. Odważałem się wychodzić tylko wtedy, gdy odwiedzał mnie Harry, który, nie mogąc znieść odoru rozpaczy przenikającego cały dom, ciągnął mnie Pod Kawkę na drinka. Mimo otępienia docierało do mnie, że podobam się Ruby, właścicielce pubu. Ale nie byłem nią zainteresowany, wtedy jeszcze nie.

Po kilku miesiącach Harry próbował mnie nakłonić do powrotu do pracy. Kiedy mu odmówiłem i zobaczył, że za często sięgam po whisky, stwierdził, że potrzebuję psa. Tak więc jeździliśmy od schroniska do schroniska, a ja odrzuciłem tylu potencjalnych towarzyszy życia, że Harry się podłamał. Nie potrafiłem powiedzieć mu, czego szukam, bo sam nie wiedziałem. Później ujrzałem Peggy, a kiedy Harry spytał, dlaczego ją wybrałem, nie ośmieliłem się powiedzieć mu, że jej sierść ma ten sam kolor co piękne włosy Layli.

Przez cały ten czas Harry ani razu nie spytał, co tak naprawdę zdarzyło się tej nocy, kiedy zniknęła Layla. Ellen również nigdy o to nie pytała. Nie miała żadnych powodów, by wątpić w moją wersję zdarzeń, która dominowała wówczas w prasie. Poniekąd oświadczyłem jej się właśnie dlatego, że wpadłem w sidła kłamstwa.

Kiedy policja mnie przesłuchiwała, w te długie dnie i jeszcze dłuższe noce, które nastąpiły po zniknięciu Layli, powiedziałem, że w trakcie naszych wakacji w Megève poprosiłem Laylę o rękę, a ona zgodziła się za mnie wyjść. Nie była to prawda, ale musiałem przekonać policję i w ogóle wszystkich, że w tych ostatnich dniach nasz związek był w jak najlepszym porządku. Minęło wiele lat, więc sądziłem, że moje kłamstwo od dawna spoczywa w spokoju. Aż tu nagle, kilka miesięcy temu Ellen ni stąd, ni zowąd powiedziała, że Layla musiała być bardzo szczęśliwa, kiedy jej się oświadczyłem.

– Tak, bardzo – odparłem, zaskoczony, że nagle poruszyła ten temat.

– Musiałeś ją bardzo kochać, skoro się oświadczyłeś – zauważyła cicho Ellen. – Nie byliście ze sobą wcale tak długo. – Przerwała i spojrzała mi w oczy. – Właściwie to mniej więcej tyle samo czasu, ile my jesteśmy ze sobą.

Miała rację. Byłem z Laylą przez trzynaście miesięcy, zanim zniknęła, a minął już ponad rok, od kiedy Ellen się do mnie wprowadziła. Popatrzyłem na nią, nie bardzo wiedząc, o co jej chodzi. Czyżby miała nadzieję na takie samo zaangażowanie z mojej strony? Nigdy nie spytała, czy kochałem Laylę bardziej od niej. Tego dnia wiedziałem jednak, że jeśli nie poproszę, by za mnie wyszła, pomyśli, że kocham ją mniej. Tak więc zignorowałem przekonanie, że w jakimś sensie zdradzam Laylę, i oświadczyłem się.

Ellen pokręciła głową.

– Nie chcę, byś miał poczucie, że musisz się ze mną ożenić, bo oświadczyłeś się Layli.

Zawahałem się, nie chcąc, żeby źle o mnie pomyślała. Ale może nadszedł czas, by ujawnić prawdę.

– Właściwie to wcale tego nie zrobiłem – przyznałem się.

– Co masz na myśli?

– Powiedziałem tak policji w trakcie aresztowania, żeby sytuacja lepiej wyglądała.

– Więc wcale nie poprosiłeś jej o rękę?

– Nie.

– Ale zamierzałeś.

Ponieważ chciałem, by czuła, że kocham ją bardziej niż Laylę, postanowiłem skłamać.

– Nie.

Spojrzała na mnie z zaskoczeniem.

– Nie?

– Nie – powtórzyłem, choć tak naprawdę miałem zamiar oświadczyć się Layli w jej dwudzieste urodziny, miesiąc po powrocie z Megève. Miałem wszystko zaplanowane, nawet kupiłem już pierścionek.

Ale potem ona wszystko popsuła.

# 6

## *Wcześniej*

*Dzień po przyjęciu sylwestrowym oznajmiłem Caroline, że między nami koniec. A kiedy kilka dni później chciałaś wyprowadzić się od nas, starałem się, jak mogłem, nakłonić cię do pozostania. Nie pytając Harry'ego o zgodę, powiedziałem, że możesz zajmować gabinet, przynajmniej do czasu, aż znajdziesz pracę; twierdziłem, że nie będzie miał nic przeciwko temu. Ty jednak postanowiłaś przenieść się do hostelu. Mówiłaś, że jeśli masz urządzić sobie życie w Londynie, musisz poznać jakichś młodych ludzi. Trudno było pogodzić się z myślą, że uważasz mnie za starego – cholera, miałem dopiero dwadzieścia siedem lat. Ale w twoich oczach byłem jedynie starszym facetem, który udzielił ci na parę dni schronienia.*

*W końcu zostałaś nieco ponad tydzień. Chociaż na ogół żyję bieżącą chwilą, nadal potrafię opisać każdą minutę dnia, kiedy się wyprowadziłaś. Pomogłem ci przenieść się do hostelu, który znalazłaś, i miałem nadzieję, że wkrótce zniechęcisz się do mieszkania w jednym pokoju z pięcioma osobami. Twój pomysł polegał na tym, żeby jak najszybciej znaleźć pracę, co pozwoliłoby ci wynająć z kimś na spółkę mieszkanie.*

*Kiedy nadeszła chwila pożegnania, dałem ci swoją wizytówkę i powiedziałem, żebyś zadzwoniła, jeśli będziesz potrzebowała jakiejkolwiek pomocy. A potem wróciłem do mieszkania i wypiłem pół butelki whisky, biadoląc, po co los doprowadził cię do mnie, skoro nie pozostaniesz na stałe w moim życiu.*

*Harry był speszony, a potem zafascynowany tym, że tak mocno się w tobie zadurzyłem, Laylo Gray. Zauważył, że zawsze umawiałem się z bystrymi wielkomiejskimi dziewczynami, w porównaniu z którymi byłaś mało wyrafinowana. Nie rozumiał, że to właśnie stanowiło dla mnie największy wabik. Jeszcze zanim się zjawiłaś, zacząłem odczuwać rozczarowanie jednostajnością tego wszystkiego; eleganckimi kostiumami, niebotycznymi szpilkami, ostrymi paznokciami, które podczas seksu orały mi plecy z koszmarną powtarzalnością. Harry starał się mnie przekonać, że to, co czuję, jest tylko zauroczeniem, a ja próbowałem mu wierzyć. Próbowałem też zapomnieć o tobie, pracowałem i imprezowałem dwa razy więcej niż wcześniej, by zapełnić pustkę, którą pozostawiłaś w moim życiu.*

*Miałem nadzieję, że do mnie zadzwonisz, ot tak, po prostu, żeby powiedzieć, jak ci się wiedzie. Kiedy minął miesiąc bez żadnych wieści, zrozumiałem, że nigdy tego nie zrobisz. I wtedy, dwa miesiące po tym, jak pierwszy raz zniknęłaś z mojego życia, wkroczyłaś w nie ponownie.*

# 7

## *Teraz*

Patrzę na Ellen ponad blatem stołu, na jej głowę pochyloną nad miseczką z musli, greckim jogurtem i czarnymi jagodami, i łapię się na tym, że porównuję to ze śniadaniami Layli, która jadła tost posmarowany kremem czekoladowym. Krzywię się, zły na siebie. Ostatnio często nie tylko myślę o Layli, ale również porównuję ją z siostrą.

Czując na sobie moje spojrzenie, Ellen podnosi wzrok. Chociaż się na nią gapię, wcale jej nie widzę, widzę Laylę, co wydaje się dziwne, ponieważ Ellen nie jest do niej podobna. Pewnie chodzi o te orzechowe oczy. Może Ellen spodobała mi się właśnie dlatego, że jej oczy przypominają oczy Layli?

– Masz jakieś plany na dzisiaj? – pyta.

Z trudem powracam do teraźniejszości, ale przeszłość pozostawia osad niepokoju, wzbudzonego przez dwie znalezione przez nas matrioszki. Patrzę podejrzliwie na komplet Ellen, bo nadal go nie usunęła.

– Chyba się przebiegnę. Ale najpierw może podleję ogród. Wysechł na wiór.

Ellen uśmiecha się z aprobatą, a mnie mimowolnie przypomina się, jak Layla się śmiała, kiedy jej powiedziałem, że kiedyś chciałbym mieć piękny ogród na wsi, w którym mógłbym uprawiać własne warzywa.

„Ogrodnictwo jest dla starych mężczyzn!", zadrwiła i więcej o tym nie wspomniałem.

– Pamiętasz, że dziś rano jadę do Cheltenham, do salonu piękności? – pyta Ellen.

Nie pamiętałem, chociaż powinienem, bo co trzy tygodnie Ellen poddaje się intensywnym zabiegom upiększającym: wosk, skubanie, manikiur i licho wie co jeszcze, a potem następuje sesja z fryzjerem, który działa w tym samym salonie. Ellen bardzo o siebie dba, a Layla wcale tego nie robiła. Niezbyt się przejmowała swoim wyglądem.

– Może też tam podjadę i zjemy razem lunch?

– Bardzo chętnie. – Uśmiecha się.

Wstaję, biorę talerz i sięgam po miseczkę.

– Zostaw – mówi, kładąc dłoń na mojej ręce. – Posprzątam, mam jeszcze czas przed wyjściem.

Nagle przyprawia mnie o klaustrofobię myśl, że kiedy ona będzie w mieście, zostanę sam ze wspomnieniami o Layli na wyciągnięcie ręki. Przesuwam dłonią po podbródku, by sprawdzić, czy mógłbym sobie podstrzyc brodę, kiedy Ellen będzie w salonie. Zarost jest jednak tak krótki, że nie ma takiej potrzeby.

– Właściwie mógłbym pojechać z tobą już teraz – mówię. – Nie ma sensu brać dwóch samochodów. Wezmę laptopa i posiedzę przy kawie, podczas gdy będziesz w salonie.

To nie w jej stylu, by spytać, dlaczego zmieniłem zdanie albo czemu ogród, który wymaga pilnego podlewania, może zaczekać.

– To trochę potrwa – ostrzega.

– To wypiję dwie kawy. – Uśmiecham się szeroko.

*

Parkuję przy High Street, odprowadzam Ellen do salonu i proszę, żeby zadzwoniła do mnie, kiedy skończy. Bookshop Café, moje ulubione miejsce w Cheltenham, znajduje się nieco dalej na tej samej ulicy, więc idę tam i urządzam sobie prowizoryczne biuro. Zamawiam kawę i pogrążam się w pracy do chwili, gdy dzwoni Ellen.

Wychodzę jej na spotkanie i patrzę, jak wyłania się z salonu. Wygląda dobrze, uroda jej twarzy o wyrazistych rysach rzuca się w oczy.

– Pięknie – mówię. Nieproszony pojawia się w mojej głowie obraz długich rudych włosów Layli, sięgających jej prawie do pasa. – Gdzie chcesz pójść na lunch? – pytam, przeganiając obraz.

– Marco's? – sugeruje, więc przechodzimy na drugą stronę ulicy i idziemy do włoskiego bistro.

Mniej więcej godzinę później, najedzeni makaronem z truflami, wracamy do samochodu; Ellen ujmuje mnie pod ramię. Kiedy podchodzimy do samochodu, widzę, że coś wetknięto za wycieraczkę. Jest zbyt wypukłe jak na mandat za parkowanie, zresztą nie przekroczyliśmy czterech godzin, za które zapłaciłem, więc domyślam się, że ktoś zmiął w kulkę ogłoszenie znalezione na swoim samochodzie i wetknął je mnie. Gdy jednak podchodzimy bliżej, zaczynam zwalniać kroku, a wreszcie całkiem przystaję; po prostu stoję i patrzę. Pierwsza myśl jest taka, by chronić Ellen, ale zduszony okrzyk, który wyrywa jej się z gardła, świadczy o tym, że już za późno.

– Wszystko w porządku, Ellen – mówię, sięgając po jej rękę. Jednak ona wyrywa dłoń i zaczyna biec ulicą, roztrącając rodziny z dziećmi. Ruszam w pogoń za nią, wyjąwszy spod wycieraczki maleńką matrioszkę i chowając ją do kieszeni.

Doganiam Ellen po jakichś dwudziestu metrach. Przestała biec i z pobladłą twarzą stoi oparta o wystawę sklepową. Przechodnie patrzą na nią z niepokojem.

– Wszystko w porządku, Ellen – próbuję ją uspokoić, chociaż po znalezieniu kolejnej matrioszki mam gonitwę myśli.

Kręci głową, nie mogąc wydusić ani słowa, nie z powodu braku tchu po biegu, tylko dlatego, że jest bliska płaczu. Obejmuję ją więc i czekam, aż spyta o laleczkę na samochodzie.

– Wiem, że to głupie, ale jestem pewna, że to była ona – mówi głosem zduszonym przez moją koszulę. – Może to tylko wyobraźnia albo ktoś inny z rudymi włosami... ale Finn... jestem pewna, że właśnie widziałam Laylę!

Przeszywa mnie dreszcz.

– Więc dlatego biegłaś? – pytam, bo muszę się dowiedzieć, czy widziała matrioszkę; zastanawiam się, czy czuje, jak mocno wali mi serce pod koszulą.

– Tak. Też ją widziałeś, prawda?

Kręcę głową, szukając wokół kogoś wyglądającego podobnie do Layli.

– Zatrzymałeś się tak gwałtownie i wtedy ją zauważyłam.

– Zatrzymałem się, bo przypomniałem sobie, że chciałem kupić wino na wieczór, a właśnie minęliśmy sklep z winem – wymyślam na poczekaniu, wciąż przeszukując oczami tłum.

– Ach tak. – Śmieje się z zażenowaniem. – Pewnie pomyślałeś, że coś mi odbiło, skoro tak nagle popędziłam ulicą. Byłam przekonana, że widzę Laylę. Ale oczywiście to nie mogła być ona. – Podnosi na mnie wzrok, szukając w moich oczach potwierdzenia.

– To pewnie był ktoś o takim samym kolorze włosów – mówię.

– Chodzi o to, że od kiedy znalazłam tę matrioszkę przed domem, nie mogę przestać myśleć o Layli.

– To normalne. – Prowadzę ją z powrotem w kierunku samochodu.

– A co z winem, które chciałeś kupić?

– Może zaczekać. Chodź, jedźmy już do domu.

– Możemy najpierw trochę się przejść? – pyta. – Wiem, że to prawdopodobnie nie była Layla, ale… – Urywa.

– Oczywiście.

– Nie masz nic przeciwko temu?

– Nie – mówię.

Bo wiem, że jej nie znajdziemy.

# 8

## *Wcześniej*

*Tej nocy, kiedy wróciłaś, byłem na kolejnym przyjęciu i bez przekonania udawałem, że dobrze się bawię. Harry chciał, bym mu towarzyszył, bo miał dosyć tego, że z twojego powodu snuję się z nosem na kwintę – jak mawiał – po mieszkaniu. Nie chciałem mu się sprzeciwiać, więc zgodziłem się pójść. Kiedy jednak rozejrzałem się po przyjęciu, miałem ochotę palnąć sobie w łeb.*

*Była tam Caroline. Wciąż na mnie zerkała, flirtując z innymi mężczyznami, i wiedziałem, że czeka, aż przyznam, że zerwanie z nią było błędem. Z powodu nagłego poczucia osamotnienia zacząłem się zastanawiać, czy rzeczywiście tak nie jest. Czekałem, aż nabiorę wewnętrznego przekonania, że powinienem zabrać ją do domu, ale chociaż próbowałem, nie potrafiłem wykrzesać z siebie ani zazdrości, ani pożądania, więc w końcu opuściłem przyjęcie.*

*Dochodziła trzecia nad ranem, kiedy szedłem St Katharine Docks. Gdy zbliżyłem się do naszego domu, zobaczyłem, że ktoś siedzi skulony przy wejściu do budynku, kryjąc się przed chłodem. Zorientowałem się, że to ty, dopiero jak podniosłaś głowę.*

*Byłaś tak zmarznięta, że ledwie trzymałaś się na nogach. Kiedy prawie wniosłem cię do holu, zobaczyłem, że masz sine usta. Winda nie przyjeżdżała bardzo długo; czekając na nią, dziękowałem Bogu, że nie zostałem dłużej na przyjęciu. Nie będziesz tego pamiętała, ale doprowadzenie twojego ciała do normalnej temperatury zajęło z godzinę. Zawinąłem cię w kołdrę, masowałem ci dłonie i stopy, żeby pobudzić krążenie, dałem do picia gorącą herbatę z cukrem. Pijąc ją, zaczęłaś płakać. Nie zadawałem żadnych pytań, a ty nic mi nie wyjaśniłaś, lecz domyśliłem się, że w hostelu wydarzyło się coś okropnego. Dopiero później powiedziałaś, że nie mogłaś znaleźć pracy, a kilka dni wcześniej ktoś ukradł ci wszystkie pieniądze, kiedy spałaś.*

*Zamierzałem ułożyć cię na kanapie w gabinecie, tam gdzie spałaś poprzednio, ale w końcu zostawiłem cię w łóżku, bo było ci tam ciepło i wygodnie. Naciągnąłem ci na stopy swoje skarpetki i otuliłem cię kołdrą. Tak dobrze było się tobą opiekować. Po raz pierwszy od tygodni poczułem, że mam jakiś cel. Powiedziałem, żebyś mnie wołała, jeśli będziesz czegoś potrzebować, a ty zawołałaś, ledwie wyszedłem z pokoju. Gdy wypowiedziałaś moje imię, serce zaczęło mi bić szybciej, ponieważ w twoim głosie było coś, czego wcześniej nie słyszałem: jakieś pragnienie, niemal tęsknota. Uznałem, że pewnie chcesz szklankę wody, ale ty, łamiącym się głosem, poprosiłaś, bym cię nie zostawiał. Więc usiadłem na łóżku, a kiedy zasnęłaś, otoczyłem cię ramionami.*

# 9

## *Teraz*

Chociaż nie wymawialiśmy już potem imienia Layli, wiem, że nie wyrzuciliśmy jej z myśli od czasu tej sobotniej wyprawy do miasta. Przez ponad godzinę snuliśmy się po ulicach, zaglądając do sklepów i kawiarni, a ja udawałem, że szukam Layli z taką samą desperacją jak Ellen. Od tamtej pory ma wciąż to nieobecne spojrzenie, a kiedy pytam, czy dobrze się czuje, w jej głosie pojawia się lekkie wahanie, zanim odpowie, że tak.

W innej sytuacji dopytywałbym się o powód tego wahania, ponieważ oznaczało, że coś ją gnębi, a ja nie chciałem, by cokolwiek gnębiło Ellen. Dała mi życie, które wiodę obecnie, a miłość, jaką do niej czuję, będzie zawsze zwielokrotniona przez wdzięczność. Ponieważ jednak znam powód jej wahania, to się nie dopytuję. Ellen chce mnie zapytać, czy moim zdaniem istnieje możliwość, że Layla nadal żyje. Muszę dojść do tego, dlaczego ktoś stara się mnie sprowokować, ponieważ po pojawieniu się trzeciej matrioszki, znalezienie pierwszych dwóch przed domem trudno uznać za przypadek. Ktoś umieścił je tam naumyślnie, a ja muszę się dowiedzieć, kto to zrobił.

Może powinienem bez wdawania się w szczegóły spytać sąsiadów, czy widzieli kogoś przed domem. Nasz dom stoi jednak samotnie po jednej stronie drogi, a pani Jeffries, starsza osoba, która mieszka dokładnie naprzeciwko, nie jest typem sąsiadki, która przesiaduje w pokoju od frontu i gapi się w okno. Raczej przebywa w oranżerii na tyłach domu albo opiekuje się najbliższą sąsiadką, która jest poważnie chora.

Ta pani i jej mąż wprowadzili się kilka miesięcy temu, ale rzadko ich widujemy. Jej nigdy nie spotkałem, a z Mickiem, poza szybkim „Dzień dobry", kiedy wychodzimy jednocześnie z domów, rozmawiałem tylko raz, kiedy przyszedł się przedstawić. Powiedział nam wtedy parę słów o sobie – pewnie po to, by zapobiec ewentualnym zaproszeniom na drinka. Okazało się, że cztery lata temu mieli z żoną wypadek samochodowy i stracili w nim dwóch synków. Żona była ciężko ranna, zmaga się przez to z dużym bólem, a do tego jeszcze cierpi na depresję. Nie podawał żadnych szczegółów, nie mówił, kto prowadził samochód ani kto spowodował wypadek, powiedział tylko, że przeprowadzka do Simonsbridge była próbą rozpoczęcia nowego życia. Pracuje głównie z domu – jest księgowym – żeby być do dyspozycji żony, a kiedy wyjeżdża do klientów, żoną zajmuje się pani Jeffries.

Minęły już ponad dwa tygodnie od dnia, kiedy znalazłem drugą matrioszkę na murku, więc trochę za późno, by spytać Micka albo panią Jeffries, czy coś widzieli. Powinienem jednak ich poprosić, by mieli oko na mój dom – ktokolwiek zostawił matrioszkę na samochodzie, podbił stawkę – chciał, bym wiedział, że śledził mnie do Cheltenham. Przeświadczenie Ellen, że widziała siostrę, nie budzi we mnie niepokoju; widocznie tak się pechowo złożyło, że akurat przechodziła obok jakaś rudowłosa kobieta. A może dobrze się złożyło, ponieważ gdyby Ellen na jej widok nie odbiegła, zobaczyłaby matrioszkę na samochodzie. Cokolwiek się dzieje, muszę ją chronić.

Zerkam na zegar; dochodzi dwunasta, a ja jeszcze nic nie zrobiłem, choć przyszedłem do pracowni o dziewiątej. By przestać myśleć o matrioszkach, przez jakiś czas zabawiam się akcjami. Ellen nie wie o tej mojej występnej przyjemności. Nigdy jej nie mówiłem o majątku, który zgromadziłem przez lata, grając na giełdzie – pewnie dlatego, że w głębi duszy trochę się tego wstydzę. Próbowałem przestać, ale giełda stała się moim nałogiem, tak jak była nim przed laty Layla.

Odsuwam się od biurka, zły, że znów o niej myślę. Jestem głodny, więc ruszam przez ogród do domu. Sądzę, że Ellen jest w swojej pracowni, ale przez otwarte drzwi kuchenne widzę, że stoi przy blacie. Kiedy ją dalej obserwuję, chwyta najmniejszą matrioszkę za głowę, podnosi na wysokość oczu i obraca w różne strony z dziwnym wyrazem twarzy.

– Wszystko w porządku? – pytam, by to przerwać, bo czuję się nieswojo.

Oczekuję, że się wzdrygnie i będzie miała minę winowajczyni, jak to się dzieje zazwyczaj, kiedy przyłapuję ją z matrioszkami. Ona jednak tylko lekko kiwa głową i dalej przygląda się matrioszce.

– Ellen – mówię.

– To ta, która mi zginęła, jestem pewna. – Mówi bardzo cicho, jakby do siebie.

Podchodzę do niej, by zdjąć zaklęcie, które najwyraźniej rzuciła na nią laleczka.

– Co masz na myśli? – pytam.

– Myślę, że Layla może żyć – odpowiada, nie obracając się.

– Co to znaczy: może żyć?

– Popatrz. – Wyciąga do mnie laleczkę. – Widzisz tę smugę farby? Moja miała dokładnie taką samą.

– To żaden dowód. – Przyglądam się czarnej smudze przy podstawie. – Na pewno wiele laleczek ma coś takiego. Często tak jest, że farba się rozmazuje.

Kręci z uporem głową, a wcześniej nigdy czegoś takiego nie robiła.

– Na początku też to zlekceważyłam, tak jak ty. Ale im dłużej się jej przyglądam, tym bardziej nabieram przekonania, że to ta laleczka, która mi zginęła. I wiem, że to Layla ją zabrała, chociaż temu zaprzeczyła. Jest moja, nie mam co do tego wątpliwości.

– Bo chcesz, żeby tak było – mówię łagodnie. – Tak samo jak chcesz, żeby ta osoba, którą widziałaś w sobotę w Cheltenham, była Laylą. Ale to nie ona. Layla nie żyje, Ellen… minęło tyle czasu.

Kiwa powoli głową.

– I pewnie dobrze, że tak jest.

Patrzę na nią z zaciekawieniem.

– Dlaczego tak mówisz?

– Dałabym wszystko, żeby żyła, to oczywiste… – Przerywa, by znaleźć odpowiednie słowa. – Ale nie jestem pewna, czy czułaby się szczęśliwa, widząc nas razem, skoro wcześniej byłeś z nią. To mogłoby się okazać dla niej trudne. – Jej głos cichnie.

Obejmuję ją i przyciągam do siebie.

– Tak bardzo starałem się w tobie nie zakochać – mówię z ustami tuż przy jej włosach.

– Wiem – odpowiada cicho. – Pamiętam. Ciągle miałam

nadzieję, że zrobisz pierwszy krok. Ale na próżno, więc zrozumiałam, że to musi wyjść ode mnie.

Jej słowa przywołują echo tamtych lat i gwałtownie odsuwam ją od siebie.

– Nadal chcesz, żebyśmy się pobrali, prawda? – pyta z niepokojem.

– Oczywiście – zapewniam, starając się bardzo, by uśmiech dotarł aż do moich oczu.

Najpierw jednak muszę odnaleźć osobę, która postanowiła namieszać mi w głowie.

# 10

## *Wcześniej*

*– Obiecaj, że już nigdy mnie nie opuścisz – wymamrotałem mniej więcej miesiąc po twoim powrocie. Powinienem był cię zmusić, żebyś mi to przyrzekła na głos.*

*Odwróciłaś się do mnie twarzą, a ja założyłem ci kosmyk włosów za ucho.*

*– Kocham cię. – Cieszyłem się, że wreszcie mogę wymówić słowa, które chciałem wypowiedzieć głośno od chwili, gdy ujrzałem cię po raz pierwszy. – Naprawdę cię kocham, Laylo Gray.*

*– Mam nadzieję – odparłaś żartobliwie. – Właśnie odebrałeś mi dziewictwo.*

*Jestem pewien, że będziesz pamiętać ten dzień – wtedy po raz pierwszy spaliśmy ze sobą i leżeliśmy, ze splecionymi ciałami, wsłuchani w bębnienie deszczu o szybę. Nawet po tych wszystkich latach wciąż pamiętam, jak wślizgnęłaś się do mojego łóżka w środku nocy, oplotłaś mi szyję ramionami, powiedziałaś, że mnie kochasz, że mnie pragniesz.*

*– Nie mogłam się już doczekać – wymruczałaś. – Liczyłam, że do mnie przyjdziesz, ale w końcu zrozumiałam, że wcale nie zamierzasz, bo czekasz, aż ja zrobię pierwszy krok.*

*Od kiedy wróciłaś, stałaś się najważniejsza w moim życiu, wykluczając z niego wszystko i wszystkich. Nie spędzałem już czasu wspólnie z Harrym i stosunki między nami stały się napięte. Nie polubił cię, choć na to liczyłem, bo tak było ze wszystkimi innymi dziewczynami, które przewijały się tłumnie przez moje życie w latach, gdy dzieliliśmy wspólne mieszkanie. Nie sądzę zresztą, że to zauważyłaś, bo jak mogłabyś uwierzyć, że ktokolwiek może cię nie lubić? Harry był jednak przekonany, że nie powinienem być z tobą, a kiedy zacząłem się od niego oddalać, to wbiło między was kolejny klin.*

*W czasie weekendów, podczas których jego niechęć przeganiała nas z mieszkania, zabierałem cię do muzeów i na wystawy sztuki. Wiedziałem, że to cię nudzi, chociaż udawałaś, że wcale nie. Ale nigdy nie umiałaś dobrze kłamać. Problem polegał na tym, że Londyn powiększał dzielącą nas różnicę wieku. Z powodu specyfiki swojej pracy rzadko wracałem do domu przed jedenastą. Znalazłaś pracę w winiarni o minutę drogi spacerem od mieszkania i często pracowałaś do dwunastej. A kiedy nie pracowałaś, chciałaś wychodzić na miasto, zupełnie jak ja, kiedy przyjechałem do Londynu przed siedmioma laty. Zrozumiałem, że muszę wyrwać nas z tego miasta. Teraz mogę to przyznać: rozpaczliwie chciałem się stamtąd wyprowadzić, zanim mnie też uznasz za nudnego. Nigdy nie czułem się nudziarzem, dopóki nie przyszło mi do głowy, że ty możesz tak uważać.*

*To kłótnia z Harrym postawiła wszystko na ostrzu noża. Pewnego wieczoru poprosił, byśmy poszli razem na drinka, tylko we dwóch, przez co od razu się zjeżyłem. Kiedy oświadczył, że w jego poczuciu masz na mnie negatywny wpływ, że cierpi przez to zarówno moja praca, jak i relacje z ludźmi, i że prawdo-*

*podobnie jesteś ze mną tylko dla pieniędzy, zerwałem się z krzesła z zaciśniętymi pięściami. Harry, który znał moją wstydliwą przeszłość i był naocznym świadkiem wielu wybuchów, nawet nie drgnął. Tak jakby chciał udowodnić, że ma rację – że wzmocniłaś we mnie cechy, które obiecałem mieć pod kontrolą. Pozwolił, bym na niego natarł, przygwoździł mnie wzrokiem i ani na chwilę go nie spuścił, próbując w ten sposób rozwiać czerwoną mgłę, która już mnie oślepiała. Ja jednak już za bardzo się zagalopowałem. Nie dość, że obaliłem go na podłogę, to jeszcze okładałem dalej, kiedy na niej leżał, wymierzałem kolejne ciosy w twarz i ciało, chciałem stłuc go na miazgę, unicestwić. Gdyby nie interwencja ludzi, którzy mnie od niego odciągnęli, nie wiem, co by się stało.*

*Pamiętam, że chciano wezwać policję, ale Harry, wypluwając krew, powiedział, by tego nie robić. Poczucie winy zastąpiło u mnie wściekłość. Nie mogłem znieść widoku jego posiniaczonej, opuchniętej twarzy, więc zostawiłem go krwawiącego w barze. Wiedziałem, że nie mogę wrócić do mieszkania, więc znalazłem na tę noc hotel i poprosiłem, byś tam się ze mną spotkała. Kiedy opowiedziałem ci, co zaszło, byłaś przerażona, a potem zła, ponieważ wcześniej nie znałaś mnie od tej strony.*

*Jak bym chciał, aby tak mogło pozostać.*

# 11

## *Teraz*

Odczytuję ponownie maila, a potem opadam na oparcie krzesła i myślę o St Mary's. Nie byłem w Devonshire od czasu ceremonii, którą wyprawiliśmy dla Layli, już pięć lat temu. To Tony zasugerował, żeby to zrobić. Wydawało się, że ten pomysł wziął się znikąd, ale termin nie umknął mojej uwadze. Minęło siedem lat od zaginięcia Layli, a więc okres, po jakim zostałaby oficjalnie uznana za zmarłą, gdyby zaginęła w Anglii. Podejrzewałem, że Tony, który przez te wszystkie lata informował Ellen i mnie o wszelkich postępach w śledztwie, miał nadzieję, że ceremonia zapewni nam coś w rodzaju zamknięcia sprawy. Tylko że być uznaną za zmarłą to nie to samo co być zmarłą.

Pamiętam, że nie paliłem się do tej ceremonii, ale Tony powiedział, że Ellen owszem, więc uznałem, że jako siostra Layli ma większe prawo, by o tym decydować. Ich ojciec zmarł sześć miesięcy wcześniej i domyśliłem się, że Ellen chce zostawić przeszłość za sobą i rozpocząć nowe życie. Założyłem, że zechce urządzić ceremonię na Lewis, i cieszyłem się, że w końcu odwiedzę wyspę, na której Layla się wychowała. Nigdy jednak nie dotarłem na Lewis, ponieważ Ellen powiedziała Tony'emu, że najszczęśliwszy okres życia Layla przeżyła ze mną, i zaproponowała, żeby ustawić ławkę w miejscu, które miało szczególne znaczenie dla nas obojga.

Od razu pomyślałem o Pharos Hill. Layla uwielbiała to wzgórze – pół godziny spacerkiem z St Mary's – gdzie stała legendarna latarnia morska, z której pozostały tylko ruiny. Często się tam wspinaliśmy ze względu na piękny widok na morze, który podziwialiśmy, siedząc oparci plecami o pień drzewa – według Layli, z kształtu podobny do matrioszki. Tak więc kupiłem prostą drewnianą ławkę w składanej formie i pojechałem do Devonshire z Peggy, a Tony odebrał Ellen ze stacji Exeter.

Bałem się tego spotkania z Ellen. Dotychczas nasz jedyny kontakt ograniczał się do listu, który otrzymałem kilka miesięcy po zniknięciu Layli. Ellen napisała, że wie, iż nie skrzywdziłbym w żaden sposób jej siostry. List jedynie pogłębił moje poczucie winy i miałem nadzieję, że siedem lat później nie da się tego poczucia winy wyczytać z mojej twarzy. Na szczęście oprócz oczu Ellen bardzo różniła się od siostry. Gdyby miała takie same rude włosy, taką samą piegowatą skórę, byłoby mi trudno. Była szczuplejsza od Layli, bardziej konserwatywnie ubrana, bardziej powściągliwa. Krótko mówiąc, przysłowiowa starsza siostra, i podczas tego pierwszego spotkania wydawało się, że nigdy się nie uśmiecha. Tak czy owak, sytuacja była niezręczna, a ja, zaabsorbowany myślami o Layli, mówienie pozostawiłem Tony'emu.

Tony i ja wnieśliśmy razem pudło na Pharos Hill, Ellen szła za nami z małą skrzynką z narzędziami, a Peggy deptała nam po piętach. Złożyliśmy wspólnie ławkę w niemal całkowitym milczeniu, a potem usiedliśmy na niej obok siebie, każde pogrążone we własnych myślach, podczas gdy Peggy bawiła się pustym opakowaniem. Siedząc tam po południu, w promieniach słońca, z kimś, kto znał Laylę lepiej ode mnie, i z kimś, kto nie znał jej wcale, poczułem coś w rodzaju spokoju.

Powiedziałem sobie, że będę wracał do Devonshire co roku, w rocznicę zniknięcia Layli albo w dniu jej urodzin, albo w rocznicę dnia, w którym ustawiliśmy ławkę, ale nigdy tego nie zrobiłem. Wolałem zapomnieć o Devonshire, nauczyłem się nawet o nim nie myśleć. Te wszystkie wspomnienia wzbudził dopiero mail, który właśnie otrzymałem.

Przyszedł na mój oficjalny adres i pochodził od kogoś, kto twierdził, że chciałby kupić dom w Devonshire. To od razu wzbudziło moje podejrzenia. Nie sprzedałem domku, w którym mieszkałem z Laylą, więc technicznie rzecz biorąc, jestem właścicielem nieruchomości i mógłbym ją sprzedać. Ale skąd ktoś o tym wiedział? Niewielu ludzi się orientuje, że nadal posiadam ten dom. Nawet Ellen o tym nie wie. Nigdy o niego nie pytała, tak samo jak nigdy nie spytała, dlaczego nie trzymam na widoku żadnych zdjęć Layli. Kiedy się wprowadziła, nie spytała, czy mogłaby jakieś ustawić, co wiele dla mnie znaczyło: znaczyło, że rozumie. Żadne z nas nie potrzebuje przypominania o tym, że to Layla nas wiąże.

Znów patrzę na maila, który, jak przypuszczam, jest przypadkową wiadomością wysłaną na adres z jakiejś listy mailowej. Nie ma w nim żadnego nazwiska, ale pochodzi z adresu rudolph.hill@outlook.com. Kim jest Rudolph Hill i jak wiele wie? Postanawiam potraktować tego maila jako rzeczywistą ofertę – którą równie dobrze może być – i wysyłam krótką odpowiedź:

Przykro mi, nie mogę pomóc.

Ku mojemu zaskoczeniu, natychmiast nadchodzi odpowiedź.

**A co z domkiem w St Mary's? Zapewne nie zamierza go Pan zatrzymać, skoro żeni się Pan z siostrą?**

Serce zaczyna mi mocno walić. Odczytuję maila ponownie, sądząc, że coś źle zrozumiałem. Ale teraz jeszcze bardziej się denerwuję, ponieważ nie może być mowy o pomyłce.

Staram się trzeźwo wszystko rozważyć. Rudolph Hill albo ten, kto się za niego podaje, musi być osobą znającą moją przeszłość. Ogłoszenie Ellen o zaręczynach zawędrowało widocznie do sieci, a znając nieustanne współzawodnictwo dziennikarzy w wyszukiwaniu nowych historii – albo nowego spojrzenia na stare – prawdopodobnie są ustawione alerty Google'a na moje nazwisko. Więc to może być po prostu reporter, który chce napisać artykuł *Partner zaginionej kobiety nie rozstaje się z domem, chociaż zamierza ożenić się z siostrą* albo pod innym idiotycznym tytułem. Musiał trochę pogrzebać, by się dowiedzieć, że nadal mam dom w St Mary's. Albo skorzystał z dawnej wiedzy. Czy to ta sama osoba, która podrzuca matrioszki? Czy wszystko jest częścią jakiegoś skomplikowanego planu mającego na celu narobienie mi kłopotów? Ale któż mógłby tego chcieć? Ponieważ matrioszki podrzucono z taką łatwością, to musi być ktoś miejscowy.

Głos w mojej głowie wysyczał imię Ruby. Nigdy się nie dowiedziałem, czy była odpowiedzialna za artykuł *Partner za-*

*ginionej kobiety sprowadza jej siostrę*, ponieważ tak naprawdę nie miał żadnego znaczenia, nawet jeśli wzniecił pewną niechęć wobec Ellen. Nie pamiętam, jak się nazywał ten dziennikarz, kuzyn Ruby, ale możliwe, że Rudolph Hill.

Trudno mi jednak uwierzyć, że Ruby zrobiłaby coś takiego. Rozumiem, że ma do mnie żal z powodu Ellen, czuje, że źle ją potraktowałem, i to prawda. Ale po co te gierki i dlaczego teraz? Czemu nie w zeszłym roku, kiedy Ellen ze mną zamieszkała? To musi być coś więcej niż po prostu chęć odpłacenia pięknym za nadobne. Znów czytam maila, wzmiankę o ślubie z Ellen. I wtedy do mnie dociera, o co chodzi. Ślub! To wszystko zmienia – przynajmniej w oczach Ruby – ponieważ moja relacja z Ellen stanie się trwała.

Idę poszukać Ellen. Jest w kuchni, stoi przed otwartą lodówką i gapi się na jej zawartość. Pełna nadziei Peggy siedzi obok. Ellen odwraca się, gdy nadchodzę, a jej twarz się rozjaśnia, co mi przypomina, jaki ze mnie szczęściarz.

– Zastanawiałam się, co zrobić na lunch – mówi.

Podchodzę i obejmuję ją w pasie.

– To już się nie zastanawiaj. Zabieram cię dokądś.

Pojawienie się Pod Kawką z Ellen to najlepszy sposób na przetestowanie Ruby: zobaczenie, jaka będzie jej reakcja, kiedy ujrzy mnie tak szybko po napisaniu maila. I bezpieczniejszy niż konfrontowanie się z nią sam na sam, bo może byłoby mi trudniej zapanować nad złością, jaką budzą we mnie jej durne gierki.

Przyciągam Ellen do siebie, a ona przywiera do mnie całym ciałem. Nachylam się, by ją pocałować, a kiedy odpowiada namiętnie, prawie zaczynamy uprawiać seks tuż przed lodówką.

– Jesteś pewien, że chcesz wyjść gdzieś na lunch? – mruczy, gdy zaczynam się od niej odsuwać. Muszę jednak załatwić tę sprawę z Ruby.

– Tak – mówię. – Chodźmy Pod Kawkę.

Rzuca mi pytające spojrzenie.

– Daliśmy Ruby dość czasu, by przyzwyczaiła się do myśli, że się pobieramy – wyjaśniam. – Poza tym Peggy tęskni za Busterem, a ja chętnie spałaszuję mięsną zapiekankę.

Biegnę na górę po portfel i trzymając się za ręce, idziemy do wioski. Maszeruję szybko, bo nie mogę się doczekać, kiedy dotrę na miejsce i wreszcie położę kres niepewności ostatnich trzech tygodni, bo tyle minęło od czasu, gdy Ellen znalazła pierwszą laleczkę. Chcę – muszę – wrócić do tego, jak żyliśmy przedtem, bez nawiedzających nas mimowolnie wspomnień o Layli. Jednak z Peggy, która zatrzymuje się, by obwąchać każdy żywopłot, nie sposób iść szybko, więc zadowalam się wyobrażaniem sobie miny Ruby, kiedy wkroczymy z Ellen do pubu.

Pod Kawką jest tłoczno, jak zwykle w piątek w porze lunchu, kiedy turystów jest więcej niż miejscowych, którzy wiedzą, że lepiej przyjść po południu, jak tłum się wreszcie przewali. W ogródku nie ma żadnych wolnych stolików, więc przedzieramy się do środka. Buster jest w swoim koszyku tuż koło baru i otwiera oczy, by sprawdzić, kto przyszedł; podchodzi do Peggy, a potem do Ellen, która się schyla, żeby mógł polizać ją po twarzy, zupełnie inaczej niż Layla, która zbyt się bała psów, by ich dotykać.

Peggy odchodzi, by napić się rozwodnionego piwa z miski Bustera, a ja kątem oka widzę idącą w naszym kierunku Ruby; jej ciemne loki są przewiązane czerwoną bandaną, na ręce podzwaniają srebrne bransoletki. Lubi udawać, że ma w sobie cygańską krew, ale prawda jest taka, że śniadą cerę i czarne włosy zawdzięcza włoskim dziadkom.

– Dawno was nie widziałam! – mówi, witając nas pocałunkiem. – Mam nadzieję, że nie unikaliście mnie celowo.

W jej głosie słychać rozbawienie, jakby wiedziała, że schodziliśmy jej z drogi, od kiedy pojawiło się zawiadomienie o ślubie, i muszę przyznać, że nieźle gra. Ale gdy upiera się, żeby otworzyć butelkę szampana, by uczcić zaręczyny, opadają mnie wątpliwości. Dobrze znam Ruby i wiem, że jest prostolinijna.

Zostawiamy Peggy z Busterem, a Ruby znajduje nam stolik. Przynosi trzy kieliszki i rozlewa szampana.

– Dobrze wybrałaś – zwraca się do Ellen, unosząc kieliszek. – Ty też, Finn – dodaje, co jest wspaniałomyślne z jej strony, bo wiem, że jej zdaniem Ellen się dla mnie nie nadaje, i to nie tylko dlatego, że jest siostrą Layli. – Mam nadzieję, że będziecie bardzo szczęśliwi.

Po kilku minutach banalnej rozmowy, wyłącznie na temat ślubu, który ma się odbyć pod koniec września w małym kamiennym kościółku w sąsiedniej wiosce, Ruby przyjmuje od nas zamówienie i odchodzi – ale wcześniej unosi ze zdziwieniem brwi, patrząc na mnie, kiedy Ellen zamawia małą sałatkę i żadnej przekąski. W jej grymasie nie ma złośliwości, tylko dobroduszne „Poważnie? Nic więcej nie zamówi?". Wiem, skąd to się bierze – w przeciwieństwie do Ruby, Ellen bez przerwy kontroluje swoją wagę. Jest superszczupła, nie ma na sobie ani grama tłuszczu i za nic nie daje się namówić na zjedzenie czegoś tuczącego. Kiedyś dokuczałem Layli, że dużo je, gdy zaczęła przybierać na wadze po przeprowadzce do Devonshire. Tak to już jest, jak się kogoś straci: pamięta się wszystkie niefrasobliwe uwagi, nawet te rzucone żartem.

Kiedy czekamy, aż Ruby przyniesie nam lunch, sączymy szampana, a ja zastanawiam się, dlaczego to wszystko nie trzyma się kupy, dlaczego Ruby, którą mam przed sobą, tak nie pasuje do tej stojącej za matrioszkami i mailami. A więc może to wcale nie Ruby, może jednak ktoś inny.

Najtrudniejszą rzeczą, z którą muszę się mierzyć od lat, jest możliwość, że Layla została porwana z parkingu we Francji. Na początku myślałem, że uciekła z powodu tego, co zaszło tej nocy, ale wkrótce odnajdzie się cała i zdrowa. Wraz z upływem dni, a potem tygodni i miesięcy, musiałem jednak rozważyć przekonanie policji, że Layla została przez kogoś zabrana – albo kierowcę samochodu, który widziałem zaparkowany przed pawilonem toaletowym, albo kierowcę ciężarówki, który na moich oczach odjechał drogą dojazdową do autostrady. Pomimo sporych wysiłków francuskiej policji nie znaleziono śladu po żadnym z tych kierowców, chociaż potrafiłem dokładnie opisać mężczyznę, którego widziałem. Upubliczniony portret pamięciowy nie przyniósł żadnych efektów. Tak samo jak Layla, ten facet rozpłynął się w powietrzu, więc logiczne wydawało się przypuszczenie, że zabrał ją z parkingu.

Jeśli to nie Ruby używa pseudonimu Rudolph Hill, to kto? A co ważniejsze, co ten ktoś wie o zniknięciu Layli?

# 12

## *Wcześniej*

*Pod koniec lata wyprowadziliśmy się z mieszkania, które wynajmowałem od czasu kłótni z Harrym. Po tej kłótni już się z nim nie widziałem. Błagałaś mnie, żebym go przeprosił, ale nie byłem pewien, czy mi przebaczy. Wręczyłem więc za jego plecami wymówienie, a potem się wyprowadziłem, zabierając nasze rzeczy z mieszkania, kiedy był w pracy. Gdy myślę o tym teraz, bardzo się wstydzę tego zachowania, ale miłość, którą czułem do ciebie, wpędzała mnie w szaleństwo, sprawiała, że robiłem szalone rzeczy.*

*Muszę ci coś wyznać... Pamiętasz, jak wcześniej, tamtego roku, zabrałem cię na tydzień do Devonshire? Otóż zrobiłem to, by zobaczyć, czy ci się tam spodoba. A ty byłaś zachwycona. Podróżowaliśmy, zatrzymywaliśmy się w różnych miejscach na nocleg ze śniadaniem, odkrywaliśmy piękne plaże, oglądaliśmy tereny wiejskie, a to wszystko było częścią mojego planu. Kiedy zacząłem oglądać ogłoszenia w witrynach agentów nieruchomości, odniosłaś się entuzjastycznie do pomysłu, by kupić coś w tej okolicy. Potem znalazłaś ten domek, kilka minut drogi spacerem z plaży w St Mary's. Kupiłem go i pozwoliłem ci wybrać meble, żebyś czuła, że domek jest również twój. Pamiętasz, jak się śmialiśmy, kiedy zamówiłaś podwójne łóżko, które było tak wielkie, że zajęło prawie całą sypialnię? A i tak wystawały mi z niego nogi.*

*Gdy pierwszy raz zasugerowałem, żebyśmy przenieśli się tam na stałe, zawahałaś się, tak jak przewidywałem. Obiecałem więc, że jak ci się nie spodoba, przeprowadzimy się z powrotem do Londynu. Te pierwsze dwa miesiące w St Mary's były bardzo szczęśliwe. Nigdy nie byliśmy znużeni swoim towarzystwem, chodziliśmy na bardzo długie spacery wzdłuż plaży. Po raz pierwszy czułem się, jakbym miał dom. Jedną z moich największych przyjemności było patrzenie na nasze buty w korytarzu, twoje małe trzydziestkiósemki obok moich ogromnych czterdziestekósemek. Uwielbiałem, jak wsuwałaś swoje buty w moje – z łatwością wchodziły do środka. Dla mnie był to fizyczny dowód, że ochraniam cię w trudnych chwilach. Tylko że kiedy takie chwile nadeszły, wcale cię nie ochroniłem.*

*Wiem, że ta zima w Devonshire była dla ciebie trudna. Może przypomniała ci zimy na Lewis, bo przyszła tak nagle, rozjuszona ze złości; wiatr zajadle smagał nam twarze, gdy chodziliśmy plażą pod ciężkim, szarym niebem. A jak przychodziła pocztówka od Ellen – za każdym razem inny widoczek z Lewis – zawsze robiłaś się smutna. Na początku myślałem, że robi ci wymówki, bo wyjechałaś na tak długo, ale kiedy odczytywałaś mi pocztówki na głos, okazywało się, że cieszy się z twojego nowego życia. Uznałem więc, że dręczy cię poczucie winy, ponieważ ją zostawiłaś, a nie smutek.*

*Gdy nadeszło Boże Narodzenie i stałaś się niespokojna, zacząłem się martwić, że poprosisz, bym dotrzymał przyrzeczenia i trzeba będzie wrócić do Londynu. Żeby zapewnić ci trochę roz-*

*rywki, zorganizowałem wyjazd na narty do Megève. Harry i ja wielokrotnie wynajmowaliśmy tam dom w stylu alpejskim i miałem nadzieję, że po tym wyjeździe pokochasz na nowo Devonshire. Pragnąłem jedynie, żebyś była szczęśliwa, dlatego właśnie spytałem, czy chcesz, żeby Ellen do nas dołączyła.*

*Zaproponowałem, żeby przyjechała na tydzień, i zaoferowałem się, że zapłacę miejscowej pielęgniarce za opiekę nad ojcem. Ty jednak powiedziałaś, że Ellen nie przyjedzie, i rozzłościłaś się, więc w końcu żałowałem, że w ogóle coś takiego zasugerowałem. Próbując zrozumieć twoją reakcję, spytałem, czy czujesz się winna, że Ellen utkwiła na Lewis, podczas gdy ty uciekłaś. Pamiętasz, co odpowiedziałaś? „Uciekłam z Lewis, a teraz proszę! Siedzę w jakiejś dziurze w Devonshire". Uśmiechnęłaś się, by złagodzić przykry wydźwięk tych słów, ale uznałem je za odbicie rzeczywistości i obiecałem, że kiedy wrócimy z Megève, zabiorę cię, dokądkolwiek zechcesz.*

*Lecz nie dana mi była ta szansa.*

# 13

## *Teraz*

Nie mogę przestać analizować maili. Dudnię stopami po nierównej ścieżce na brzegu rzeki, ale nie mogę pozbyć się napięcia, które wciąż czuję, choćbym nie wiem jak szybko biegł. Wcześniej szukałem przez Google'a Rudolpha Hilla, ale są ich setki. I wygląda na to, że wszyscy mieszkają w USA. Żaden nie mieszka w Wielkiej Brytanii. Wracam przez las, a kiedy docieram do domu, ze zmęczenia rwą mnie mięśnie nóg. Biorę zimny prysznic i idę do pracowni. Sprawdzam, jak się mają fundusze inwestycyjne Villiers, a potem znów czytam maile od Rudolpha Hilla. Z nagłym zniecierpliwieniem przyciągam do siebie klawiaturę i wystukuję:

Kim jesteś?

Kilka sekund później w mojej skrzynce pojawia się wiadomość z adresu mailowego Rudolpha Hilla.

**A jak sądzisz?**

Patrzę na nią, zdumiony, że tak szybko otrzymałem odpowiedź. Tak jakby nadawca siedział od wczoraj przy komputerze, czekając, aż się odezwę.

Kim jesteś?, pytam ponownie.

**Masz mój adres mailowy.**

Opadam na oparcie krzesła i staram się to rozgryźć. Dlaczego *Masz mój adres mailowy*, a nie *Masz moje nazwisko*? Podejrzewałem, że Rudolph Hill to pseudonim. Wpatruję się w niego, szukając rozwiązania zagadki, przestawiam litery i nagle ze zdumienia biorę gwałtowny wdech. Jeśli potrzebuję dowodu, że to Ruby stoi za mailami, mam go na ekranie tuż przed sobą, dwie pierwsze litery jej imienia, a następnie dolph. *Dolphin.* Delfin. Ruby ma naszyjniki z delfinami, bransoletki z delfinami, ma nawet tatuaż z delfinem na klatce piersiowej. Z niesmakiem kręcę głową na tę marną próbę ukrycia jej tożsamości, wściekły, że ma mnie za durnia.

Walę mocno palcami w klawisze.

Nie pogrywaj sobie ze mną, Ruby!

Nadchodzi odpowiedź.

**Kim jest Ruby?**

Parskam śmiechem. No jasne, ta odpowiedź wcale mnie nie dziwi. Bębnię palcami po blacie. Co robić? Nic, podpowiada mi zdrowy rozsądek, nic nie rób. Najwyraźniej wczoraj nic do niej nie dotarło, więc będę dalej zabierał Ellen Pod Kawkę, aż wreszcie dotrze.

*

– Znowu? – pyta z powątpiewaniem Ellen, kiedy mówię jej, że zjemy lunch Pod Kawką. – Wiem, że Ruby ucieszyła się, kiedy nas wczoraj zobaczyła, ale może nie powinniśmy jej się zbytnio narzucać.

– Będzie dobrze – zapewniam, więc o pierwszej wkraczamy do pubu z Peggy i mamy powtórkę z wczoraj, tylko tym razem Ruby nie otwiera szampana, a ja zamawiam curry z jagnięciną na ostro zamiast zapiekanki.

Obserwuję Ruby, czekając na jakieś potknięcie z jej strony. W jej zachowaniu nie ma jednak zupełnie nic, co wskazywałoby, że jest niezadowolona z naszego towarzystwa. I przychodzi mi na myśl tylko to, że jest wyjątkowo dobrą aktorką.

– Cieszę się, że Harry zgodził się poprowadzić mnie do ołtarza – mówi Ellen, dziobiąc swoją sałatkę. – Obawiałam się, że może odmówić.

Dopiero po chwili dociera do mnie, że mówi o naszym ślubie.

– Niby dlaczego?

– No cóż… nie przepadał za Laylą.

Patrzę na nią, skonsternowany tą logiką.

– Owszem, nie przepadał. Ale ciebie lubi.

Podnosi na mnie swoje orzechowe oczy.

– Tak myślisz? Bo wiesz, wcale nie jestem tego taka pewna… – Milknie. – Kiedy mu powiedziałeś, że się pobieramy, wydawał się z lekka zszokowany. Pomyślałam, że może nie pochwala ślubu z powodu tego, kim jestem.

– Myślę, że był zszokowany… w miły sposób… bo poprosiliśmy, by został drużbą – mówię, chociaż ja również zauważyłem chwilowy szok Harry'ego.

Mimo że nie miałem ślubu z Laylą, w oczach niektórych ludzi fakt, że z nią mieszkałem, oznaczał to samo. Więc nie powinienem żenić się z jej siostrą. Nie spodziewałem się jednak, że może to przeszkadzać Harry'emu.

– On cię uwielbia… może nawet trochę za bardzo – dodaję, sięgając ponad stołem po dłoń Ellen. – Całe szczęście, że nie jestem zazdrośnikiem.

– W niedzielę przyjdzie na lunch, prawda?

– Tak – odpowiadam, ponieważ Harry zawsze przybywa na lunch w pierwszą niedzielę miesiąca.

– Dobrze, będę mogła pokazać mu swoje matrioszki. Będzie zadowolony, że wreszcie mam cały komplet.

– A więc on zna tę historię? – dopytuję się z ciekawością. – O tym, jak zgubiłaś jedną laleczkę w dzieciństwie?

– Tak. Pamiętam, że mu o tym opowiadałam. Ciekawe, co teraz powie.

Mówi to w sposób, który każe mi sądzić, że ma nadzieję znaleźć w Harrym sojusznika, jakby wiedziała, że on weźmie jej stronę. I z jakiegoś powodu mnie to drażni. Chociaż miałem nadzieję, że Harry polubi Ellen bardziej od Layli, czasami wolałbym, aby nie lubił jej aż tak bardzo. Nagle przychodzi mi do głowy, że gdyby Layla nie zaginęła, moglibyśmy stanowić zgraną czwórkę, ja z Laylą, Harry z Ellen. Zażenowany, odganiam tę myśl.

– Zadzwonię do niego po powrocie do domu – mówi Ellen. – Żeby się upewnić, że przyjedzie.

Kończymy lunch i proszę Ruby o rachunek. W pubie jest

duży ruch, więc przynosi go po dłuższym czasie, jak zwykle na talerzyku, wewnątrz składanej kartki z rysunkiem kawki na froncie. Ellen idzie do toalety, a ja obserwuję Ruby, która swobodnie rozmawia z klientami. W jej ciele nie ma śladu niepokoju ani napięcia. Sfrustrowany sięgam po portfel i rozkładam kartkę, by sprawdzić wysokość rachunku – a tam, w środku, leży maleńka matrioszka.

Szok ustępuje złości. Gniew, który odczuwam, nie jest jednak bezpośrednio skierowany na kogoś, kto posunął się o krok za daleko – to gniew zabarwiony nienawiścią, a jego intensywność szokuje mnie chyba bardziej niż mała matrioszka gapiąca się na mnie malowanymi czarnymi oczkami. Chwytam ją z talerza, przedzieram się przez tłum na koniec baru, gdzie stoi Ruby. Na widok mojej miny śmiech na jej twarzy tężeje.

– Dość tego, Ruby – syczę, nachylając się do niej.

Patrzy na mnie przestraszona.

– O co ci chodzi?

Chwytam ją za nadgarstek.

– Dość tych gierek. Zabawiłaś się i wystarczy.

– O czym ty mówisz?

– Próbujesz rozdzielić mnie z Ellen.

– Słuchaj, Finn, szczerze się cieszę z waszego związku. Mówię poważnie.

Próbuje się cofnąć, ale ja przytrzymuję jej nadgarstek jeszcze mocniej, w drugiej dłoni ściskam matrioszkę. Jakaś kobieta przerywa rozmowę i zaczyna nam się przyglądać. Biorę głębszy oddech, by się uspokoić.

– Cholernie dobrze wiesz, że nie o tym mówię – cedzę cicho. – Przysyłasz mi maile, podszywając się pod kogoś innego, podrzucasz matrioszki.

Ruby uśmiecha się uspokajająco do kobiety, a potem patrzy mi prosto w oczy.

– Finn – odzywa się spokojnie. – Nie mam pojęcia, o czym mówisz. Puść mnie, proszę. Sprawiasz mi ból.

Uświadamiam sobie, jak mocno trzymam jej nadgarstek, i szybko go uwalniam.

– Co w ciebie wstąpiło? – Rozciera czerwony ślad, który zostawiłem.

– Mówię poważnie, Ruby, skończ wreszcie te gierki. – Rozwieram dłoń, żeby mogła zobaczyć matrioszkę. – To koniec, dobra?

Patrzy na laleczkę, kręcąc głową.

– Nie rozumiem.

– To przecież twoja sprawka! Ty położyłaś ją na talerzu razem z rachunkiem.

– Ależ skąd! Zresztą po co miałabym to robić? Nie rozumiem.

– Właśnie że tak. Bardzo dobrze rozumiesz. Dokładnie wiesz, co przychodzi mi do głowy, kiedy widzę taką laleczkę.

– Słuchaj, Finn, pojęcia nie mam, o czym gadasz. – Wskazuje głową matrioszkę. – Nie położyłam jej na talerzyku i nie wiem, co ci przychodzi do głowy na jej widok.

– Przyniosłaś rachunek.

– Tak.

– Przygotowałaś go i przyniosłaś.

– Przygotowałam, owszem, tak jak inne rachunki, i zostawiłam na końcu baru, żeby ktoś z personelu ci go zaniósł. Kiedy zobaczyłam, że ciągle tam jest, przyniosłam go, tak jak pozostałe. Wykonywałam swoją pracę, i tyle.

– A więc ten talerzyk stał na barze?

– Tak. – Patrzy na mnie z zaciekawieniem. – O co tu chodzi, Finn?

Przeczesuję ręką włosy, zastanawiając się, czy jednak się nie pomyliłem.

– Ktoś sobie ze mną pogrywa.

– No cóż, to nie ja.

Nie jestem przekonany.

– Jak się nazywał ten twój kuzyn, dziennikarz?

– Joe. Joe Walsh. Bo co?

Sfrustrowany, walę pięścią w blat baru.

– Finn? – Obracam się i widzę, że stoi za mną Ellen, a niepewny wyraz jej twarzy mówi mi, że widziała, jak uderzam pięścią. – Wszystko w porządku?

Szybko rozluźniam twarz.

– Tak, wszystko w porządku, musiałem zamienić słówko z Ruby.

Ellen przenosi wzrok na Ruby, która uśmiecha się do niej promiennie. Wpycham matrioszkę do kieszeni i sięgam po rękę Ellen.

– Chodź, idziemy. – Wywołuję Peggy z zakątka Bustera i obracam się do jego pani. – Cześć, Ruby, dzięki. – Nawet nie próbuję się uśmiechnąć.

Wychodzimy z pubu i przez jakiś czas idziemy w milczeniu. Wiem, że Ellen spodziewa się jakiegoś wyjaśnienia, lecz umysł mam zbyt zaabsorbowany rozmową z Ruby, więc czekam, aż Ellen zacznie, bo może tego w ogóle nie zrobi, a wówczas nie będę musiał niczego tłumaczyć.

– Więc o co chodzi? – pyta wreszcie.

– Nic, Ruby jak zwykle mnie wkurza – rzucam z udawaną niedbałością.

– Ale czym?

– Włożyła mi szpilę w związku z naszym ślubem.

– Och…. – Marszczy brwi. – Myślałam, że się cieszy.

– Cieszy się, tylko że… Znasz ją, nie może się powstrzymać.

– Wyglądało na to, że jesteś na nią bardzo zły.

– Bo byłem. Ale już mi przeszło.

– To dobrze. Przez chwilę się ciebie bałam.

Przystaję i chwytam ją w ramiona.

– Nie chcę, żebyś kiedykolwiek się mnie bała.

Nie tak jak Layla tamtej nocy, dodaję w myślach.

# 14

## *Wcześniej*

*Pieniądze nigdy cię nie interesowały, Laylo, ale byłaś zdziwiona, kiedy przyznałem, że w ciągu tych siedmiu lat, kiedy pracowałem w City, zgromadziłem ich dość, by starczyło mi do końca życia. Arogancko rzecz ujmując, kiedy wyjeżdżaliśmy z Londynu do Devonshire, wiedziałem, że mógłbym już nigdy nie pracować, co mi bardzo odpowiadało, bo na samą myśl o pracy czułem zmęczenie. Nie mając jeszcze trzydziestu lat, byłem całkowicie wypalony zawodowo.*

*Wiedziałem jednak, że psychicznie nie wytrzymałbym bez pracy do końca życia. Chciałem tylko zrobić sobie rok wolnego, skoncentrować się na tobie, na nas, a o przyszłość zatroszczyć się później. Ty jednak zrobiłaś się niespokojna. Widziałem, że zaczynasz się czuć jak piękne dzikie zwierzę zamknięte w klatce. Czasami bez żadnego powodu bywałaś dla mnie opryskliwa, chociaż szybko przepraszałaś; twoje nastroje były nieprzewidywalne, nagle pojawiała się złość albo frustracja.*

*Tydzień przed planowanym wyjazdem na narty zostałaś zaproszona przez koleżanki z dawnej pracy w winiarni na babski weekend w Londynie. Bardzo się na to cieszyłaś; przed wyjaz-*

*dem zaczęłaś się częściej uśmiechać, a to sprawiło mi przykrość. Byłem jednak zbyt dumny, by poprosić cię, żebyś nie jechała. Zamiast tego zawiozłem cię na stację i pomachałem, gdy odjeżdżałaś pociągiem.*

*To były długie dwa dni. Chodziłem na spacery po plaży, a w międzyczasie starałem się być doskonałym chłopakiem i w ramach niespodzianki dla ciebie pomalowałem nawet łazienkę. Zanim nadszedł niedzielny wieczór, nie mogłem się doczekać twojego powrotu. Zamierzałem zabrać cię prosto do łóżka i zostać w nim przez cały następny dzień. Lecz kiedy wyszedłem po ciebie na stację, byłaś taka cicha, że prawie stanęło mi serce. Pomyślałem, że zaraz się dowiem, że chcesz wrócić do dawnego życia w Londynie. Ale ty przywarłaś do mnie, powiedziałaś, że mnie kochasz, że zawsze chciałaś być ze mną, że chcesz na zawsze zostać w naszym wiejskim domku. Zdałem sobie sprawę, jak bardzo za tobą tęskniłem; moje serce się uspokoiło i byłem zadowolony, że pozwoliłem ci na tę wyprawę do Londynu.*

*W następnym tygodniu wyjechaliśmy do Megève, ale kiedy tam dotarliśmy, twój nastrój wcale się nie poprawił. Nigdy wcześniej nie jeździłaś na nartach, więc codziennie rano opłacałem ci lekcje, przekonany, że ktoś taki jak ty na pewno pokocha góry. Nie miałaś jednak do nich serca, a ja nie potrafiłem ukryć rozczarowania – czy też lęku – ponieważ wyglądało na to, że wszystko, co mówię albo robię, już nie jest w porządku. Pytałem, czy tęsknisz za domem albo za Ellen, a ty tonęłaś we łzach i nie pozwalałaś mi się pocieszyć. Byłaś bardzo nerwowa i zacząłem się martwić, że źle cię zrozumiałem, że jednak chcesz wrócić do Londynu, że przygotowujesz się psychicznie, by mnie o tym poinformować.*

*W drodze powrotnej zatrzymaliśmy się na kolację w Paryżu, a kiedy wracaliśmy nad Sekwaną do miejsca, gdzie zaparkowałem samochód, chwyciłem cię w ramiona i powiedziałem, że bardzo cię kocham. Trochę żałowałem, że nie wziąłem ze sobą pierścionka, tego, który zamierzałem ci dać na urodziny, bo mógłbym ci się oświadczyć tam i wtedy, zamiast czekać. Ale wyglądało na to, że moja miłość wprawia cię w zakłopotanie, więc miałem coraz więcej wątpliwości.*

*Gdy tylko wsiedliśmy do samochodu, zaczęłaś płakać i kiedy spytałem, o co chodzi, nie chciałaś powiedzieć. W końcu nie mogłem tego dłużej znieść. Zjechałem z autostrady na parking i oświadczyłem, że nie odjedziemy, dopóki nie powiesz mi, co jest nie tak, że nie potrafię tego naprawić, jeśli mi nie powiesz.*

*Zupełnie nie byłem przygotowany na to, co usłyszałem. Nie powiedziałaś, że chcesz mnie opuścić i wrócić do Londynu. Wyznałaś, że podczas weekendu w Londynie przespałaś się z kimś.*

# 15

## *Teraz*

Kiedy wracamy z pubu, rozchodzimy się w różne strony – każde z nas udaje się do swojej pracowni. Siadam przy biurku, z kryjówki w głębi szuflady wyjmuję dwie matrioszki – tę znalezioną na murku i tę z samochodu – i stawiam je na skraju biurka. Potem wyjmuję z kieszeni laleczkę znalezioną na talerzu Pod Kawką i umieszczam obok tamtych. Trojaczki. Jaki jest wasz cel? – pytam je w myślach. Dlaczego tutaj jesteście? Co się, u diabła, dzieje?

Nadal nie jestem przekonany, że to nie sprawka Ruby. Adres mailowy jest dość obciążający. Powinienem jej o tym wspomnieć, powiedzieć jej, że to rozpracowałem. Ponieważ tego nie zrobiłem, prawdopodobnie uważa, że może bezpiecznie kontynuować swoją szaradę.

Wkładam laleczkę znalezioną Pod Kawką z powrotem do kieszeni i wpycham pozostałe do szuflady. Następnie loguję się do skrzynki mailowej – i widzę, że przyszła kolejna wiadomość od Rudolpha Hilla. Patrzę, o której została wysłana, i orientuję się, że mniej więcej w czasie, kiedy wyruszyliśmy z Ellen do pubu, sześć minut po poprzedniej, tej z pytaniem **Kim jest Ruby?**

Otwieram wiadomość.

**Nie wiem, kim jest Ruby. Ale nie jestem nią.**

Chyba sobie żartuje. Sięgam do klawiatury.

A więc kim jesteś?

Odpowiedź przychodzi od razu.

**A jeśli Ci powiem, że Layla żyje?**

Serce wali mi mocno, biorę się w garść. To musi być jakiś porąbany drań. Ruby nie potrafiłaby być tak podła.

Odpowiem, że łżesz, wpisuję z wściekłością.

**Nie wierzysz mi?**

Nie. Naciskam „wyślij", a kiedy nie ma odpowiedzi, zaczynam się odprężać. I wtedy nadchodzi wiadomość.

**A powinieneś.**

Chciałbym przestać pisać, ale nie mogę.

A więc gdzie ona jest?

Nadchodzi odpowiedź.

**Właśnie tutaj.**

Zalewa mnie fala emocji. Odsuwam się od biurka, zrywam na nogi, pragnąc wybiec na świeże powietrze, dopóki jeszcze mogę oddychać. Ale potem, z mętlikiem w głowie, znów siadam, przewracając kubek z zimną kawą. Rozbija się na kamiennej podłodze, rozpryskując płyn wokół. I gdy jestem w kompletnej rozsypce, wchodzi Ellen z komórką w ręce.

– Finn... – zaczyna. – Harry chce z tobą pomówić. – Zauważa rozbity kubek i wyraz mojej twarzy. – Harry, Finn do ciebie oddzwoni.

Pochylam się nad biurkiem, z głową w dłoniach, i próbuję się pozbierać. Ellen mnie obejmuje.

– Co się dzieje? – pyta natarczywie, przykucając przy mnie, stara się zobaczyć moją twarz. – Dobrze się czujesz?

To mistyfikacja, przypominam sobie. To tylko mistyfikacja.

– Nic mi nie jest – rzucam szorstko.

Wsuwa dłoń między moje ręce, próbuje dosięgnąć czoła i zdaję sobie sprawę, że podejrzewa chorobę, więc chwytam się tego.

– Chyba coś zjadłem – jęczę cicho. – Pewnie któraś krewetka była nieświeża.

– Może położysz się na chwilę?

– Tak, dobry pomysł. – Wstaję zza biurka, zadowolony, że będę sam, ale uzmysławiam sobie, że nie dam rady leżeć, bo jestem zbyt poruszony. – A właściwie to chyba pójdę się przejść nad rzekę, zaczerpnę świeżego powietrza.

– Chcesz, żebym poszła z tobą?

– Nie, nie trzeba. Masz przecież robotę.

– Mogę sobie zrobić pół godzinki przerwy.

– Naprawdę, nic mi nie jest. – Widzę zdziwienie w jej oczach, całuję ją w czubek głowy. – Długo nie zabawię.

– Dobrze. A co do Harry'ego, to nie przyjedzie w ten weekend. Ma jakiś kryzys z klientami. Wyjaśniał mi to, a ja słuchałam długo i uważnie, ale nie całkiem zrozumiałam, o co chodzi, dlatego chciałam przekazać ci słuchawkę.

– Dobrze – mówię. Myśli mam jednak zajęte Laylą, nie Harrym. – Zadzwonię do niego, jak wrócę.

Przechodzimy przez ogród, a kiedy skręcam na ścieżkę prowadzącą przed dom, czuję na sobie spojrzenie Ellen. Pewnie się zastanawia, o co chodziło z tym waleniem w bar i dlaczego jestem teraz taki poruszony. Nie jest głupia. Jeśli ktoś źle się czuje, nie oddala się od domu, a tymczasem ja wybieram się nad rzekę. Choć tak naprawdę wcale tam nie idę, tylko wracam do pubu, żeby zobaczyć się z Ruby.

Nie wydaje się zaskoczona moim widokiem, gdy schylając głowę w drzwiach, wchodzę do środka. Jest tam teraz spokojniej, przy barze kilku stałych klientów, parę osób przy stolikach.

– Możemy porozmawiać? – pytam.

Kieruje się do stolika na końcu pubu, gdzie nikt nie będzie nam przeszkadzał, a idąc za nią, widzę, jak mijani ludzie unoszą brwi i szturchają się łokciami. Wszyscy miejscowi wiedzą, że Ruby i ja byliśmy parą, wielu spodziewało się, że zostaniemy ze sobą na stałe. Dopóki nie pojawiłem się z Ellen.

– Nawiasem mówiąc, zapomniałeś zapłacić – mówi Ruby, siadając. Sięgam po portfel, ale ona kładzie dłoń na mojej ręce. – Żartuję. Na koszt firmy. Wczesny prezent ślubny. – Patrzy na mnie. – O co więc chodzi?

– Przepraszam – mówię, bo na jej nadgarstkach wciąż widać czerwone ślady. – Myślałem…

– Co?

Siadam naprzeciw niej.

– Ruby, proszę, powiedz mi uczciwie: czy wysyłałaś do mnie maile, udając kogoś innego?

Kręci głową.

– Nie – odpowiada stanowczo. – Oczywiście, że nie. Niby po co miałabym robić coś takiego?

– Adres mailowy, z którego przychodzą... no cóż, jest twój – mówię, ignorując jej pytanie.

Marszczy brwi.

– Chcesz powiedzieć, że ktoś zhakował moje konto?

– Niezupełnie. Chodzi o to, że adres nawiązuje do ciebie. – Stół jest już nakryty na wieczór, więc wyciągam papierową serwetkę spod sztućców, wyjmuję długopis i piszę: *rudolph.hill@outlook.com*, następnie rysuję pionową kreskę pomiędzy „u" i „d" w *rudolph.* – Ruby i *dolphin* – mówię. – Masz tatuaż z delfinem.

Kiedy rozważa moje słowa, przyglądam się uważnie jej twarzy w nadziei, że zauważę coś, co ją zdradzi.

– Hm – odzywa się w końcu. – Tak jakby rozumiem, dlaczego myślisz, że maile mogą przychodzić ode mnie, ale czy to nie jest trochę przekombinowane? Niby dlaczego nie miałyby przychodzić od kogoś, kto się nazywa Rudolph Hill?

– Bo nie. Rudolph Hill to pseudonim, którego ktoś używa, prawdopodobnie po to, bym sądził, że maile są od ciebie.

– Dlaczego? Co w nich jest?

Waham się, zastanawiam, na ile mogę jej zaufać. Ale muszę porozmawiać z kimś, kto nie znał Layli, kto potrafi przywołać mnie do rozsądku.

– Zaczęło się od wzmianki o wiejskim domku w St Mary's.

– St Mary's?

– Mieszkałem tam z Laylą.

– A co to ma wspólnego ze mną?

– Osoba, która wysyła te maile, stara się mnie przekonać, że Layla żyje.

– O Boże! – Ruby otwiera szeroko oczy. – To straszne, Finn! – Marszczy brwi. – Ale dlaczego ja miałabym chcieć, byś myślał, że Layla żyje?

Patrzę na nią surowo.

– Żebym nie ożenił się z Ellen?

Oniemiała otwiera usta.

– Poważnie? – Kręci głową. – Nie wiem, czy powinnam się dziwić, czy raczej wściec. Zdziwić, bo pomyślałeś, że chcę cię powstrzymać. Wściec, bo pomyślałeś, że mogłabym być tak okrutna, by wmawiać ci, że Layla żyje. – Patrzy mi prosto w oczy. – Przecież na tyle już mnie znasz?

– Nie chodzi tylko o adres mailowy. – Wyjmuję z kieszeni matrioszkę, stawiam na stoliku przed nami. – Znalazłem to przy rachunku.

– Tak, już mówiłeś. – Podnosi laleczkę i przygląda się jej. – Śliczna. Ale co ona ma z tym wszystkim wspólnego?

Wtedy uświadamiam sobie, że Ruby nie może znać historii matrioszek, bo nigdy jej o nich nie opowiadałem.

– Zauważyłaś wcześniej w barze kogoś podejrzanego?

Kręci głową.

– Nie. Był za duży tłok, żebym cokolwiek zauważyła. – Oddaje mi laleczkę. – Pewnie ktoś znalazł ją na podłodze i położył na barze, skąd jakoś trafiła na talerz z twoim rachunkiem.

– Prawdopodobnie – przyznaję z roztargnieniem, bo właśnie coś sobie uświadomiłem. Tylko Ellen, Layla i ja znamy historię matrioszek.

I Harry, bo Ellen mu o nich opowiedziała.

# 16

## *Wcześniej*

*Nigdy mnie nie spytałaś, dlaczego opuściłem Irlandię i przyjechałem do Anglii. Nie jestem pewien, czy zdawałaś sobie sprawę, że miałem tam jakieś życie, życie, o którym wolałem zapomnieć, ponieważ nie jestem dumny z tego, kim wówczas byłem. Ludzie nazywali mnie łagodnym olbrzymem i do mniej więcej piętnastego roku życia to się zgadzało. Przynajmniej nie pamiętam, żebym stracił panowanie nad sobą, zanim tata mi nie powiedział pewnej nocy, że nie wolno mi wyjść z domu, a kiedy stał przed zamkniętymi na klucz drzwiami, uniosłem pięść i wybiłem w nich dziurę na wylot. Najgorsze było to, że mierzyłem w twarz ojca i gdyby się nie uchylił, wyrządziłbym mu poważną krzywdę. Miejmy nadzieję, że miłość, którą go darzyłem, powstrzymałaby mnie od dalszych ciosów. Roztrzaskałem drzwi w drzazgi.*

*Ten incydent przeraził zarówno rodziców, jak i mnie. Nie zdawaliśmy sobie dotąd sprawy, że mam w sobie coś w rodzaju nasączonego saletrą papieru, który tylko czeka na podpalenie. Rodzice uświadomili mi, że muszę nauczyć się rozpoznawać znaki ostrzegawcze, i zalecali, bym unikał wszelkich konflik-*

*towych sytuacji, zważywszy na dodatkowe zagrożenie, jakim są moje rozmiary. I oprócz kilku incydentów, kiedy złamałem komuś nos, udawało mi się unikać kłopotów. Dopóki nie poznałem Siobhan.*

*Była moją pierwszą miłością. Teraz wiem, że to, co do niej czułem, było niczym w porównaniu z miłością do ciebie. Ale tamto uczucie również było intensywne; sądziłem, że jesteśmy sobie przeznaczeni. Nie rozmawialiśmy o małżeństwie ani nic takiego, wtedy jeszcze byliśmy na studiach. Jednak od kiedy zacząłem się z nią spotykać, nie zwracałem uwagi na inne dziewczyny, istniała dla mnie tylko ona, tak samo jak później było z tobą. Pewnego dnia – spotykaliśmy się już jakiś rok – mniej więcej tydzień po tym, jak skończyłem studia, oznajmiła, że ma mi coś do powiedzenia. Wyglądała na zmartwioną, a nawet przestraszoną, i w pierwszej chwili pomyślałem, że może jest chora albo zachorował ktoś z jej rodziny. Tymczasem ona oświadczyła, że zakochała się w moim przyjacielu i od kilku miesięcy widuje się z nim za moimi plecami.*

*Najpierw uznałem to za żart i nawet się roześmiałem, bo zaledwie dzień wcześniej po kilku piwach opowiadałem Patowi, jak bardzo jestem szczęśliwy z Siobhan. Natychmiast pożałowałem tych zwierzeń, a kiedy zobaczyłem, że się zachmurzył, uznałem, że poczuł się zażenowany moim pijackim rozrzewnieniem.*

*Nawet teraz, po tylu latach, nie mogę znieść myśli o tym, co zrobiłem. Kiedy dotarło do mnie, że Siobhan mówi poważnie, wrzasnąłem, że ją zabiję. Zacisnąłem pięści i cofnąłem ramię, a ona skuliła się i wrzasnęła, bym przestał. Przez zamglony umysł przebiły się słowa ojca, bym unikał sytuacji konfliktowych, więc opuściłem ramiona i odepchnąłem Siobhan na bok, by dostać się do drzwi. Ale ona upadła i uderzyła głową w krawędź niskiego stołu. Kiedy leżała blada i nieruchoma na podłodze, pomyślałem, że stało się to, o czym przed chwilą mówiłem: że ją zabiłem.*

*Nie umarła, ale trzeba było jej założyć dwadzieścia szwów na głowie. Ku mojej uldze, nie wniosła oskarżenia. Za to jej czterech braci złożyło mi wizytę. Wkrótce potem opuściłem Irlandię, nie z powodu tego, co mi zrobili, nie dlatego, że bałem się, że spełnią swoją pogróżkę i przestrzelą mi kolana, jeśli jeszcze raz mnie zobaczą. Bałem się tego, co mógłbym zrobić, kiedy następnym razem stracę panowanie nad sobą. To wtedy zamieszkałem z Harrym.*

*Przez swój charakter jeszcze dwukrotnie wdałem się w bójkę. Jedna doprowadziła do oskarżenia o ciężkie uszkodzenie ciała, gdy pobiłem kolegę, który nazwał mnie irlandzkim kmiotkiem. Potem udawało mi się unikać kłopotów, aż do tej nocy, gdy rzuciłem się na Harry'ego.*

*I aż do tej nocy, kiedy straciłem panowanie nad sobą w twojej obecności.*

# 17

## *Teraz*

Wchodzę do kuchni i widzę Ellen stojącą przy blacie. Słysząc mnie, szybko się od niego odsuwa i gestem winowajczyni złapanej na gorącym uczynku chowa prawą rękę za plecami. Nie muszę patrzeć na rząd matrioszek, by wiedzieć, że brakuje w nim tej najmniejszej.

– Przepraszam – mamrocze, jakbym przyłapał ją na robieniu czegoś okropnego, a mnie od razu robi się jej żal, nie mogę znieść, że czuje się winna, bo trzyma w dłoni kawałek swojej przeszłości.

– Jaka była Layla jako dziecko? – pytam, chcąc dać jej jakąś pożywkę.

Pytanie zaskakuje mnie tak samo jak ją. Ellen odwraca się z uniesionymi brwiami.

– Nigdy mnie o to nie pytałeś. – Na chwilę zawiesza znacząco głos. – Była wolnym duchem. Uwielbiała być na dworze, nie cierpiała szkoły, bo oznaczała siedzenie w zamknięciu. Uwielbiała rysować. Obie bardzo to lubiłyśmy – dodaje.

– Musiało być wam ciężko, kiedy umarła matka. – Zdaję sobie sprawę, że prowadzimy rozmowę, która powinna odbyć się przed wielu laty.

– Tak, zwłaszcza Layli. Wiedziałam, że mama jest ciężko chora, ale ukrywałam to przed Laylą, żeby ją chronić. Więc śmierć mamy mocno odbiła się na jej psychice.

– W jaki sposób?

Ellen parska cichym śmiechem.

– Layla tak jakby stała się mamą.

– Weszła w jej rolę?

– Nie, to było coś więcej. Zachowywała się tak, jakby się nią stała. Mówiła jak mama, przejęła jej wszystkie nawyki.

– Czy to nie było przykre dla ciebie i ojca?

– Tak, zwłaszcza kiedy była zarazem sobą i mamą w tym samym czasie. Na przykład zadawała jakieś pytanie, a potem odpowiadała na nie głosem mamy. Czasami prowadziła z nią długie rozmowy.

– Martwiliście się?

Wzrusza ramionami.

– Miałam inne zmartwienia, ale tata próbował wybić jej to z głowy i wreszcie przestała, przynajmniej w jego obecności.

– Chcesz powiedzieć, że postępował brutalnie? – pytam, zszokowany.

Niechętnie kiwa głową.

– Zdarzało mu się. Te ostatnie święta były straszne. Dlatego wyjechała. Bała się, że coś się może stać. – Nagle jej twarz posępnieje. – Bardzo za nią tęsknię.

Mam ochotę powiedzieć, że ja też, lecz zmieniam temat.

– Widziałaś rano ogród? Lilie zakwitły.

Ellen kiwa głową.

– Są przepiękne. Pomyślałam nawet, że przyjęcie weselne można by zrobić właśnie w ogrodzie.

Patrzę na nią, po czym dociera do mnie, że mówi o naszym weselu.

– We wrześniu ogród nie będzie wyglądał już tak ładnie – ostrzegam. – Ale możemy, jeśli chcesz.

– Jeszcze się zastanowię. – Uśmiecha się. – Czy nie powinieneś już wychodzić? Mówiłeś chyba, że spotkanie z Grantem masz o jedenastej?

– Już idę. – Całuję ją na do widzenia. – Czekałem, aż minie godzina szczytu.

– Jedź ostrożnie. Wyślij esemesa, jak będziesz wyjeżdżał z Londynu, żebym wiedziała, kiedy się ciebie spodziewać.

Wychodzę z domu i wsiadam do samochodu. Siedzę przez chwilę, a potem wpisuję w urządzenie nawigacyjne *St Mary's*. Okropnie czuję się z tym, że okłamałem Ellen, która jest przekonana, że jadę zobaczyć się z Grantem Jamesem w sprawie sfinalizowania jego inwestycji. A tymczasem dziś wracam do swojej przeszłości, w miejsce, w którym kiedyś mieszkałem razem z Laylą. Zamierzam spytać Thomasa Wintera, dlaczego sądzi, że osoba, którą widział przed naszym domem, była Laylą.

Przez kilka nocy, po ostatnim mailu od Rudolpha Hilla, nie mogłem spać. Te dwa słowa – **Właśnie tutaj** – zafundowały mi podróż do piekła. Jeżeli – tu wielki znak zapytania – Layla żyje i nie mam do czynienia z okrutnym żartem, Rudolph Hill musi być porywaczem. Staram się nie pozwolić sobie na rozmyślania na ten temat, nie wyobrażać sobie Layli więzionej przez ostatnie dwanaście lat. To mistyfikacja, mówię sobie, na pewno.

Trudno jest jechać drogami, które kiedyś były tak dobrze znajome. Im bardziej zbliżam się do St Mary's, tym intensywniej myślę o Layli. Najtrudniejsze w ciągu ostatnich dwunastu lat było to, że nie odnaleziono jej ciała. Wiem, to, że tego pragnąłem, wydaje się straszne, ale wtedy przynajmniej mógłbym zamknąć sprawę, zamiast leżeć bezsennie w środku nocy i zadręczać się myślami, że Layla jest więziona przez jakiegoś szaleńca i nie wiadomo, co musi znosić. Taka niewiedza jest najgorsza, dlatego wolałem pogodzić się z tym, że Layla nie żyje.

Parkuję przed niewielką stacją, bo spacer do domu pozwoli mi się uspokoić. Kiedy wysiadam z samochodu, widzę ducha samego siebie, który wchodzi na stację, a potem na peron i czeka na pociąg, który przywiezie Laylę po weekendzie w Londynie. Nie mogąc się powstrzymać, podążam za tym duchem na peron i patrzę, jak Layla wysiada z pociągu, piękna w zwiewnej czerwonej sukience, z falującymi za nią rudymi włosami biegnie po peronie i wpada mu w ramiona. Nagle wybucha płaczem, przywiera do niego, mruczy, że za nim tęskniła, a kiedy powtarza szeptem, że przeprasza, on w swej naiwności myśli, że pożałowała wyjazdu do Londynu i tego, że zostawiła go samego.

Bolesne wspomnienie zdrady przywołuje mnie do teraźniejszości. Opuszczam stację i ruszam drogą prowadzącą do domu. W ciepłym powietrzu czuję zapach morza, a na wargach smak soli. Kiedy zbliżam się do domu, nagle robi mi się ciężko na sercu, zasycha mi w ustach. Ukazuje się kamienna ściana domu, potem widzę okno na piętrze, mały ogródek od ulicy i… Przystaję raptownie, nie wierząc własnym oczom. Spodziewałem się, że dom będzie zapuszczony i zaniedbany. Ale na grządkach jest mnóstwo kwiatów, a w skrzynkach pod oknami kwitną czerwone pelargonie.

– Layla. – Głos zamiera mi w gardle i przez jedną szaloną chwilę myślę, że zaraz otworzą się drzwi, ona stanie w progu, a potem jak zwykle podbiegnie i powie, że cieszy się z mojego powrotu. Nawet gdy drzwi pozostają zamknięte, nie chcę przyjąć do wiadomości, że jej tam nie ma, ponieważ według mego umysłu kwiaty dowodzą, że na pewno jest, więc pędzę; serce bije mi mocno. Podbiegam do furtki, szarpnięciem otwieram zasuwkę, podchodzę szybko do niebieskich drewnianych drzwi i mocno w nie walę.

Ale ona nie otwiera, więc znów łomoczę i jeszcze raz, ponieważ bardzo pragnę, by tam była, bo nigdy nie przestałem jej kochać, chociaż próbowałem odciąć się od niej psychicznie, choć kocham jej siostrę.

Nagle rozlega się za mną męski głos.

– Nikt panu nie otworzy, dom jest od lat pusty.

Zalewa mnie furia – gwałtowna i rozżarzona do czerwoności. Nie ruszam się z miejsca, z trudem staram się opanować, zmazać z twarzy grymas wściekłości i odpowiedzieć kulturalnie człowiekowi, który zniszczył chwilę, kiedy pozwoliłem sobie wierzyć, że Layla żyje.

Wskazuję ogródek.

– Nie wygląda mi na pusty – rzucam ze złością, bo jeszcze nie zdołałem się opanować.

– To Thomas.

Biorę głęboki wdech i powoli się odwracam, spodziewając się, że mężczyzna wzdrygnie się, gdy mnie rozpozna, i mimowolnie cisną mu się na usta słowa „Czy pan jest...", a potem urwie i zapadnie niezręczne milczenie. Na szczęście mężczyzna, z dziesięć lat ode mnie starszy, okazuje się nieznajomy.

– Thomas? – pytam z udawanym zdziwieniem.

– Starszy pan, który mieszka po sąsiedzku. Od lat dba o ten ogródek. – Kiwa głową w tamtą stronę. – Nie pan pierwszy interesuje się kupnem tego domu. Ale on nie jest na sprzedaż i, według Thomasa, nigdy nie będzie.

Ruszam ścieżką do furtki i zamykam ją za sobą.

– Mieszka tu, obok? – pytam, wskazując dom Thomasa.

– Zgadza się. Ale tam pan go nie znajdzie. Jest w szpitalu, już od kilku tygodni.

Patrzę z przerażeniem na mężczyznę.

– W szpitalu?

– Tak, w Exeter. Można się było tego spodziewać, jest już po dziewięćdziesiątce.

Powoli kiwam głową. Chciałbym zapytać, co się stało, czy Thomas miał atak serca, czy wiadomo, na którym jest oddziale, ale to zabrzmiałoby dziwnie, skoro udawałem, że go nie znam.

– No cóż, skoro dom nie jest na sprzedaż... – mówię, chcąc, żeby mężczyzna już sobie poszedł.

– Sądzę, że nigdy nie będzie. To takie jakby sanktuarium.

– Sanktuarium?

Mężczyzna kiwa głową.

– Mieszkała tu para młodych ludzi, kobieta zniknęła podczas wakacji we Francji. Mężczyzna wrócił na jakiś czas, pewnie czekał na jej powrót, a kiedy uznał, że się nie doczeka, wyjechał i zostawił wszystko dokładnie tak, jak było. Proszę zajrzeć przez okno, to zobaczy pan, co mam na myśli.

Mężczyzna ma sympatyczną twarz, mimo to kusi mnie, by przywalić w nią pięścią.

– Mieszka pan w St Mary's? – pytam i dręczy mnie upiorna wizja, że on, a może również inni zaglądają przez okna.

– Przeprowadziłem się tu pół roku temu. Jeśli szuka pan

domu, proponuję zajrzeć do którejś z agencji nieruchomości w Sidmouth.

– Racja, dziękuję – mówię i ruszam.

Czuję na sobie jego spojrzenie, kiedy wracam do samochodu. Jestem wkurzony, że przejechałem taki kawał drogi na darmo. Gdybym zabrał ze sobą klucze, mógłbym wrócić do domu po odejściu mężczyzny; rozejrzałbym się w środku i wyprawa nie byłaby całkiem jałowa. Chciałem jednak tylko zobaczyć się z Thomasem, więc nie wziąłem kluczy ze skrytki w banku w Exeter, gdzie dwanaście lat temu, w dniu, kiedy opuściłem St Mary's, zostawiłem je razem z biżuterią Layli. Mogłem je zatrzymać, ale nie wyobrażałem sobie, że kiedykolwiek zechcę wrócić do tego domu. Ale na sprzedaż też nie mogłem się zdecydować.

Chciałbym zobaczyć się z Thomasem, ale nie potrafiłem sobie wyobrazić, że wparaduję do szpitala i zacznę zadawać mu pytania na temat rzekomego napotkania Layli. Tory jednak mógłby to zrobić.

Wyjmuję komórkę i wybieram jego numer. Zgłasza się przy drugim sygnale.

– Finn? Wszystko w porządku?

Słyszę w jego głosie ostrą nutę niepokoju i z początku myślę, że wie coś o tym, co się teraz dzieje.

– Tak, w porządku – zapewniam. – Nie przeszkadzam?

– Nie, mów.

– Dzwonię, by poprosić cię o przysługę. Wiem, że to spory kłopot, ale czy mógłbyś złożyć wizytę Thomasowi? Jestem ciekaw, dlaczego sądził, że tą osobą przed naszym domem była Layla.

– Dlaczego? Czy coś się stało?

Rozważam, jak wiele mogę mu powiedzieć.

– Nie, tylko kilka tygodni temu Ellen wydawało się, że zauważyła Laylę w Cheltenham. To była pewnie kobieta z takimi samymi rudymi włosami, ale wydaje się to dziwne wkrótce po tym, co twierdził Thomas.

– Hm. – Tony zastanawia się przez chwilę. – Dobrze, zostaw to mnie. Pojadę się z nim spotkać dziś po południu.

– Dzięki, Tony, naprawdę to doceniam.

Głupio mi, że go wysyłam do St Mary's, wiedząc, że Thomas jest w szpitalu. Ale nie chcę, by wiedział, że byłem w swoim domu. Zresztą tylko trochę nadłoży drogi, dojazd z St Mary's do szpitala nie zajmie mu dużo czasu.

Nie mam jeszcze ochoty stąd wracać, więc przejeżdżam wzdłuż wybrzeża na drugą stronę Sidmouth, parkuję samochód i idę na spacer po plaży, żałując, że nie zabrałem ze sobą Peggy. Kiedy mam już dość chodzenia, znajduję pub, siadam nad kuflem piwa i rozmyślam.

O siedemnastej dzwoni wreszcie Tony.

– Cześć, Tony. Udało ci się zobaczyć z Thomasem? – pytam.

– Niestety, mam złe wieści. Po przyjeździe do St Mary's dowiedziałem się, że w zeszłym tygodniu zabrano go do szpitala. Podobno się przewrócił i okropnie potłukł.

– Przykro mi, że jechałeś na darmo.

– Dowiedziałem się o tym, bo kiedy nie otworzył drzwi, poszedłem do wiejskiego sklepiku. Powiedziano mi, że Thomas został zabrany do szpitala Royal Devon w Exeter, więc od razu tam pojechałem.

– Widziałeś się z nim?

– Nie. – Przerywa. – Okazało się, że umarł dziś wczesnym rankiem.

Czuję nagły przypływ poczucia winy.

– Jakie to smutne – rzucam. – Powinienem był go odwiedzić, tak jak obiecałem.

– Dbał o twój ogródek. Pełno w nim kwiatów. Przez chwilę myślałem, że sprzedałeś dom, ale w sklepie powiedziano mi, że to dzieło Thomasa.

– Teraz czuję się podwójnie źle.

– Żal już nic nie zmieni – mówi nie po to, bym poczuł się jeszcze gorzej, tylko dlatego, że to prawda.

– No cóż, dzięki, Tony. Przepraszam, że sprawiłem ci kłopot.

Rozłączam się. Jedyną rzeczą, jaką mogę teraz zrobić, jest odnalezienie Rudolpha Hilla i wywabienie go z ukrycia. Niech myśli, że moim zdaniem Layla jest u niego, że według mnie ona żyje.

Pomyśli, że mnie nęci, ale to ja będę go wabił.

# 18

## *Wcześniej*

*– Kim on jest?! – wrzasnąłem, kiedy siedzieliśmy w samochodzie na parkingu w Fonches, a ty oznajmiłaś, że spałaś z kimś podczas pobytu w Londynie. – Powiedz kto to?*

*Pokręciłaś w milczeniu głową, przerażona moim gniewem. Sam się nim przeraziłem, więc zdusiłem go w sobie. Zresztą to nie na ciebie byłem zły, lecz na tego drania, który wziął cię siłą. Pragnąłem połamać mu wszystkie kości, odciąć mu jaja.*

*– Nie jestem zły na ciebie, Laylo – powiedziałem, biorąc głębszy oddech. – Chcę tylko wiedzieć, kto to był.*

*Unikałaś mojego wzroku.*

*– Nie wiem.*

*Nie uwierzyłem ci, ale odpuściłem.*

*– Możesz mi powiedzieć, jak do tego doszło? Wziął cię siłą? Zrobił ci krzywdę? – Tak byłem zaślepiony. Wolałem wierzyć, że zostałaś zgwałcona, niż dopuścić myśl, że to był twój wolny wybór.*

*Znów pokręciłaś głową, a ja wziąłem kolejny głęboki oddech. Skoro cię nie zgwałcił, to pewnie wykorzystał, kiedy byłaś pijana. Na samą myśl o tym zrobiło mi się niedobrze.*

*– No. – Spojrzałem na ciebie zachęcająco. – Za dużo wypiłaś, tak?*

*Oczy miałaś pełne łez.*

*– Nie.*

*– Ale... – Próbowałem zrozumieć. – Skoro nie byłaś pijana i mówisz, że nie wziął cię siłą, w takim razie jak do tego doszło?*

*Spojrzałaś na mnie błagalnie, prosiłaś oczami, bym dalej nie drążył, a kiedy zobaczyłem łzy, do serca zakradło mi się przerażenie. Nadal jednak nie mogłem się powstrzymać. Musiałem wiedzieć, chociaż prawda była wypisana na twojej zapłakanej twarzy.*

*– Powiedz mi, Laylo. Powiedz, jak do tego doszło.*

*– N... nie mogę...*

*– Dlaczego?*

*– Nie zrozumiałbyś.*

*– Daj mi szansę.*

*Zwiesiłaś głowę.*

*– Chciałam się dowiedzieć, jak to jest.*

*Uniosłem brwi, nadal nic nie rozumiejąc.*

*– Jak to jest? – Mój głos odbił się echem po samochodzie.*

*I wtedy mi powiedziałaś.*

*– Nikt mnie nie zmusił. Chciałam się dowiedzieć, jak to jest uprawiać seks z kimś innym, tylko tyle.*

*Powoli układałem sobie wszystko w głowie. Chciała się dowiedzieć, jak to jest. Z kimś innym. Uprawiać seks. Przespałaś się z kimś, z nieznajomym, ponieważ chciałaś się dowiedzieć, jaki będzie seks z kimś innym. Najpierw Siobhan, a teraz ty.*

*Niewiele pamiętam z tego, co działo się później. Wiem, że wyskoczyłem z samochodu, okrążyłem go, dopadłem drzwi po twojej stronie, gwałtownie je otworzyłem i wywlokłem cię ze środka. Pamiętam, że tobą potrząsałem, wrzeszczałem na ciebie. Pamiętam twój głos, kiedy krzyczałaś, żebym przestał, pamiętam lęk w twoich oczach, kiedy podniosłem rękę. A potem pamiętam, że byłem w pawilonie toaletowym, próbowałem rozpaczliwie opanować straszny gniew, który mnie trawił. A potem – jak długo, nie wiem – pamiętam, że wróciłem w miejsce, w którym zaparkowałem samochód, i zobaczyłem, że zniknęłaś.*

*Z początku pomyślałem, że się gdzieś przede mną ukryłaś, bo przypomniałem sobie, jak wywlokłem cię z samochodu i tobą potrząsałem. Nie mogłem jednak odtworzyć w pamięci, co zaszło między chwilą, w której podniosłem na ciebie rękę, a tą, gdy znalazłem się w toalecie. Zacząłem cię nawoływać, wykrzykiwać przeprosiny, ale nie przyszłaś, wyjąłem więc z bagażnika latarkę i poszedłem cię szukać, myśląc z przerażeniem, że mogę się natknąć na twoje ciało, bo cię zabiłem i ukryłem trupa wśród drzew, które otaczały parking, a potem wymazałem wszystko z pamięci. Tylko że nie mogłem cię znaleźć, martwej ani żywej.*

*Nie miałem pojęcia, co robić. Wiedziałem, że będę musiał nie tylko zgłosić twoje zaginięcie, ale także, że muszę mieć w zanadrzu jakąś wiarygodną wersję zdarzeń, bo inaczej, jeśli się nie zjawisz, aresztują mnie pod zarzutem zabójstwa. Więc pojechałem na najbliższą stację benzynową, ponieważ na parkingu nie miałem zasięgu, i wymyśliłem tamtą historyjkę.*

# 19

## *Teraz*

– Może zrobimy sobie wolne popołudnie? – proponuję Ellen podczas lunchu.

Potrzebuję jakiejś rozrywki, bo przez cały ranek zastanawiałem się, czy powinienem zadzwonić do Tony'ego. Wiem jednak, że moje rewelacje zabrzmiałyby absurdalnie. W same maile jeszcze można uwierzyć, ale fakt, że ktoś podrzuca mi wciąż drewniane laleczki, dowodzi, że to jakaś chora gra, i sam wolę odkryć, kto za nią stoi.

Ellen podnosi ręce nad głową, przeciąga się.

– Dobry pomysł, przyda mi się przerwa.

– Pomyślałem, że moglibyśmy przejść się po wzgórzach.

– Ale w takim razie bez Peggy. Dla niej to by było za daleko.

– Wyprowadzę ją, jak wrócimy.

Zostawiamy Peggy śpiącą pod stołem, wkładamy do plecaka kilka butelek wody i ruszamy na skraj wioski, a potem wspinamy się na wznoszące się dalej wzgórza.

– Jak ci idzie z ilustracjami? – pytam, kiedy idziemy, trzymając się za ręce.

– Dobrze. Byle Stanowi się spodobały.

– Ile on ma lat?

– Osiemdziesiąt trzy.

– Czyli nigdy się nie jest za starym, by pisać.

Dzień jest piękny, doskonały na spacer, bo słońce nie przygrzewa za mocno, a na wzgórzach powiewa przyjemny wietrzyk. Po godzinie marszu znajdujemy płaski kamień i siadamy, by napić się wody. A ja przez cały czas zastanawiam się, czy nadszedł mail od Rudolpha Hilla.

Nie mogąc wysiedzieć nieruchomo, wstaję i podciągam Ellen do pozycji stojącej.

– Chodź, czas iść.

W drodze powrotnej przyspieszamy kroku. Kiedy zbliżamy się do domu, widzimy Micka w jego ogrodzie przed domem.

– Cześć, Mick – mówię, podchodząc. – Jak się czuje żona?

– Niedobrze. – Kręci ze znużeniem głową. – Depresja to straszna rzecz.

– Może mogłabym ją odwiedzić – proponuje Ellen. – Porozmawiać z nią.

– Ona nie lubi rozmawiać.

– To może bym jej poczytała. Co o tym sądzisz?

– Bardzo miło z twojej strony, ale ona przy ludziach czuje się nieswojo. Nie lubi nawet wizyt krewnych. Chociaż dobrze znosi obecność pani Jeffries.

– Jeśli będziesz miał ochotę na przerwę w pracy albo piwo, wiesz, gdzie nas znajdziesz.

– Dzięki. – Zapada niezręczne milczenie. – Lepiej pójdę sprawdzić, czy czegoś nie potrzebuje – odzywa się wreszcie Mick, odwraca i rusza do drzwi.

Przechodzimy przez ulicę i wchodzimy do swojego domu.

– Pomyślałam tylko, że może miałaby ochotę na towarzystwo kogoś młodszego niż pani Jeffries – mówi Ellen.

– Niestety, jak ktoś ma depresję, w końcu odcina się od całego świata – odpowiadam, a ponieważ Ellen wie trochę o tym, co przeszedłem w latach, które nastąpiły po zniknięciu Layli, ściska mi ze współczuciem dłoń.

Wobec tragedii żony Micka – uświadamiam sobie, że nawet nie znamy jej imienia – która straciła synów i zdrowie, czuję się trochę zawstydzony tym, że zniknięcie Layli tak mnie zdruzgotało.

Peggy już nie śpi, więc zabieram ją na spacer, a kiedy wracamy, ona idzie do kosza, a ja do swojej pracowni. Od razu sprawdzam skrzynkę. Jest mnóstwo nowych maili i szybko przebiegam je wzrokiem, lecz nie ma żadnego od Rudolpha Hilla, a jego milczenie działa mi na nerwy.

Postanawiam chwycić byka za rogi.

Myślę, że powinniśmy się spotkać, piszę, wiedząc, że on na pewno się na to nie zgodzi. O dziwo odpowiedź nadchodzi natychmiast.

**Ja również.**

Gapię się na ekran i dostaję gęsiej skórki na myśl o pozbawionej twarzy osobie, która od czterech dni siedzi cierpliwie przed komputerem i czeka na moją odpowiedź. Biorę się w garść. Czas zarzucić wędkę.

Gdzie?

**Znasz adres.**

Serce bije mi mocno. Domek w St Mary's. Czy ktoś mnie tam wczoraj obserwował z ukrycia? Czy pokazałby się, gdyby nie nadszedł tamten mężczyzna? Czy ten ktoś patrzył, jak odchodzę, zadowolony, że zwabił mnie tam, lecz przyjechałem na próżno?

Kiedy?

**Jutro.**

O której?

**16.**

Czy powinienem wspomnieć o Layli, zobaczyć, co odpowie, kiedy poproszę, by ją przyprowadził, jakbym wierzył w jego autentyczność?

W końcu po prostu informuję, że będę.

Po kolacji mówię Ellen, że rozmawiałem z Grantem przez telefon i muszę się jeszcze raz z nim spotkać.

– Jutro – dodaję. – Chyba nie masz nic przeciwko temu?

– Oczywiście, że nie. To twój klient, musisz dbać, żeby był zadowolony.

– Ale muszę również zadowalać ciebie. – Podchodzę i biorę ją w ramiona.

– To może pójdziemy do łóżka? – mruczy.

Trącam nosem jej szyję i już mam się zgodzić, kiedy mój wzrok pada na rodzinkę matrioszek stojącą na blacie za Ellen.

– Chciałbym. – Wzdycham, rozplatając ramiona i cofając się. – Ale muszę wrócić do pracowni i przygotować parę rzeczy na spotkanie.

Na jej twarzy odbija się rozczarowanie.

– Postaram się nie siedzieć długo – obiecuję.

Patrzę złowrogo na matrioszki i zastanawiam się, jak to możliwe, że przez samą swoją obecność potrafią pozbawić mnie męskości. Jutro, mówię sobie, już jutro się dowiem, kto chce, abym myślał, że Layla żyje.

# 20

## *Wcześniej*

*Sporo wtedy nałgałem policji. Wcale nie chciałem skorzystać z toalety, wcale nie jedliśmy w samochodzie i nie mieliśmy żadnych śmieci do wyrzucenia. Nie powiedziałem ci, żebyś zablokowała drzwi, kiedy wysiadłem z samochodu, nie obiecałem, że się pospieszę, a później nie podjechałem pod toalety, żebyś nie musiała wracać w ciemności.*

*Niektóre wspomnienia do mnie wracają. Pamiętam, że kiedy wchodziłem do toalet, minąłem wychodzącego właśnie mężczyznę; tu nie skłamałem. Pamiętam, że słyszałem warkot odjeżdżającego samochodu, tego, który był zaparkowany przed toaletami, a potem zobaczyłem ciężarówkę pędzącą drogą dojazdową do autostrady; to też nie były kłamstwa. Nie mogę jednak sobie przypomnieć tych kluczowych kilku minut przed pójściem do pawilonu z toaletami.*

*Podczas przesłuchania twierdziłem, że w trakcie całego pobytu w Megève byliśmy bardzo szczęśliwi; powiedziałem, że ci się oświadczyłem, a ty zgodziłaś się za mnie wyjść. Kłamałem, ponieważ musiałem doprowadzić do tego, by przestano uznawać mnie za podejrzanego. Czasami ludzie kłamią dla dobra sprawy, prawda? Szkoda, że tak nie postąpiłaś, szkoda, że przyznałaś się do tej zdrady. Gdybyś tego nie zrobiła, nadal bylibyśmy razem, byłabyś tu teraz ze mną. A jeśli chodzi o oświadczyny, to nie do końca kłamałem. Zamierzałem poprosić cię o rękę, w twoje urodziny, w kwietniu. Ważne, byś o tym wiedziała.*

*Pozwolono mi na jeden telefon, więc zadzwoniłem do Harry'ego. Nie widziałem go ani nie miałem od niego żadnych wieści od siedmiu miesięcy, od tej nocy, kiedy go pobiłem. Po jego spokojnym pytaniu, „Co jest, stary?", wybuchłem płaczem. Od razu wiedział, że skoro dzwonię w środku nocy, to wpakowałem się w jakieś cholerne kłopoty i znów potrzebuję jego pomocy. Po godzinie miałem prawnika, a po pięciu sam Harry był przy mnie.*

*Tak wiele mu zawdzięczam.*

# 21

## *Teraz*

Po drodze do St Mary's zatrzymuję się w banku w Exeter i zaglądam do swojej skrytki, by zabrać klucze do domu. Trudno mi otworzyć drewnianą skrzynkę, ponieważ jest w niej biżuteria Layli i przez głowę przelatuje mi tysiąc obrazów: Layla wsuwa na nadgarstek srebrną bransoletkę; rzuca mi się na szyję, kiedy daję jej w prezencie złoty zegarek; ze śmiechem odchyla głowę, a jej kolczyki połyskują. Zamykam pudełko wraz ze wspomnieniami, z kluczami w kieszeni opuszczam bank i jadę do Sidmouth, gdzie siedzę nad kuflem piwa i kanapką w kawiarni na bulwarze nadmorskim, starając się uspokoić. Sprawdzam w smartfonie, czy mam jakieś nowe maile, ale od Rudolpha Hilla nic nie przyszło. Patrzę więc na notowania giełdowe, a kiedy widzę, że spadł kurs akcji zakupionych przeze mnie wczoraj, biorę to za zły omen.

Nie mam pojęcia, co rozegra się w ciągu kilku następnych godzin. Dużo zależy od tego, czy Rudolph Hill czeka na mnie w domu, czy na zewnątrz. Jeśli będzie na zewnątrz, to znaczy, że jest jakimś szurniętym draniem, który nigdy nie spotkał Layli. Jeśli będzie w środku, to znaczy, że ma jej klucze, bo były tylko dwa komplety – mój i Layli – co z kolei oznacza, że Rudolph Hill jest prawdopodobnie osobą, która zabrała Laylę tamtej nocy z parkingu. A przynajmniej wie, kto to zrobił.

Po raz pierwszy pojawia się myśl, że może chodzić o pieniądze. Jeśli Rudolph Hill jest porywaczem, to może wie, że jestem bogaty, może Layla mu powiedziała, kiedy ją porwał, że zapłaciłbym za jej uwolnienie. Ale dlaczego czekałby aż dwanaście lat? Czemu wcześniej nie postawiłby żądań finansowych? Wszystko wydaje się bez sensu. Chyba że przetrzymywał ją przez cały ten czas, Layla żyje i rzeczywiście z nim jest. Odganiam tę myśl, nim nadzieja zdąży się zalęgnąć. Ale myśl powraca. A co będzie, jeśli on przywiezie Laylę do domu?

Zamykam oczy i widzę siebie, jak o czwartej przechodzę przez furtkę, wchodzę do domu i widzę, że Layla tam stoi i wygląda tak samo pięknie jak przed dwunastu laty. Otwieram oczy i szybko przywołuję się do rzeczywistości. To przecież niemożliwe. Dwanaście lat na pewno by ją odmieniło, zwłaszcza jeśli była więziona. Prawdopodobnie wcale by nie wyglądała tak, jak się spodziewam. A co ona by sobie pomyślała na mój widok? Wyglądam na swoje czterdzieści jeden lat. Nie wyłysiałem, ale mam brodę, a włosy pokrywa z boku siwizna – spadek po zniknięciu Layli i późniejszej depresji. No i chociaż sporo biegam, przybrałem na wadze. Niecierpliwie kręcę głową, bo to próżne rozważania. Layli tam nie będzie. Rudolph Hill, kimkolwiek jest, używa jej jako przynęty.

Sprawdzam godzinę, kończę kanapkę i jadę do St Mary's. Parkuję przed domem. Na drodze nikt na mnie nie czeka. Wysiadam z samochodu; nikt nie wychodzi z domu. Ciążą mi stopy, kiedy otwieram furtkę i idę ścieżką, serce bije mi tak mocno, że na pewno może je słyszeć człowiek, który jest w środku. W środku. A więc ma klucze Layli. Czuję taki przypływ agresji wobec niego, że z całej siły walę w drzwi pięścią, jakbym mierzył nią wprost w jego twarz. Nie pojawia się, więc wyjmuję klucze z kieszeni i szukam tego właściwego. Zacina się w zamku, ale w końcu udaje się go przekręcić. Otwieram pchnięciem drzwi i machinalnie schylając głowę, wchodzę do przedpokoju.

Od razu uderza mnie zapach stęchlizny i zaniedbania. Tyle wspomnień przypuszcza na mnie atak, że nogi niemal uginają się pode mną – widzę Laylę stojącą tutaj w przedpokoju, siedzącą na schodach i wciągającą buty, zbiegającą ze schodów wprost w moje ramiona. Czekam, aż obrazy zbledną, nasłuchuję odgłosów czyjejś obecności, poruszenia w którymś z pomieszczeń, skrzypnięcia deski podłogowej na górze. Jednak są tylko cisza i kurz po niespełnionych nadziejach, udręka myślenia o tym, co by było, gdybym tylko zachował się inaczej.

Drzwi wejściowe są wciąż otwarte, a kiedy się odwracam, by je zamknąć, dostrzegam duży stos zatęchłych listów, ulotek i darmowych gazetek zsuniętych przez nie pod ścianę. Kilka ulotek leży osobno na wycieraczce; są nowsze, czyściejsze. Gdy zdaję sobie sprawę, co to oznacza, pot spływa mi po plecach. Poczta mogła zostać zgarnięta pod ścianę tylko wtedy, gdy ktoś otworzył drzwi na oścież, bo wchodził do środka. Ulotki leżące na wycieraczce pojawiły się później, może dziś rano. Co oznacza, że ktoś tu był i może nadal jest. Pchnięciem otwieram drzwi po lewej prowadzące do kuchni. Tyle tam znajomych przedmiotów – ceramiczne kubki zwisające z haczyków pod stojakiem na talerze, rząd kieliszków do jajek na parapecie okiennym, niski fotel, na którym Layla siadywała z podkulonymi nogami przed opalanym drewnem piecem.

Wszystkie te rzeczy tam są, ale trudno je poznać. Dwanaście lat kurzu unicestwiło barwy, a panująca w tym pomieszczeniu atmosfera zaniedbania i opuszczenia porusza mnie do głębi. Pamiętam, że chciałem zachować wszystko tak, jak było, na wypadek powrotu Layli. Gdyby jednak rzeczywiście wróciła, jak by się czuła, widząc dom pozbawiony miłości i troski?

Cicho wycofuję się do przedpokoju i pchnięciem otwieram drzwi po prawej. Salon też jest pusty. Myślę o tym, by zawołać, ale jeśliby ktoś tu był i chciałby zostać zobaczony, już do tej pory by się pokazał. No i po co miałby się chować? Skoro mnie tu sprowadził, musi mieć jakiś powód.

Trzeba było zadzwonić do Tony'ego, poprosić, by tu ze mną przyjechał. Teraz już za późno. Byłem przekonany, że to jakaś wymyślna mistyfikacja. A jeśli nie? Patrzę na schody prowadzące na piętro, przypominam sobie maila z tekstem **Właśnie tutaj**. Czy Layla tam jest, związana, zakneblowana, a Rudolph Hill stoi nad nią, czeka, aż przyjdę i ją znajdę? Ogarnia mnie pragnienie, by natychmiast wbiec po schodach na górę. Muszę jednak być ostrożny, nie mogę jej narazić na niebezpieczeństwo. Przywołuję się do porządku: przecież Layli nie może tam być.

Stawiam stopę na pierwszym stopniu, sprawdzam go. Nie skrzypnął, więc jak najciszej wspinam się na górę, schylając głowę pod niskim sufitem. Łazienka jest po lewej, uchylone drzwi wyjaśniają kwaśny zapach unoszący się w powietrzu, pochodzący od zakisłej wody stojącej w sedesie. Po prawej znajduje się sypialnia, którą kiedyś dzieliłem z Laylą. Wchodzę tam, nikogo nie ma. Szlafrok Layli, ledwie rozpoznawalny pod szarą warstwą kurzu, wisi na oparciu krzesła, na które rzuciła go tego ranka, kiedy wyjeżdżaliśmy do Megève. Mniejsza sypialnia, przy korytarzyku odchodzącym za łazienką, też nie kryje żadnych niespodzianek; nie ma tam przywiązanej do kolumienek przy łóżku Layli, która czeka, aż ją wyratuję, nie ma Rudolpha Hilla, który czeka, by mnie zaszantażować. Wykończony emocjonalnie, siadam na szczycie schodów, spoglądam w dół, na przedpokój, i staram się przyjąć do wiadomości, że przyjechałem tu dziś na próżno. Wyruszając z domu, sądziłem, że nim nastanie wieczór, dowiem się wreszcie, co kryje się za matrioszkami i mailami. Jestem jednak wciąż daleko od prawdy.

Wyjmuję komórkę, by sprawdzić godzinę. Jest czwarta trzydzieści. Pora, by wysłać wiadomość do Rudolpha Hilla i dowiedzieć się, o co, u diabła, chodzi.

Jestem tu. A ty gdzie?

Odpowiedź nadchodzi natychmiast.

**Zgodnie z zapowiedzią.**

Czuję przypływ furii, że znów sobie ze mną pogrywa.

Wcale nie. Jestem w domku na wsi, ale ciebie tu nie ma.

**Nie mogę uwierzyć, że zapomniałeś.**

Co zapomniałem?, wstukuję ze złością.

**Wydawało mi się, że zrozumiesz.**

Przerywam, nagle zdając sobie sprawę, że zmienił się ton wiadomości. Jest w nich coś szczególnego.

Co masz na myśli?

**Adres.**

Siedzę dalej i zastanawiam się, czy powinienem wszystko teraz zakończyć. Zapędziłem się jednak tak daleko, że szkoda by było tego nie pociągnąć.

Jaki adres?

**Mailowy.**

Mam straszną ochotę cisnąć telefon na schody. Mimo to wstukuję kolejną wiadomość, myląc litery na małej klawiaturze.

Kim jesteś, dlaczego to robisz?

**Wiesz, kim jestem.**

Tak, cholernym Rudolphem Hillem!

**Nie mogę pojąć, że nie zrozumiałeś.**

Czego? Że jesteś jakimś świrem, który stara się mnie przekonać, że ma Laylę?

**Adres został specjalnie tak wybrany, żebyś wiedział, że to ja. Gdybyś nadal mnie kochał, tobyś zrozumiał.**
**Żegnaj, Finn**

Patrzę na wiadomość, kompletnie skołowany po wzmiance o miłości i dlatego, że padło moje imię. Odczytuję ponownie wiadomość tym razem wolniej. Czuję dreszcz na plecach – ten drań chce, bym sądził, że wiadomość pochodzi od Layli. Chyba że… Nie, to taki trik, kolejny stopień w tej grze. Jednak moje palce już wstukują jej imię.

Layla?

Czekam, serce podchodzi mi do gardła. Odpowiedź jednak nie nadchodzi, więc wrzeszczę z wściekłości, że znowu wpadłem w zastawioną przez niego pułapkę. Wcale nie miał zamiaru zjawić się tu dzisiaj, chciał tylko zwabić mnie do domku na wsi. Ale dlaczego? Tylko po to, by udowodnić, że to on rozdaje karty?

Schodzę na dół, znużony gierkami umysłowymi, pchnięciem otwieram drzwi do kuchni, zamierzając strzepnąć kurz z krzesła i posiedzieć na nim przez chwilę. Odsuwam jedno od stołu i nagle zastygam w bezruchu, z ręką na oparciu, przypominając sobie, kiedy ostatni raz siedziałem na tym krześle: w dniu, kiedy napisałem do Layli list, który miała znaleźć, jeśliby wróciła. Nagle mój duch tu jest, patrzę, jak wyciąga z kieszeni pierścionek, który zamierzał ofiarować Layli w dniu jej dwudziestych urodzin, i wkłada do koperty razem z listem. Patrzę, jak zakleja kopertę i kładzie ją pośrodku stołu, by mogła go tam znaleźć Layla. Jednak – mój duch znika równie szybko, jak się pojawił – listu już tam nie ma, pozostał tylko brązowy prostokąt na dębowym blacie w miejscu, gdzie kiedyś leżał. Chociaż resztę blatu pokrywa gruba warstwa kurzu. Wyciągam rękę, przejeżdżam palcem po prostokącie i okazuje się, że prawie nie ma na nim kurzu. Co oznacza, że ktoś zabrał list całkiem niedawno.

Strzepuję kurz z krzesła i opadam ciężko na siedzisko. Myślę, że listu mogło tu już nie być, kiedy przybyłem dwa dni temu, żeby zobaczyć się z Thomasem. Czy to dlatego Rudolph Hill tak dużo o mnie wie? Z mojego listu? Czy to dlatego ostatnie wiadomości wydawały się takie prawdziwe, że przez jedną szaloną chwilę sądziłem, że pochodzą od Layli? Flaki mi się przewracają, jak myślę, że wpadłem w tę pułapkę! Ależ musiał się śmiać z tego mojego rozpaczliwego maila z jednym słowem: Layla? Ale o co chodziło z tym, że adres został specjalnie tak wybrany, bym wiedział, kto do mnie pisze? Czyż nie miałem myśleć, że maile pochodzą od Ruby? Skoro nie taka była intencja nadawcy, adres musi oznaczać coś innego, coś, co powinienem wiedzieć. Jeśli nie chodzi o osobę, to o co? Może o miejsce? Hill… Znam wiele wzgórz, ale żadne z nich nie nazywa się Rudolph. Jakieś inne wzgórze?

Wreszcie niesłychanie powoli coś mi świta w głowie. Nie Ruby i delfin, lecz matrioszka. Matrioszka i Pharos Hill. Matrioszka na Pharos Hill. Przez chwilę jestem oszołomiony, jakbym właśnie był świadkiem cudu. Oprócz mnie tylko jedna osoba wie, że Layla porównywała pniak drzewa do matrioszki, a ta osobą jest Layla. Łzy napływają mi do oczu, a ja gorączkowo je ocieram. To nieprawda, to nie może być prawda. Te maile nie mogły przychodzić od Layli. A jednak musiały być od niej.

Nie pamiętam, jak opuściłem dom, ale nagle znalazłem się znów w samochodzie. Droga do Pharos Hill zabiera pieszo pół godziny, lecz samochodem można pokonać ją w dziesięć minut. Błagam, niech ona nie odejdzie, modlę się, uruchamiając silnik. Błagam, nie pozwól jej odejść.

Dojeżdżam na miejsce po ośmiu minutach. Parkuję pod wzgórzem i zaczynam pędzić na szczyt. Kiedy tam docieram, mam urywany oddech i czuję, jakby zaraz miało mi rozsadzić płuca. Gorączkowo rozglądam się wokół. Nikogo nie widzę, a pniak, ten w kształcie matrioszki, jest stąd niewidoczny. Przebiegam obok ławki ustawionej przed laty – na jej deskach są wyżłobione imiona przyjaciół i kochanków – znikam za grzbietem wzgórza; nadwerężone mięśnie nóg mocno mi drżą. Wreszcie ukazuje się pieniek, podbiegam do niego, chociaż nikogo w pobliżu nie widzę, a wokół nie ma gdzie się schować. Kiedy prawie dochodzę do wniosku, że to wszystko jest ohydnym żartem, a Layli wcale tu nie było, dostrzegam małą matrioszkę ustawioną pieczołowicie na pniaku.

– Layla! – Jej imię wyrywa mi się razem ze łzami; po części szlocham, po części krzyczę. – Layla!

Chwytam laleczkę i obracam się w kółko, wykrzykując wciąż jej imię:

– Layla! Layla! Layla! – Pragnę, by wiatr zaniósł je tam, gdzie jest ona. Wołam, aż całkiem chrypnę, ale ona nie przychodzi.

# 22

## *Wcześniej*

*Muszę już skończyć ten list, Laylo, ponieważ Harry przyjeżdża, by mnie zabrać do mieszkania w Londynie. Bo wiesz, opuszczam nasz domek na wsi. Nie ma cię już od sześciu miesięcy. Tylko nie myśl, proszę, że się z tym pogodziłem. Po prostu jest mi zbyt ciężko przebywać tutaj bez ciebie.*

*Teraz, kiedy przeczytałaś mój list, mam nadzieję, że zrozumiesz, jak bardzo mi przykro z powodu tego, co się zdarzyło tamtej nocy, i zdołasz mi przebaczyć. Będę czekał na ciebie, niedaleko. Jeżeli wyprowadzę się z Londynu, Harry zawsze będzie wiedział, gdzie jestem. Przyjedź więc i odszukaj mnie, Laylo, a kiedy to zrobisz, pobierzemy się.*

*Zostawiam ci pierścionek, ten, który zamierzałem ci ofiarować w twoje dwudzieste urodziny, kiedy miałem ci się oświadczyć. Kocham cię. Zawsze cię kochałem i będę kochał. Nieważne, jak długo pozostaniesz nieobecna, nigdy nie przestanę cię kochać.*

*Finn*

# CZĘŚĆ DRUGA

# 23

## *Layla*

***Nie należało wracać do St Mary's. Gdybym tego nie zrobiła, sprawy potoczyłyby się inaczej. Winię Finna. Gdyby nie zdecydował się na małżeństwo z Ellen, trzymałabym się z daleka.***

***Tak naprawdę w ciągu tych wszystkich lat wiele razy mogłam wrócić do naszego wiejskiego domku; miałam klucze. Jednak nigdy tego nie zrobiłam, wystarczyła mi świadomość, że Finn go nie sprzedał. W mojej głowie – a od razu przyznam, że mój umysł nie jest taki jak dawniej – znaczyło to, że chciał hołubić pozostałości po naszym wspólnym życiu. Ale ponieważ Finn miał wkrótce rozpocząć nowe życie z Ellen, nie mogłam znieść myśli, że może sprzedać dom, a ja już nigdy go nie zobaczę.***

***Później, kiedy z bijącym dziko sercem siedziałam na peronie, bo omal nie wpadłam na Thomasa, wydawało mi się niewiarygodne, że zaryzykowałam wszystko tylko po to, by móc rzucić okiem na miejsce, w którym spędziłam tak krótki okres. Ale byłam tam szczęśliwa. Nie chcę powiedzieć, że obecnie nie jestem szczęśliwa, ponieważ owszem, jestem, i to szczęśliwsza,***

*niż na to zasługuję. Chciałam jedynie, żeby mignęła mi przed oczami dawno miniona przeszłość. Los czyhał na mnie jednak w osobie Thomasa. Dopiero kiedy zaczął kuśtykać ku mnie, pytając: „Layla, czy to ty?", a jego załzawione oczy rozszerzyły się ze zdziwienia, zrozumiałam swój błąd. Skąd mogłam wiedzieć, że jeszcze żyje? Już przed laty wydawał się starcem.*

*Nawet wtedy mogłam jeszcze znaleźć wyjście z sytuacji. Wykręcić się, wmawiając Thomasowi, że się pomylił. Lecz zatopiona we wspomnieniach, zapomniałam, że nie wyglądam już tak jak kiedyś. W takim razie co mnie zdradziło? Kiedy wpatrywałam się jak zahipnotyzowana w dom, może powróciłam do dawnego sposobu poruszania: stanęłam, łapiąc lewą ręką prawy łokieć? Albo zdradził mnie wyraz twarzy, kiedy wspominałam swoje dawne życie? Cokolwiek to było, wyglądało na to, że Thomas mnie rozpoznał.*

*Głupio się zachowałam, bo odwróciłam się i zaczęłam biec, zapewne potwierdzając jego podejrzenia. Znalazłam się znów na stacji, a serce waliło mi mocno ze strachu na myśl, że Finn może się dowiedzieć, że żyję. Starałam się opanować targające mną emocje. Nawet jeśli Thomas powie policji, że mnie widział, prawdopodobnie mu nie uwierzą. Nawet jeśli udałoby mu się skontaktować z Finnem, ten prawdopodobnie uzna jego słowa za bredzenie staruszka. Nie chciałabym, żeby Finn się dowiedział. Próbowałam sobie wyobrazić, jak by się czuł. Jest szczęśliwy w swoim nowym życiu z Ellen, więc to byłaby najgorsza wiadomość na świecie.*

*Potem przypomniałam sobie jednak, jak wyglądał dom. Spodziewałam się, że będzie opuszczony, zaniedbany, tymczasem w ogrodzie kwitły kwiaty, na parapetach czerwone pelargonie. Może Finn dbał o dom przez te wszystkie lata, bo żywił nadzieję, że pewnego dnia wrócę. Wiedziałam, że kocha Ellen – jak mógłby jej nie kochać, skoro jest doskonała? Ale gdybym się nagle zjawiła, to co wtedy? Czy to możliwe, że po tych wszystkich latach Finn nadal mnie kocha? Czy gdybym wróciła, wybrałby mnie zamiast Ellen? Na pewno by tego nie zrobił… ale jeśli jednak tak?*

*W tym momencie wszystko się zmieniło. Nagle moja największa obawa – że Finn dowie się, że żyję – zmieniła się w lęk, że może się o tym nie dowiedzieć. Skoro przez te wszystkie lata miał nadzieję na mój powrót, czyż nie powinnam dać mu znać, że żyję? Przecież chyba jestem mu to winna? Zanim uczyni kolejny krok i ożeni się z Ellen. Zanim będzie za późno. Zdając sobie sprawę z tego, jak niebezpieczna jest fałszywa nadzieja, przypomniałam sobie o wszystkim, co osiągnęłam, o tym, co ryzykuję, jeśli zdecyduję się teraz wrócić. Mimo to pragnienie, by Finn dowiedział się, że żyję, nie minęło.*

*Musiałam być ostrożna. Nie mogłam tak po prostu powrócić do jego życia, nie mając pewności, że tego chce. Moje pojawienie się musiałoby następować stopniowo, najpierw być tylko możliwością, a dopiero potem – i to tylko pod warunkiem, że on tego zechce – rzeczywistością.*

*Tylko jak dać mu znać, że żyję, tak by nikt inny się nie dowiedział? Poruszona, potarłam kciukiem gładką matrioszkę – tę, która należała kiedyś do Ellen – by się uspokoić. Po raz pierwszy nie przyniosło mi to ulgi, ale za to podsunęło pewien pomysł.*

*Podjechał pociąg do Cheltenham, a ja bez chwili wahania do niego wsiadłam.*

# 24

## *Finn*

Dopiero po dłuższej chwili jestem w stanie zejść z Pharos Hill w miejsce, w którym zostawiłem samochód. Czuję się zdezorientowany, jakby wyrwano mnie z dotychczasowego życia i zanurzono w obcym świecie równoległym. Kiedy wreszcie przyjąłem do wiadomości, że Layla – bo to musiała być ona – była tu, a potem odeszła, że pewnie minąłem się z nią, bo zabrakło mi paru minut, wróciłem na drewnianą ławkę, przypominając sobie, jak siedziałem na niej ostatnio, w dniu ceremonii, i jak wtedy błagałem w duchu: *Spójrz, Laylo, postawiliśmy ławkę, by uczcić twoją pamięć, więc jeśli nie umarłaś, daj mi, proszę, jakiś znak, że wciąż żyjesz.* Nigdy tego nie zrobiła. Aż do teraz.

Nie ma mowy, bym mógł jechać teraz z powrotem do Simonsbridge, do Ellen, nie w tym stanie, więc znajduję mały hotel i wynajmuję pokój. Stamtąd dzwonię do Ellen, by jej powiedzieć, że nie wrócę na noc.

– Dobrze się czujesz? – pyta. – Mówisz chaotycznie.

– Zaczyna mi się migrena. Dlatego wolałbym nie prowadzić.

– Biedaku. – Wzdycha ze współczuciem. – A jak ci poszło z Grantem?

– Dobrze. Problem rozwiązany.

– Cieszę się. Wziąłeś środki przeciwbólowe?

– Tak.

– Może idź do łóżka, chociaż sobie poleż.

– Tak zrobię. Do zobaczenia rano.

Rozłączam się ze świadomością, że nie powiem jej o tym, że Layla żyje, przynajmniej na razie. Nie dodaję w myślach „dopóki się nie upewnię", ponieważ jestem tego pewien na sto procent. Nie przychodzi mi do głowy żadna inna osoba, której Layla mogłaby powiedzieć o pniu w kształcie matrioszki na Pharos Hill. Ona na pewno żyje. A ja jestem przerażony – ze względu na nią, na Ellen… i na siebie.

Sprawdzam skrzynkę w nadziei, że znajdę tam maila z adresu „Rudolpha Hilla", od Layli. Nic z tego. Co oznacza, że teraz mój ruch. Bo wciąż uczestniczę w grze. Zmieniło się tylko to, że już wiem, że graczem jest Layla. Dlaczego się ukrywa? Gdzie była przez te wszystkie lata?

Nie mogąc usiedzieć w miejscu, chodzę tam i z powrotem po pokoju hotelowym. Zastanawiam się nad tym, czy nie zadzwonić do Tony'ego i nie powiedzieć mu o wszystkim. Z początku pomyślałby pewnie to samo co ja – że ktoś sobie ze mną pogrywa – lecz po przeanalizowaniu wszystkich faktów, włącznie z relacją Thomasa, również doszedłby do wniosku, że Layla żyje. Tylko co wtedy? Zastawiłby na nią sieć i Layla w końcu zostałaby odnaleziona. Nie mogę pozwolić, by do tego doszło, nie wiedząc, jakie będą konsekwencje.

Czy Tony zdołałby ją chronić, przynajmniej przez jakiś czas? Gdy tylko wyszłoby na jaw, że wróciła, rzuciłyby się na nią media – ścigałyby ją, by poznać jej historię. Czy mogłaby zostać o coś oskarżona? Może o utrudnianie działań wymiaru sprawiedliwości? Jeśli nie była przez te wszystkie lata przetrzymywana wbrew własnej woli, zapewne słyszała skierowane do niej apele, by nawiązała z kimś kontakt i powiadomiła, że jest bezpieczna. A jeśli ją wsadzą do więzienia? Może właśnie tego się boi i dlatego się ukrywa. Co się z nią stanie, jeżeli wróci?

W końcu postanawiam wysłać maila nie do Tony'ego, lecz do Layli, po prostu, żeby ją powiadomić, że wreszcie odgadłem, o co jej chodziło.

Zrozumiałem, Laylo. Wszedłem na Pharos Hill, znalazłem matrioszkę.

Powinnaś była zaczekać.

Nie odpowiada, a ja wreszcie zapadam w sen ze zmęczenia.

Następnego ranka ociągam się z wyjazdem. Tu, w Devonshire, czuję, że jestem blisko Layli. Rozsądek podpowiada mi jednak, że ona ukrywa się gdzie indziej. Łatwość, z jaką podrzucała matrioszki, świadczy o tym, że prawdopodobnie jest gdzieś w pobliżu Simonsbridge, może w Cheltenham. Tym bardziej że Ellen ją tam widziała. Zastanawiam się, czy nie zatrzymać się w Cheltenham po drodze do domu; może pochodziłbym parę godzin po ulicach. Lecz wątpię, bym ujrzał ją na ulicy, przez okno sklepu albo siedząc w kawiarni.

Z jazdy do domu niewiele pamiętam. Musiałem pojechać do Exeter i skręcić na M5, bo nagle się orientuję, że jestem już na drodze prowadzącej do domu. Naciskam hamulec. Za wcześnie, nie jestem gotów stanąć twarzą w twarz z Ellen, udawać, że to kolejny zwykły dzień. Nie mogę jednak zostać w samochodzie, choć bardzo bym chciał. Jeśli nie wejdę do domu, wyda się to dziwne.

Zmieniam bieg i wjeżdżam przez bramę. Wciąż nie jestem gotowy, więc wyjmuję komórkę i udaję, że rozmawiam. Słyszę szczekanie Peggy, a kątem oka dostrzegam Ellen w oknie. Odwracam głowę, pokazuję komórkę, a ona, zrozumiawszy ten gest, macha do mnie i znika.

Siedzę z telefonem przyklejonym do ucha, ale nie mogę przeciągać tego w nieskończoność. Powoli wysiadam z samochodu i ruszam do drzwi. Kiedy je otwieram, Peggy łasi mi się do nóg, a ja przykucam i wtulam twarz w jej szyję, mówię, że jest piękna.

– Gdybym nie kochała jej tak bardzo ja ty, byłabym zazdrosna – odzywa się Ellen, a ja zastanawiam się przez chwilę, kogo ma na myśli. Czuję nagły przypływ poczucia winy. To jest moje życie, mówię sobie ostro. Teraz moje życie to Ellen, a nie Layla.

– Jesteś moim życiem. – Biorę Ellen w ramiona.

Zaskoczona nagłością tego oświadczenia, śmieje się cicho i mówi, że powinienem częściej wyjeżdżać. Peggy staje na tylnych łapach, próbując się wepchnąć między nas.

– Wezmę ją na spacer – rzucam. – Muszę rozprostować nogi po jeździe.

– Jak migrena?

– Przeszła.

– To dobrze. Może byś kupił po drodze mleko? I coś na wieczór?

Ruszam, z Peggy przy nodze, a w trakcie spaceru zastanawiam się, jak Layla namierzyła mnie w Simonsbridge i kiedy. Może szukała mnie od lat, a wreszcie odnalazła dzięki wzmiance w gazecie o tym, że Ellen się do mnie sprowadza. Jak się poczuła, dowiedziawszy się, że jestem z jej siostrą?

Kupuję mleko w wiejskim sklepiku, a potem idę do rzeźnika po steki na kolację, biorę też pasztet domowej roboty na lunch. Nagle robię się głodny i proszę Roba, by ukroił mi parę plastrów kiełbasy, bo przypominam sobie, że ostatnio jadłem coś wczoraj, w czasie lunchu. Całe życie temu. O mało nie pytam go, czy nie widział kogoś szwendającego się po wsi. Tylko że tamtemu artykułowi w zeszłym roku towarzyszyło zdjęcie Layli, a jej charakterystyczne rude włosy świeciły jak znak ostrzegawczy. Gdybym mu podał jej opis, mógłby się domyślić, że mówię o Layli. Nie mogę ryzykować.

Nad rzeką dzielę się kiełbasą z Peggy i pozwalam myślom błądzić. Co się stanie, jeżeli Layla wróci? Ellen jest jej rodziną, nie możemy się od niej odwrócić. Zresztą wcale bym tego nie chciał. Co stanie się ze mną i Ellen?

Przywołuję Peggy, która podkopuje się pod jakiś krzak, i ruszam w stronę domu. Kiedy przechodzę obok pubu Pod Kawką, wychodzi z niego Ruby.

– Wyglądasz, jakby przydała ci się kawa – mówi, więc wchodzę za nią do środka i siadam przy barze, a ona nalewa mi do kubka kawę ze szklanego dzbanka stojącego na barze.

– Dzięki. – Otaczam dłońmi kubek i rozkoszuję się jego ciepłem.

– Ciężka noc?

– Można tak powiedzieć. – Mam przemożną potrzebę zwierzenia się komuś, a zresztą, Ruby i tak już większość wie. – Źle zinterpretowałem adres mailowy…

– Coś podobnego – rzuca oschle.

– Ruby, Layla żyje. – Dziwnie mi się wymawia te słowa.

– Co? – Patrzy na mnie oniemiała.

– Czy w ostatni piątek widziałaś w pubie, przy barze, kogoś o rudych włosach?

Kręci głową, nadal próbując przyswoić to, co właśnie usłyszała.

– A przynajmniej ja nie zauważyłam. Finn, jesteś pewien?

– Tak. Pojechałem do St Mary's, żeby się z nią spotkać.

Ruby otwiera szeroko oczy.

– Widziałeś ją?

– Nie. – Kręcę głową. – Ne było jej tam.

– Więc skąd wiesz, że żyje?

Wyjmuję maleńką matrioszkę z kieszeni.

– Znalazłem ją na pniaku na Pharos Hill.

– Pharos Hill?

– W pobliżu tego miejsca, w którym mieszkaliśmy w Devonshire, niedaleko St Mary's. Matrioszka numer pięć. – Stawiam ją na blacie baru między nami. – W połączeniu z adresem mailowym musi oznaczać, że Layla żyje. Rudolph Hill. Matrioszka, Pharos Hill. – Ruby unosi brwi, nie wie, o co chodzi. – Znalazłem laleczkę na Pharos Hill, stała na pniaku, który Layla zawsze przyrównywała do matrioszki – wyjaśniam. – Nikt inny by tego nie wiedział.

– A może ktoś się pod nią podszywa – podsuwa ostrożnie Ruby.

– Nie. Ona tam była, Ruby, wiem, że tam była.

Po mojej twarzy chyba widać, jak bardzo jestem zgnębiony, że zjawiłem się za późno na spotkanie z Laylą, bo Ruby kładzie mi dłoń na ramieniu.

– Może zaczniesz od początku – proponuje. Najwyraźniej mi wierzy.

A więc opowiadam jej, niczego nie ukrywając, nawet prawdy o wakacjach we Francji, kiedy wszystko tak koszmarnie się popsuło; dochodzę aż do listu z oświadczynami, który zostawiłem dla Layli, listu, który zniknął.

– Jeśli to, co mówisz, jest prawdą, wydaje mi się dość upiorne – wyznaje z wahaniem Ruby po wysłuchaniu mojej historii do końca.

Nie takiej reakcji się spodziewałem i już otwieram usta, by bronić Layli, ale natychmiast zdaję sobie sprawę, że Ruby ma słuszność. To, że za matrioszkami stoi Layla, nie znaczy jeszcze, że nie ma w tym nic złowieszczego.

– Sądzę, że te matrioszki miały przyciągnąć moją uwagę – wyjaśniam, niejako ją tłumacząc. – Teraz, kiedy jej się to udało, pewnie już ich więcej nie będę znajdował. Staram się poskładać wszystko w całość. Co sprawiło, że wróciła teraz, co skłoniło ją do zostawienia pierwszej matrioszki? Co doprowadziło do wysyłania maili, do zwabienia mnie do St Mary's?

Ruby zastanawia się przez chwilę.

– Biorąc pod uwagę czas – odzywa się w końcu – w którym to się stało, uważam, że Layla… jeśli to ona… nie jest zadowolona z tego, że żenisz się z Ellen. Może zobaczyła informację o ślubie w gazecie. – Przerywa, cofa się myślą w czasie. – Zaczęła zostawiać te laleczki wkrótce po tym, jak ta wiadomość się ukazała, prawda? Jeśli miała cię na oku przez te wszystkie lata, gdy gdzieś tam się ukrywała, pewnie doznała szoku na wieść, że jesteś z Ellen. Może z początku sądziła, że dzieje się tak tylko dlatego, że Ellen jest jej siostrą, a ty próbujesz odnaleźć ją, Laylę, w Ellen. Jednak to, że decydujesz się na małżeństwo, oznacza coś całkiem innego. Oznacza, że kochasz Ellen za to, jaka jest, a nie dlatego, że przypomina ci Laylę. Sama tak się czułam, więc wiem coś na ten temat. – Patrzy na mnie z żalem. – Myślałam, że związałeś się z Ellen, aby wyzwolić się od Layli, a kiedy ci się to uda, wrócisz do mnie. Byłam zaszokowana, gdy dowiedziałam się, że zamierzasz się z nią ożenić. Więc częściowo rozumiem, co kieruje Laylą.

– Ale przecież byłem wolny przez tyle lat! Mogła wrócić w każdej chwili! Czemu tego nie zrobiła?

– Może się ciebie bała... no wiesz, po tamtej nocy?

– Ale żeby trzymać się z dala przez dwanaście lat?

– Może nie mogła wrócić wcześniej.

– Dlaczego? Wątpię, żeby ktoś ją więził. Kiedyś tak myślałem, zadręczałem się, wyobrażając sobie, że ktoś przetrzymuje ją wbrew jej woli. Ale teraz tak nie sądzę.

Ruby wzrusza ramionami.

– Może była chora.

– Przez dwanaście lat? I myśli, że niby co się teraz zdarzy? Czego oczekuje?

– Może niczego. – Ruby zawiesza głos. – A z drugiej strony...

– Co?

– Powiedziałeś, że z domku na wsi zniknął list, i to niedawno.

– Zgadza się.

– A w liście prosiłeś, żeby cię odnalazła, zapewniałeś, że zawsze będziesz ją kochał. Tak napisałeś?

– Tak.

– W jej głowie to wszystko może wydawać się prawdą.

– Niby co? Że jak wróci, znów się w niej zakocham?

– Może.

– I zostawię Ellen? – Zastanawiam się nad tym, co Ruby powiedziała. – O co ci chodzi z tym „w jej głowie"?

– Ona jest zaburzona, Finn.

– Zaburzona?

– Rozchwiana. Może nawet niezrównoważona.

Gapię się na nią.

– Zrównoważeni ludzie nie podrzucają nikomu matrioszek – dodaje.

Wzdycham, wiedząc, że Ruby ma rację.

– Co mam robić? – pytam.

– Myślę, że będziesz musiał wykazać się pewnym okrucieństwem, aby być dobry. Wyślij jej maila, nawiąż do listu, jeżeli chcesz, ale powiedz jej, że dwanaście lat to szmat czasu i już jesteś w innym miejscu.

– Razem z jej siostrą.

– Pewnie już o tym wie. Chodzi o to, czy zamierzasz mówić o wszystkim Ellen?

– Sam nie wiem.

– Powinieneś. Nie możesz ukrywać przed nią czegoś takiego. Na jej miejscu wolałabym wiedzieć.

– Co wiedzieć?

Odwracam się i widzę Ellen stojącą w drzwiach za mną. Uśmiecha się, ale w oczach ma niepokój.

– Gdzie cię zabierze w podróż poślubną – odpala przytomnie Ruby, podczas gdy ja, siląc się na niedbałość, zgarniam do kieszeni matrioszkę, którą postawiłem wcześniej na barze. – Zamierzał zrobić ci niespodziankę, ale mówiłam mu właśnie, że na twoim miejscu wolałabym wiedzieć dokąd. No bo skąd dziewczyna ma wiedzieć, jakie ciuchy zabrać? – Ellen się śmieje. – Wejdziesz na kawę?

Odsuwam stołek barowy obok.

– Chodź i uratuj mnie przed Ruby. Powtarza mi, że robię wszystko źle. Naprawdę wolałabyś wiedzieć, dokąd cię zabiorę?

– No wiesz, chciałabym wiedzieć, czy wybieramy się w chłodne, czy ciepłe miejsce – odpowiada Ellen, sadowiąc się na stołku. – I czy to miesiąc miodowy z wylegiwaniem się na plaży, czy ze zwiedzaniem.

Ruby nalewa kawę i stawia na barze przed Ellen.

– No właśnie. Prosił mnie o radę, gdzie by tu się wybrać, więc może chcesz mi dyskretnie podrzucić parę pomysłów.

– Seszele. Meksyk. – Ellen nachyla się i całuje mnie. – Do głowy by mi nie przyszło, że należysz do mężczyzn, którzy szykują niespodziankową podróż poślubną.

– Mam w sobie nieodgadnioną głębię.

Siedzimy jeszcze trochę przy barze, Ellen i Ruby rozmawiają o różnych miejscach, w które można pojechać w podróż poślubną, a ja sączę kawę, nie mogąc pozbyć się z myśli tego, co Ruby powiedziała o Layli.

– Nie sprawdzałam cię – zapewnia Ellen w drodze powrotnej do domu.

– Wiem. – Całuję ją w czubek głowy.

– Po prostu martwiłam się, że tak długo nie wracasz. Rob powiedział, że wstąpiłeś do niego, więc pomyślałam, że zajrzę Pod Kawkę i zobaczę, czy cię tam nie ma.

– Przepraszam. – Znów ją całuję. – Ruby zawołała mnie na kawę.

Kiwa głową na torbę.

– Więc co kupiłeś?

– Steki na wieczór, pasztet na lunch.

– Świetnie. – Uśmiecha się.

# 25

## *Layla*

***Słusznie uważałam, że to Ellen powinna znaleźć pierwszą matrioszkę. W końcu należała do niej – to była ta sama laleczka, która zginęła z jej kompletu w dzieciństwie. Nie ukradłam jej, wbrew temu, co Ellen sądziła, ale zatrzymałam, kiedy w końcu po kilku latach znalazłam ją przypadkiem na dnie starego pudła z zabawkami. Nie bardzo wiem, dlaczego wtedy po prostu nie oddałam jej Ellen. Może nie chciałam, by uznała, że to jednak ja ukradłam tę małą matrioszkę, może uważałam, że ta laleczka nie ma już dla Ellen żadnego znaczenia. Teraz jednak, kiedy matrioszka znów należy do Ellen, czuję się wyzuta z własności. Nie zdawałam sobie sprawy, jak bardzo na niej polegałam, jak często moja prawa dłoń bezwiednie sięgała po nią w chwilach stresu. Bez niej czułam się wystawiona na ciosy, bezbronna. Swojej matrioszki już nie miałam – zgubiłam ją na parkingu w Fonches. Więc poszukałam w internecie matrioszek, żeby zastąpić zgubę.***

***Nie miałam pojęcia, że jest tyle różnych kompletów, z różną liczbą laleczek. W panice przeglądałam zdjęcia, bojąc się,***

*że nie znajdę takich, jakie miałyśmy z Ellen, bo ta matrioszka musiała być dokładnie taka sama, pomalowana na żółto i czerwono, z identyczną buzią. Jak matka, która rozpozna swoje dziecko na zdjęciu pośród setki innych pociech, znalazłam ją – małe oczka laleczki spozierały na mnie z ekranu. Musiałam kupić cały komplet, żeby ją zdobyć, ale to nie miało znaczenia.*

*Nurtowało mnie, jak czuł się Finn, kiedy Ellen pokazała mu znalezioną laleczkę. Może po prostu nic nie czuł, może zapomniał historię, którą mu opowiedziałam. Jeśli tak, matrioszka nie miałaby dla niego żadnego znaczenia. A nawet jeśli nie zapomniał, mógłby uznać pojawienie się jej za przypadek. Chyba że dowiedział się o tym, że Thomas mnie widział. Ale czy się dowiedział? Nie miałam pojęcia. Może Thomas nie zawracał sobie głowy informowaniem policji, może to zrobił, ale policja nie pofatygowała się, by powiadomić Finna.*

*Doskwierała mi myśl, że chociaż zostawiłam drogocenną laleczkę pod domem Finna, on nadal może nie wiedzieć o moim powrocie. Zamiast dać sobie z tym spokój, drapałam swędzące miejsce, aż powstała rana. A zamiast pozwolić, by rana pokryła się strupem, skubałam ją tak długo, aż się zaogniła. Nie mogłam tego odpuścić. Jeśli Finn nie wie, że byłam w domu na wsi, jeśli nikt mu o tym nie powiedział, to nie odczyta znaczenia matrioszki.*

*Spanikowana znów weszłam do internetu i zamówiłam jeszcze dziesięć kompletów matrioszek. Kiedy dostałam przesyłkę, trochę mnie poniosło, gdy w szalonym tempie rozkrzcałam drewniane kadłuby, by dostać się do najmniejszych laleczek, a na podłodze wokół mnie walały się porzucone roz-*

*połowione figurki. Ściskając dziesięć maleńkich matrioszek w dłoniach, poczułam się wszechpotężna.*

*Wiedziałam, że jak zacznę podkładać laleczki w miejscach, w których znajdzie je Finn, przestanie wątpić, że wróciłam.*

# 26

## *Finn*

Wiem, że powinienem postąpić tak, jak radziła Ruby, wysłać do Layli maila i jasno postawić sprawę, powiedzieć jej, że jestem już w innym miejscu w życiu, że we wrześniu żenię się z Ellen. Nie chcę tego jednak.

Wyjmuję z kieszeni matrioszkę znalezioną na pniaku na Pharos Hill i stawiam ją na biurku. Ciężko mi ze świadomością, że byłem tak blisko Layli. Gdybym tylko zrozumiał wcześniej, o co chodzi. Teraz, jeśli ona nie nawiąże kontaktu, nigdy jej nie odnajdę. Zapewne ma nową tożsamość; jak w przeciwnym razie założyłaby konto w banku, znalazła pracę? A musi mieć pracę, bo skąd miałaby pieniądze? Chyba że nie jest sama.

Pełen niepokoju, wyjmuję smartfona i sprawdzam pocztę. Szybko ją przeglądam i widzę, że przyszedł mail od Rudolpha Hilla. Otwieram go, wstrzymując oddech.

**Czy teraz już wierzysz, że to ja?**

Tak, odpowiadam szybko.

**Przyjechałam do domu na wsi.**

**Znalazłam twój list, Finn.**

**Pisałeś w nim, bym cię odnalazła, bym do ciebie przyjechała.**

Nie mam pojęcia, co odpowiedzieć. Powinienem spytać, gdzie jest, czy wszystko z nią w porządku, czy nie potrzebuje pomocy. Ale gdy wspomniała o liście, zachowuję czujność przed dalszą rozmową; niepokoi mnie, do czego może prowadzić. Czekam więc w nadziei, że przyśle kolejnego maila. Ale nic nie przychodzi.

Wzburzony, wyjmuję z szuflady trzy znalezione wcześniej matrioszki i ustawiam na blacie obok tej z pniaka. Czworaczki. Ruby ma rację, myślę, a potem zgarniam je i chowam z powrotem. Tak nie postępuje osoba zdrowa na umyśle. Powinienem zadzwonić do Tony'ego i poradzić się go. Lecz jeszcze nie teraz, dopiero jak się dowiem, czego chce Layla.

Trudno mi się zabrać do pracy, ale choć śledzę przychodzące maile, udaje mi się też rzucić okiem na parę nowych zapytań ofertowych. Ellen przychodzi, żeby zawołać mnie na lunch, a potem, słuchając jazzu, jemy pasztet, który kupiłem u rzeźnika, Peggy leży u naszych stóp. Czy to dlatego zakochałem się w Ellen? Bo lubi te same rzeczy co ja: psy, jazz, gotowanie? Bo pasuje do mnie bardziej niż Layla?

– Dostaliśmy strasznie wysoki rachunek za wodę – mówi Ellen.

– To cena, którą musimy płacić za piękny ogród – stwierdzam, świadom, że mój telefon właśnie wydał dźwięk oznajmiający nadejście maila. Nie będę jednak sprawdzał go tutaj, przy Ellen, bo może być od Layli.

– Deser? – pyta Ellen. – Podwędziłam parę moreli z ogrodu.

– Cudownie.

Szybko rozprawiam się z morelami, całuję w przelocie Ellen i wracam do swojej pracowni.

To mail od Layli. Szybko go otwieram.

**TAK WŁAŚNIE ZROBIŁAM.**

# 27

## *Layla*

***Problem polegał na tym, że nie mogłam zajrzeć do głowy Finna. Chociaż podrzuciłam mu dwie laleczki, na które musiał się natknąć – pierwszą na murku przed domem, drugą na samochodzie – chociaż mignęłam przed oczami Ellen w Cheltenham, co uważałam zresztą za genialne posunięcie, on może nadal nie wierzyć, że wróciłam. Może nie chce w to uwierzyć. Zamierzał poślubić Ellen i nawet sto matrioszek tego nie zmieni. Zresztą czy nie zasłużyła sobie na niego po tych wszystkich poświęceniach?***

***Więc starałam się odpuścić. I może nawet by mi się to udało, gdybym nie wróciła do domu na wsi, tym razem by wejść do środka i powspominać czas spędzony tam wspólnie z Finnem. Klucze do domu były jedyną rzeczą, którą miałam ze sobą tej nocy, kiedy zniknęłam, ponieważ znajdowały się w kieszeni dżinsów, które akurat włożyłam tego dnia, gdy wyjechaliśmy z St Mary's.***

***Zjawiłam się w czasie lunchu, bo o tej porze istniało mniejsze ryzyko, że zobaczy mnie Thomas. Tak jak poprzednio, przemknęłam niezauważona ze stacji. Przyspieszyłam***

*kroku, kiedy zmierzałam w stronę domu, a gdy do niego podeszłam, przeszłość wbiła we mnie pazury i wciągnęła z powrotem w to, co było przedtem, a więc znalazłszy się przy furtce, oczekiwałam, że Finn otworzy niebieskie drzwi wejściowe, zmartwiony, że tyle czasu zajął mi spacer do wsi. Nie otworzył, więc pomyślałam, że musi być w ogrodzie, i przeszłam przez furtkę. Zagubiona w przeszłości, ze zdziwieniem odkryłam, że klucz opornie obraca się w zamku, a drzwi trudno otworzyć, jakby coś je przytrzymywało od wewnątrz. Może Finn postawił tam torbę ze śmieciami, żeby wynieść je później do kubła.*

*Pchnęłam mocniej drzwi, usuwając zawalidrogę, i weszłam do przedpokoju. A przeszłość, zabawiwszy się ze mną, rzuciła mnie prosto w teraźniejszość. Zdezorientowana gapiłam się na pożółkłe ze starości przesyłki pocztowe piętrzące się za drzwiami, próbując zrozumieć, o co chodzi, bo ich wygląd tak kontrastował z kwiatami w ogrodzie. Nawet gdyby Finn przyjeżdżał tu tylko raz na miesiąc, by utrzymać dom w jako takim stanie, na pewno nie nazbierałoby się tyle poczty?*

*Nie chcąc przyjąć do wiadomości tego, co mówiły mi oczy i nos – woń stęchlizny była wszechobecna – pchnęłam drzwi prowadzące do kuchni. Opadł z nich tuman kurzu, a kiedy stanęłam na progu i zajrzałam do pomieszczenia, trudno mi było uwierzyć własnym oczom. Wszystkie powierzchnie pokrywał gruby kożuch kurzu, z belek sufitowych zwisały girlandy pajęczyn. Wreszcie to do mnie dotarło. Finn wcale nie dbał o dom, oczekując mojego powrotu. Jak kiedykolwiek mogłam sądzić, że to zrobi? Nie miał nadziei, że wrócę. Mogę już przestać podrzucać mu matrioszki. Nie uda mi się odzyskać przeszłości, wyjść z ciemności i ukazać w pełnym świet-*

*le. Będę musiała przez resztę życia uciekać się do podstępów, ukrywać przed światem prawdziwe ja.*

*Zdruzgotana omiotłam kuchnię wzrokiem. Coś przykuło moje spojrzenie: lekko wystający ponad powierzchnię prostokąt na stole, ukryty pod kurzem. Jak w transie podeszłam i podniosłam to coś, odsłaniając skrawek brązowego drewnianego blatu. To był list, w kopercie pokrytej tysiącletnim kurzem. Przyglądałam mu się przez chwilę, zdziwiona, dlaczego nie leżał w holu z resztą poczty. Przesunęłam palcem po kopercie, usuwając warstewkę kurzu. Zobaczyłam, że jest zaadresowana odręcznie, nie na maszynie, przy czym atrament tak zblakł, że nie mogłam odczytać liter. Podniosłam kopertę do światła wpadającego przez okno. Widniało na niej tylko jedno słowo – Layla.*

*Nie wiem, jak długo tam stałam, wpatrując się w list, który Finn zostawił dla mnie – rozpoznałam jego charakter pisma. Wreszcie włożyłam list do torebki, bo bałam się, że kruchy ze starości papier rozpadnie się w moich drżących rękach, zanim zdołam go przeczytać. Co było w tym liście, który Finn zostawił mi przed laty? Czy było w nim ostrzeżenie, żądanie, bym nigdy ponownie się do niego nie zbliżała, bym go nie szukała? A może był to list innego rodzaju?*

*Zdając sobie sprawę, że jestem w domu już dość długo, szybko go opuściłam, zamykając za sobą drzwi na klucz, zadowolona, że nie pojawił się Thomas. Idąc spiesznie w stronę dworca, wsunęłam rękę do kieszeni i zacisnęłam palce na maleńkiej matrioszce, jednej z tych nowych, próbując uspokoić szybko bijące serce. Na dworcu przeszłam na sam koniec peronu, gdzie istniała mniejsza szansa, że ktoś spróbuje nawiązać ze mną rozmowę. Po pierwsze, nie byłabym w stanie wydusić z siebie słowa; po drugie, nie chciałam, by sympatyczni miejscowi pytali mnie, dlaczego przyjechałam do St Mary's, ani żeby turyści doradzali mi, gdzie powinnam się wybrać w dalszej kolejności. Czteroosobowa rodzina, obok której przeszłam, była jednak zbyt zajęta swoimi sprawami, by zwracać na mnie uwagę, tak samo jak para młodych ludzi siedzących na jedynej ławce. Chłopak obejmował dziewczynę, a ja przypomniałam sobie z bólem, jacy byliśmy kiedyś z Finnem.*

*Wreszcie nadjechał pociąg. Na szczęście ostatni wagon był pusty, a ja wybrałam miejsce na końcu, gdzie istniało mniejsze zagrożenie, że ktoś będzie mnie nagabywał na następnych stacjach. Potem, na tyle ostrożnie, na ile pozwoliły mi drżące palce, rozkleiłam kopertę i delikatnie wyjęłam kartki. Serce podeszło mi do gardła, kiedy je rozpościerałam, a wtedy coś wysunęło się ze środka i spadło mi na kolana. Spojrzałam w dół i okazało się, że to pierścionek.*

*Podniosłam go. Był złoty, z brylantem, typowy pierścionek zaręczynowy. Zabrakło mi tchu. Zakręciło mi się w głowie, dostałam mdłości. Wzrok mi się zamglił, więc w obawie, że zemdleję, zmusiłam się do głębokiego wdechu. Wydech był tak silny, że wstrząsnął całym moim ciałem, list zsunął się na podłogę. Bojąc się, że pierścionek też tam upadnie i że już go nie znajdę, spróbowałam wsunąć go na palec. Był za luźny na serdeczny, więc wcisnęłam go na środkowy. Pasował jak ulał. Potem się nachyliłam, zgarnęłam list z podłogi i rozpostarłam kartki.*

*Słowa zatańczyły mi przed oczami. Dopiero po chwili mogłam skupić na nich wzrok, a w miarę czytania cały mój świat, ten który dla siebie stworzyłam, zaczął się walić w gruzy.*

# 28

## *Finn*

Od chwili, gdy otrzymałem wczoraj maila od Layli, nie mogłem się odprężyć, dlatego wyszedłem pobiegać. To te wielkie litery tak na mnie podziałały. Przyprawiły mnie o gęsią skórkę. Poczułem się zagrożony. Wiem, że to głupie. A teraz wciąż się zastanawiam, co się stanie, jeśli Layla niespodziewanie zjawi się na progu.

Może to nie byłoby wcale takie złe. Czasami nawet to sobie wyobrażam – słyszę dzwonek, podchodzę do drzwi, otwieram je i widzę ją na progu. Ale nie wyobrażam sobie, że ściskam ją na powitanie, wprowadzam do przedpokoju, a potem do kuchni, w której czeka Ellen. Wyobrażam sobie natomiast, że chwytam ją w ramiona i nigdy z nich nie wypuszczam. Albo że biorę ją za rękę i prowadzę daleko, z dala od wszystkich i wszystkiego. Dlatego właśnie się boję.

Podchodzę do murku, który wyznacza kraniec naszego ogrodu, przeskakuję go i ląduję na trawniku. Stoję przez chwilę, ciężko oddychając, rozciągając mięśnie łydek, a potem wyjmuję smartfona i sprawdzam skrzynkę mailową. Nie ma nic od Layli, pewnie dlatego, że nie odpowiedziałem na jej ostatnią wiadomość, tę, w której napisała, że mnie odnalazła. Czuję, że jestem jej winien odpowiedź, nawet jeśli miałbym tylko napisać, żeby trzymała się z dala od nas, od Ellen i ode mnie. Jednak to wydaje się zbyt surowe, zważywszy, że jesteśmy jej rodziną. Tak więc odpowiadam:

Cieszę się.

Nie chcę wpaść na Ellen, więc postanawiam odłożyć prysznic na później i idę od razu do pracowni. Loguję się w komputerze, siadam przed nim i czekam. Kilka minut później przychodzi mail.

**Czy powiedziałeś Ellen, że żyję?**

Prawda czy kłamstwo? Ponieważ jestem na nieznanym terenie, decyduję się na prawdę.

Nie, jeszcze nie.

**Dlaczego?**

Bo najpierw chcę się dowiedzieć, gdzie byłaś przez te wszystkie lata.

**Nie powinnam była wracać.**

Co masz na myśli?

**Zamierzasz ożenić się z Ellen.**

Moje palce samowolnie wybierają litery, więc dopiero gdy mam już wcisnąć „Wyślij”, uświadamiam sobie, co napisałem. Cofam raptownie ręce, gwałtownie odsuwam się wraz z krzesłem od biurka, stwarzam dystans między sobą a klawiaturą. Odczekuję chwilę, a potem jednym palcem stukam w klawisz „Delete”, aż wreszcie znikają te dwa słowa: Nie zamierzam. Muszę jej odpowiedzieć, ale jak? Łagodnie.

Jak się masz? Nic ci nie jest?

**Może powinniśmy się spotkać.**

Czuję ciarki, jak w zetknięciu z zagrożeniem. A może to podniecenie.

Kiedy?

**Dam ci znać.**

Patrzę na ekran z rozczarowaniem. Może chodzi o to, że zasugerowała spotkanie, ale nagle tęsknię za nią, tęsknię za Laylą, którą znałem przed dwunastu laty. Tęsknię za tym, jak nam było ze sobą. Zupełnie inaczej niż z Ellen. Z Laylą mieliśmy wzloty i upadki, z Ellen wszystko jest stałe. Nie ma żadnej huśtawki. Nigdy się nie kłócimy – ale również nie śmiejemy się, nie tak, jak śmiałem się z Laylą. Mówię sobie, że to dlatego, że jesteśmy starsi, ale wiem, że to nie tak. Ellen jest bardziej… Szukam odpowiedniego słowa, a kiedy zdaję sobie sprawę, że chciałem użyć słowa „nudna”, szybko zmieniam je na „poważna” i aż mi wstyd za siebie. Sprawy się ułożą, jak zobaczę Laylę, mówię sobie. Kiedy ją zobaczę, wyjaśnię, że teraz jestem z Ellen, że to Ellen kocham, i wszystko będzie w porządku.

Nadchodzi kolejny mail. Otwieram go, sądząc, że poinformuje mnie, kiedy możemy się spotkać.

**FINN, NOSZĘ TEN PIERŚCIONEK OD CIEBIE.**

# 29

## *Layla*

***Słowa krążyły nieustannie w mojej głowie, a pociąg je przechwytywał i dręczył nimi, kiedy z turkotem posuwał się naprzód – tamtej nocy nie powinnam uciekać, nie powinnam uciekać. Gdybym nie zniknęła, byłoby w porządku. Ale myślałam, że on mnie zabije.***

***Nigdy nie powinnam była mu mówić, że się z kimś przespałam. Ale on wiedział, że coś jest nie tak, więc wciąż próbował się dowiedzieć, dlaczego jestem taka cicha od czasu powrotu z Londynu. Na początku myślał, że tęsknię za domem albo za Ellen, a ja na wzmiankę o niej zaczęłam płakać, bo oczywiście mi jej brakowało. Poza tym ta wzmianka spotęgowała moje poczucie winy, ponieważ Ellen byłaby wstrząśnięta tym, co zrobiłam. Gdyby poznała kogoś takiego jak Finn, nigdy by go nie zdradziła, kochałaby go, dbała o niego i codziennie dziękowała Bogu, że znalazła takiego dobrego, miłego i przyzwoitego faceta, pod każdym względem skrajnie różniącego się od naszego ojca. Przynajmniej tak sądziłam, dopóki nie ujrzałam innego oblicza Finna, a nie wiedziałam wcześniej, że w ogóle takie ma.***

*Wiedziałam wprawdzie, że pokłócił się z Harrym, że dotkliwie go pobił, ale aż do tamtej nocy w Fonches nie miałam pojęcia, jak bardzo potrafi być wybuchowy. Wszystko potoczyło się tak szybko. W jednej minucie siedziałam obok niego w samochodzie, trochę przestraszona po tym, co mu właśnie powiedziałam, ale również dumna, że byłam z nim uczciwa, a następnej myślałam, że za chwilę umrę.*

*Nie poznawałam mężczyzny, który wywlókł mnie z samochodu i potrząsał mną tak mocno, że aż dzwoniły mi zęby. Wyraz jego oczu, kiedy wrzeszczał, że nigdy mi nie przebaczy, i niemożność dotarcia do niego, przebicia się przez tę straszną furię, były przerażające. Widziałam wówczas nie jego, lecz własnego ojca, a kiedy Finn cofnął rękę i ujrzałam zaciśniętą pięść, poczułam się, jakby ktoś wlókł mnie w jakieś ciemne, ponure miejsce. Może zemdlałam z przerażenia, bo następną rzeczą, jaką pamiętam, było to, że leżałam na ziemi obok samochodu. Finn zniknął, a ja, w przekonaniu, że zamierza mnie zabić, uznałam, że poszedł poszukać jakiegoś narzędzia – kija, metalowego drążka, którym mnie zaraz załatwi. Więc zwiałam.*

*Teraz znam przyczynę gniewu Finna. Wiem, co się stało z Siobhan, jego dziewczyną z Irlandii, wytłumaczył to w liście. Wiem również, że wybaczyłby mi to, co zrobiłam. Ogarnął mnie bezbrzeżny smutek. Gdybym wtedy nie uciekła, bylibyśmy razem. Mimo usilnych starań nie mogłam pogodzić się z faktem, że ostatnie dwanaście lat poszło na marne. NA MARNE!!! Przestraszyłam się, że rozpacz zabierze mnie z powrotem tam, gdzie byłam wcześniej, więc próbowałam ją opanować. Wzięłam kilka głębokich oddechów, powiedziałam sobie, że wszystko będzie dobrze. Ale jak to możliwe, skoro Finn jest teraz z Ellen?*

*Nigdy nie przyszło mi do głowy, że ożeni się z moją siostrą. Nie wątpiłam, że ją kocha, ale nie wierzyłam, że kocha ją tak bardzo jak mnie. Poczułam się zdradzona. Upomniałam samą siebie, że to ja zdradziłam go pierwsza. Finn rozpoczął nowy etap i muszę to zaakceptować. Nie potrafiłam jednak; prześladowały mnie wciąż wspomnienia dawnego życia. Pragnęłam tamtego życia, nie tego, które miałam obecnie. Właściwie, Finn jest mój. MÓJ! Należy do Layli, nie do Ellen. Nie do Ellen, do Layli! Byłam rozgorączkowana, mdliło mnie. Teraz tym bardziej musiałam powiadomić Finna, że wróciłam.*

*Zaczęłam wysyłać mu maile. Nie podałam swojego imienia, bo gdybym to zrobiła, pomyślałby, że ktoś się pode mnie podszywa. Zresztą i tak był tego zdania. Bardzo się zdziwiłam, że nie zrozumiał znaczenia adresu mailowego – wybrałam go specjalnie tak, aby odgadł moją tożsamość. Matrioszka, którą udało mi się podrzucić – co było bardzo ryzykowne – na talerzyk w pubie Pod Kawką, jedynie spotęgowała jego przekonanie, że ktoś się pode mnie podszywa. Zdałam sobie sprawę, że jedynym sposobem na przekonanie go o moim powrocie jest zwabienie go do domku na wsi, gdzie zauważy brak listu.*

*Mogłam napisać, że znalazłam list, i oszczędzić Finnowi jazdy. Uświadomiłam sobie jednak, że wówczas nadal by nie wiedział, że to ja, ponieważ w ciągu tych dwunastu lat ktoś mógł zdobyć moje klucze i zabrać list. Trzeba było doprowadzić do tego, że sam rozszyfruje adres mailowy, sam dojdzie do prawdy. Zawarłam ze sobą układ: jeśli Finn nie zdoła się domyślić, do czego odnosi się imię i nazwisko Rudolph Hill, znowu zniknę i pozwolę mu wieść wspólne życie z Ellen. Lecz jeśli rozszyfruje znaczenie… no cóż, to będzie początek całkiem nowego rozdziału.*

# 30

## *Finn*

Siedzę na skraju łóżka i patrzę na ubrania Ellen, bo drzwi szafy są otwarte, i po raz pierwszy zauważam, że prawie wszystko jest szare – może w różnych odcieniach szarości, ale jednak. Jest kilka pastelowych ciuchów, ale nie ma nic w żywych barwach, jakie nosiła Layla. Kieruję wzrok na buty Ellen, skrupulatnie ustawione w dwóch rzędach na dole szafy, wszystkie z identycznymi obcasami, i nagle czuję się zdławiony monotonią tego wszystkiego.

Ellen jest na dole, więc wyjmuję telefon i patrzę na ostatniego maila od Layli. Jeszcze na niego nie odpowiedziałem. Jest mi trudno. No bo niby co mam odpowiedzieć, kiedy pyta, czy cieszę się, że nosi mój pierścionek.

Prawdę mówiąc, trochę wzrusza mnie myśl, że Layla go nosi. Ale nie mogę się przed nią do tego przyznać.

Jest twój, kupiłem go dla ciebie, odpowiadam.

**A Ellen też kupiłeś?**

Myślę o małym srebrnym pierścionku z węzełkiem zamiast oczka, który dałem Ellen po oświadczynach. Nie kupiłem jej tradycyjnego pierścionka zaręczynowego, bo nie byłby w jej stylu, ponieważ – w przeciwieństwie do siostry – nie przepadała za błyskotkami. W każdym razie postanowiłem uchylić się od odpowiedzi.

Nadal chcesz się spotkać?

**Czy Ellen nosi pierścionek od ciebie?**

Tak. Czy nadal chcesz się spotkać?

**Nie powinnam była wracać.**

Co masz na myśli?

**Już za późno.**

Wcale nie. Nigdy nie jest za późno.

**Ależ tak. Teraz jesteś z Ellen.**

Musimy porozmawiać, Laylo.

Jednak ona znika, zostawia mnie jak poprzednio z nadzieją, że jeszcze wróci, choć nie wiem, czy tak się stanie.

Idę do kuchni.

– Zrobiłam owsiankę – mówi Ellen, odrywając wzrok od papki, którą miesza w rondelku.

– Nie, dziękuję – rzucam. – Zrobię sobie bekon

– Usmażę ci.

– Nie trzeba. – Podchodzę do piecyka, wyjmuję patelnię grillową, stawiam z hukiem z boku.

– Wszystko w porządku? – pyta Ellen.

– Jasne.

– No bo…

– Co? – pytam opryskliwie.

– Mam wrażenie, że jesteś wkurzony.

– Tylko dlatego, że nie chcę jeść twojej cholernej owsianki?

Patrzy na mnie urażona.

– Przepraszam – rzucam. Czuję się okropnie, że wyładowuję się na niej; nie mogę znieść tego, że Layla wchodzi między nas.

– Chodzi o Granta? – pyta Ellen.

– Inny klient. Trochę mnie naciska, to wszystko.

– Może porozmawiasz o tym z Harrym, jak przyjedzie jutro na lunch.

Śniadanie jemy w niemal całkowitym milczeniu. Nie mogę przestać myśleć o Layli; zastanawiam się, gdzie może być, czy jest gdzieś w pobliżu, i uświadamiam sobie, że jestem nią pochłonięty tak samo jak przed laty.

– Pomyślałam, że podam jutro wieprzowinę – mówi Ellen. – Jak zerwiesz mi trochę jabłek, zrobię do niej sos.

Dopiero po chwili orientuję się, że Ellen wciąż mówi o lunchu z Harrym.

– Zaraz zerwę – mówię, wstając.

– Nie ma pośpiechu. – Jej zaniepokojony głos ściga mnie, gdy wychodzę tylnymi drzwiami. – Może być wieprzowina?

– Tak – rzucam w odpowiedzi. Ale nie mogę się zmusić, by obejrzeć się i uśmiechnąć.

*

Harry zjawia się nazajutrz i wygląda na bardzo zadowolonego z siebie, a kiedy mówi Ellen, że ma dla niej niespodziankę, zastanawiam się, co kupił oprócz wielkiego bukietu kwiatów, który dzierży w ręce.

– Najpierw muszę ci coś pokazać – mówi podekscytowana Ellen, ujmując go za rękę i ciągnąc do kuchni. Cofa się i zamaszystym gestem wskazuje blat, na którym stoi komplet matrioszek. – Spójrz!

Mój przyjaciel sprawia wrażenie tak speszonego, że prawie mi żal Ellen, chociaż nie wiem, czemu robi z tego taką wielką sprawę. Harry wygląda, jakby nie miał bladego pojęcia, co w tym takiego niezwykłego.

– Ma cały komplet, Harry – podpowiadam.

– Racja. Tak, widzę. Zadziwiające.

Ellen podnosi najmniejszą laleczkę.

– Znalazłam ją przed furtką – wyjaśnia. – Nie mogłam uwierzyć, że pojawiła się po tylu latach.

– Ale oczywiście to nie ta sama – mówi Harry.

– Finn też tak sądzi, ale ja nie. – Podsuwa mu laleczkę. – Widzisz tę smugę farby? Moja też taką miała.

– Mówiłem jej, że pewnie wiele matrioszek ma taką smugę – wtrącam, lecz nie informuję go, że nie ma jej żadna z tych czterech, które leżą w głębi mojej szuflady.

– Nie rozumiem tylko, dlaczego nagle się zjawiła po tylu latach? – pyta Harry. – I jak?

Ellen się waha, ale zanim zdąży mu powiedzieć, że kilka tygodni temu chyba widziała w Cheltenham Laylę, szybko zmieniam temat.

– Napijmy się – proponuję, bo wiem, że jeśli Harry dowie się o istnieniu możliwości, że Layla żyje, nie odpuści po tym wszystkim, co zrobił dwanaście lat temu, by ją znaleźć.

Po lunchu wychodzimy do ogrodu na kawę. Ellen pyta, czy mógłbym uprzątnąć naczynia, podczas gdy ona pokaże Harry'emu swoje najnowsze ilustracje. Dopiero gdy ładuję zmywarkę, uświadamiam sobie, że wykorzysta sam na sam z Harrym, by powiedzieć mu o Layli. Nie będzie w stanie się powstrzymać. Tak więc gdy Harry pół godziny później przychodzi do kuchni i proponuje, żebyśmy wybrali się z Peggy na spacer, wiem, że czeka mnie maglowanie.

Powstrzymuje się aż do czasu, gdy schodzimy nad rzekę, i dopiero wtedy przypuszcza atak.

– U ciebie wszystko w porządku, Finn?

– Jasne.

– Wyglądasz na niespokojnego.

– Co Ellen ci powiedziała?

– Wydaje jej się, że kilka tygodni temu widziała w Cheltenham Laylę.

– Tak, ktoś miał po prostu taki sam kolor włosów.

– A więc nie sądzisz, że to była ona?

– Nie, i Ellen również nie. Jesteśmy zgodni co do tego, że najprawdopodobniej się pomyliła.

Unosi brwi, zdziwiony moim doborem słów, a mnie korci, by mu się zwierzyć. Ale zaraz usłyszę, że mam powiadomić Tony'ego, a ja nie chcę tego zrobić, zanim się nie dowiem, czego chce Layla i dlaczego postanowiła wrócić właśnie teraz.

– A co z tą matrioszką? – pyta Harry. – Dziwne, że się pojawiła po tylu latach.

– To nie jest ta, którą Ellen wtedy zgubiła.

– Ona sądzi, że ta sama.

– Myślenie życzeniowe. Chce, żeby Layla wróciła, i dlatego właśnie udało jej się przekonać siebie, że widziała ją w Cheltenham.

– A jak jest z tobą? Chcesz, by Layla wróciła?

Udaje mi się zachować spokój w głosie, ale jestem coraz bardziej rozdrażniony.

– Layla zginęła przed wielu laty. Nie wróci, nie teraz.

– Hm... – Harry zwalnia kroku, sięga do kieszeni i coś wyciąga. Spoglądam w dół i widzę małą matrioszkę leżącą w zagłębieniu jego dłoni. – Znalazłem ją na murku przed domem, kiedy przyszedłem, i się nie mogłem doczekać, aż dam ją Ellen, bo pamiętałem, jak mi mówiła, że zgubiła swoją przed laty. – Zawiesza głos. – Ale okazało się, że Ellen już jedną ma.

A więc dlatego tak dziwnie się zachowywał. Mam ochotę złapać tę durną laleczkę i cisnąć ją daleko w wodę.

Na szczęście Harry uznaje, że doznałem szoku w związku z tym, co oznacza pojawienie się drugiej – w jego mniemaniu – matrioszki.

– To nie wygląda na zbieg okoliczności, prawda?

– Co sugerujesz, Harry? – pytam. Głos mam zduszony ze złości na Laylę.

Wczoraj nie zgodziła się na spotkanie ze mną, ale ryzykuje, że może zostać zauważona, przychodząc pod dom. Chyba że zjawia się w nocy.

– Że może jednak ta kobieta w Cheltenham była Laylą.

Siadam na trawiastym brzegu rzeki. Harry podnosi patyk i rzuca go psu do wody. Peggy wyciąga kijek i aportuje, Harry rzuca go jeszcze kilkakrotnie. Milczę. Wiem, że będzie wysuwał wiele przypuszczeń w związku z tym, o czym myślę, i mam dziwne poczucie władzy, bo on nie ma pojęcia, co wiem o Layli.

– Pokazałeś tę laleczkę Ellen? – pytam, kiedy wreszcie siada obok mnie.

– Nie, jeszcze nie.

– Wolałbym, żebyś tego nie robił. Nie chcę, by sobie robiła nadzieje. – Ostatnia rzecz, jakiej potrzebuję, to zaangażowanie Ellen w poszukiwania Layli. Na razie wie tylko o tej matrioszce, którą znalazła, i chcę, żeby tak pozostało.

– A co z tobą?

– O co ci chodzi?

– O twoje nadzieje.

– Chcę, żeby Layla żyła, to oczywiste.

– No i wydaje się całkiem możliwe.

Parskam śmiechem.

– Na podstawie dwóch matrioszek i przypuszczenia, że być może ktoś ją widział? To chyba słaba podstawa?

– Może. Ale zawsze myślałem, że pewnego dnia może się zjawić.

Unoszę brwi.

– Naprawdę?

– Tak. Nigdy nie wierzyłem, że nie żyje. Ani że została porwana.

Nigdy mi tego nie mówił.

– Więc gdzie była przez te wszystkie lata? I… jeśli masz rację… dlaczego zjawiła się teraz? Dlaczego nie w zeszłym roku, czemu nie pięć lat temu albo pięć miesięcy po zniknięciu?

– Nie wiem. – Wzrusza ramionami. – Może chodzi właśnie o ten moment.

– Co masz na myśli?

– No, o to, że masz wkrótce ożenić się z Ellen. Może Layla śledziła, co się dzieje w twoim życiu, z miejsca, w którym mieszkała, i nie podoba jej się, że wkrótce żenisz się z jej siostrą. – Wbija we mnie wzrok. – Nadal chcesz ożenić się z Ellen?

Rozprostowuję nogi i wstaję.

– Tak, oczywiście.

– Nawet jeśli Layla wróci?

Chcę rzucić mu kolejne „Tak, oczywiście", ale czuję się dziwnie z czegoś ograbiony. Może Harry to wyczuwa, ponieważ kładzie mi rękę na ramieniu, jakby przepraszał, że w ogóle zadał mi takie pytanie.

– Chodź, wracamy. Ellen obiecała przecież, że upiecze babeczki.

Pytam, czy udało mu się rozwiązać problem, przez który nie dał rady przyjechać w zeszły weekend, a on opowiada mi o jednym ze swoich wiecznie uciążliwych inwestorów.

– Czasami mam ochotę z tym skończyć – podsumowuje. – Uważam, że robię się za stary na tę grę.

– Masz czterdzieści pięć lat.

– A zajmuję się tym od dwudziestu pięciu. To moje życie. Ale czasem żałuję, że się nie ożeniłem, nie mam rodziny.

Śmieję się.

– Zanudziłbyś się na śmierć, gdybyś był uwiązany do jednej kobiety.

Uśmiecha się kwaśno.

– Być może.

– Zresztą, jeśli rzeczywiście tego chcesz, małżeństwa, rodziny, nie jest jeszcze za późno. A co z twoją aktualną panią? Rozważasz poprowadzenie jej do ołtarza?

– Ależ skąd!

– W takim razie nie trać czasu… swojego i jej – radzę.

Gdy podchodzimy do domu, zatrzymuję się z ręką na furtce.

– Mógłbyś mi dać tę matrioszkę, którą znalazłeś? – pytam.

A Harry, jak to on, wręcza mi laleczkę bez zbędnych pytań, zakładając, że mam potrzebę posiadania namacalnego wspomnienia o Layli.

*

Po jego wyjeździe udaję się do pracowni i otwieram szufladę biurka. Wyjmuję po kolei wszystkie cztery laleczki i ustawiam je w szeregu, na końcu dostawiam tę od Harry'ego. Pięć par oczu patrzy bez mrugnięcia przed siebie, pięcioro ust uśmiecha się łagodnie. Albo kpiąco. Znowu zadaję sobie pytanie: jaką grę prowadzi Layla?

Na odpowiedź naprowadza mnie mail od Rudolpha Hilla.

**NADAL CIĘ KOCHAM.**

# 31

## *Layla*

***Finn zrobił dokładnie to, czego się spodziewałam. Automatycznie założył, że mam na myśli domek na wsi, i od razu tam pojechał, co było dobre, bo chciałam, by się dowiedział, że znalazłam jego list. Musiałam jednak ściągnąć go także na Pharos Hill, a tam rozwiać wszelkie wątpliwości co do swego powrotu, zostawiając matrioszkę na pniaku, o którym mawiałam, że jest w jej kształcie. Tak więc byłam zadowolona, kiedy wreszcie rozpracował znaczenie wybranego przeze mnie adresu mailowego. Wątpiłam, aby choć raz powrócił na Pharos Hill od tego dnia, kiedy ustawił ławkę, która miała mnie upamiętniać. Jak się poczuł, gdy zdał sobie sprawę, że byłam tam przed nim i odeszłam? Czy przypomniało mu to tę noc, kiedy zniknęłam z jego życia?***

***Tak naprawdę wcale nie noszę pierścionka. Ale czasem wyjmuję go z sekretnego schowka i wsuwam na palec serdeczny, udając, że na niego pasuje. Wtedy ogarnia mnie gorycz z powodu dwunastu zmarnowanych lat. Tak się zapadam w sobie, że boję się stać ponownie osobą, jaką byłam wcześniej, nieistniejącym bytem, utajnionym i bezdusznym.***

*Przez wiele lat musiałam zbierać się na odwagę, by wyjść z cienia, na światło dzienne. Wciąż jestem pomniejszą wersją siebie sprzed zniknięcia. Lecz przynajmniej istnieję.*

*Obwinianie Finna jest chyba niesprawiedliwe. Ale wydaje mi się, że gdybym tamtej nocy nie sądziła, że zamierza mnie zabić, nie zniknęłabym. Stąd mój agresywny mail, w którym poinformowałam Finna, że go odnalazłam. Chciałam wzbudzić w nim taki lęk, jaki sama odczułam kiedyś przed nim. Właściwie nie wiem dlaczego. Moje emocje zawsze były nieprzewidywalne. W każdym razie odpowiedział, że się cieszy. Czemu miałby tak twierdzić, jeśli naprawdę kochałby Ellen?*

*To doprowadziło mnie znów do pytania, które zadawałam sobie na samym początku, siedząc na peronie w St Mary's tego dnia, kiedy zauważył mnie Thomas. Gdyby przyszło co do czego, czy Finn wybrałby Ellen zamiast mnie? Albo: Czy to możliwe, że wybrałby mnie i odzyskałabym swoje dawne życie?*

*Najwyższy czas to sprawdzić.*

# 32

## *Finn*

Odsuwam się razem z krzesłem i kładę gołe stopy na biurku. Są mokre od rosy, bo przed chwilą chodziłem po trawniku. Jest dopiero wpół do siódmej, ale nie mogłem spać. Czuję, jakbym doszedł do jakiegoś rozdroża z Laylą; jej wyznanie miłości mnie skonsternowało.

Rozglądam się po pracowni, patrzę na obrazy na ścianach. Wszystkie podejmują w jakiś sposób temat morza. Layla wybrała ten, który wisi na ścianie za drzwiami. W związku z usytuowaniem obrazu nie widzi go nikt oprócz mnie. Ściągam nogi z biurka i podchodzę do malowidła. W tym morzu jest wściekłość, z której dotąd nie zdawałem sobie sprawy. Wracam w myślach do tego, co powiedziała Ruby: że podrzucanie matrioszek to działanie osoby niezrównoważonej. Czy Layla zniknęła na tak długo, ponieważ przeszła załamanie nerwowe? W młodym wieku straciła matkę, ojciec był agresywny. Doświadczenie przemocy z mojej strony mogło wywołać kryzys psychiczny.

I jak zawsze niewiedza jest gorsza od wiedzy.

Nie mogę już dłużej tego wytrzymać. Wracam do biurka, wysyłam maila.

Naprawdę muszę się z tobą zobaczyć, Laylo.

Płyną kolejne minuty, a odpowiedź nie nadchodzi, więc po godzinie wysyłam kolejną wiadomość.

Proszę, nie znikaj znów z mojego życia.

Dwie godziny później, już kiedy straciłem nadzieję, że Layla kiedykolwiek się do mnie odezwie, w skrzynce pojawia się mail. Dzięki, dzięki ci, Boże, wzdycham na widok adresu Rudolpha Hilla. Szybko otwieram wiadomość.

**Nadal mnie kochasz?**

Gapię się w ekran. Ze wszystkich pytań, które mogła zadać, tego właśnie najbardziej bym sobie nie życzył. Odpowiedź jest niemożliwa. Jeśli zaprzeczę, już nigdy się do mnie nie odezwie. Zresztą to byłoby kłamstwo. Nie przestałem jej kochać. Ale co się stanie, jeśli się do tego przyznam? Stanowczo domaga się odpowiedzi. Postanawiam zaryzykować.

Tak, oczywiście. Byłaś ważną częścią mojego życia.

**Bardziej niż Ellen?**

O rany!

Moja miłość do Ellen jest inna.

**Moim zdaniem powinieneś jej powiedzieć, że wróciłam.**

Najpierw chcę się z tobą zobaczyć.

Nie nadchodzi natychmiastowa odpowiedź, więc zakładam, że rozważa to w myślach. No, dalej, po prostu podaj mi czas i miejsce, tylko tego chcę, czas i miejsce. Nadchodzi mail.

**Najpierw powiedz Ellen, że wróciłam.**

Nie, dopiero po spotkaniu z tobą.

Nieodpowiednio się wyraziłem. Nie nadchodzi mail z obietnicą spełnienia mojego życzenia, nie ma żadnych negocjacji. Tylko milczenie.

Opuszczam pracownię i przechodzę do domu, wdychając poranne powietrze. Ellen nie ma w kuchni, ale drzwi do jej pracowni są otwarte, więc kieruję się tam, nie żeby zrobić to, o co prosiła Layla, lecz by się upewnić, że w razie czego wybrałbym Ellen, a nie jej siostrę. Pogrążona w pracy Ellen nie zdaje sobie sprawy z mojej obecności, więc przyglądam jej się przez chwilę, chłonąc jej widok, i przypominam sobie, jakim jestem szczęściarzem. Ellen wyczuwa moją obecność, podnosi wzrok i uśmiecha się.

– Czemuż zawdzięczam ten zaszczyt? – pyta żartobliwie, bo rzeczywiście przeważnie to ona przychodzi po mnie.

– Pomyślałem, że może masz ochotę na śniadanie.

– Która godzina?

– Około dziesiątej – odpowiadam.

Odkłada ołówek.

– Wcześnie wstałeś. Domyśliłam się, że jesteś w pracowni, więc postanowiłam trochę popracować, dopóki się stamtąd nie wynurzysz.

– Nie mogłem spać. – Podchodzę do niej. – Jak ci idzie?

– Nieźle. Zobacz mój wąwóz duszków. – Odsuwa się od rysownicy, robiąc mi miejsce.

– Ellen, to jest przepiękne – mówię, bo jej talent budzi we mnie szczery podziw. Przywiązuje niezwykłą wagę do szczegółów. – Ile jest tych małych stworzeń?

– Ostatnio doliczyłam się trzydziestu siedmiu, ale muszę jeszcze kilka dorysować.

– Nie teraz – oświadczam stanowczo. – Najpierw zjemy śniadanie.

– Zrobię jajka.

– Albo wybierzmy się Pod Kawkę na porządne śniadanie – mówię, czując nagły głód po nieprzespanej nocy. – Ruby zawsze szykuje smażone jedzenie w sezonie wakacyjnym.

– Dobry pomysł. To będzie miła odmiana.

*

Nie rozmawiamy, idąc do pubu, ale to przyjemne milczenie. Ellen bierze mnie za rękę, a kiedy odwracam się do niej z uśmiechem, czuję nagły przypływ miłości. To nie miłość, to wdzięczność, podpowiada mi wewnętrzny głos. Nigdy nie kochałeś Ellen naprawdę, nie czułeś do niej tego, co do Layli. Przyznaj, Finn, że nigdy nie byłeś zakochany w Ellen. Jesteś z nią z wdzięczności, tylko tyle.

– Chodźmy szybciej – rzucam opryskliwie, ciągnąc ją. – Jestem głodny.

Pod Kawką jest przyjemnie pusto.

– Zjawiły się jeszcze jakieś matrioszki? – pyta Ruby, kiedy zamawiam śniadanie przy barze.

Zerkam na Ellen, która tarmosi Bustera.

– Harry był przedwczoraj na lunchu i znalazł jedną na murku przed domem. Ellen nic nie wie – dodaję ostrzegawczo.

– Trzeba było przyprowadzić go na drinka – mówi Ruby, nalewając mi kawę. – Co u niego?

– Dobrze. Chce się ożenić.

Ruby się śmieje.

– Harry? Ożenić? Nigdy nie sądziłam, że usłyszę te dwa słowa razem.

– Bez obawy, to tylko taka faza. – Uśmiecham się szeroko.

Wyjmuje drugi kubek spod lady i nalewa kawę dla Ellen.

– Czy Harry wie, że Layla wróciła?

– Podobno nigdy nie wierzył, że nie żyje. I tak jak ty, sądzi, że pojawiła się dlatego, że zamierzam ożenić się z Ellen. A teraz, przez ten pierścionek, który zostawiłem Layli w liście, wszystko jeszcze bardziej się skomplikowało.

– Dlaczego?

– Okazuje się, że ona go nosi.

– Och, Finn – wzdycha Ruby. Patrzy na mnie. – Naprawdę musisz wreszcie powiedzieć Ellen. To nie fair wobec niej.

Ponieważ widzę, że Ellen zajęła miejsce przy stoliku i czeka na mnie, biorę kubki z kawą.

– Dzięki, Ruby, do zobaczenia później.

– Kiedy chcesz.

Wielkie śniadanie łagodzi moją frustrację, a gdy Ellen sięga ponad stołem po moją dłoń, wkrótce wszystko w moim świecie jest znów w porządku. Potem wracamy spacerkiem do domu i siadamy do pracy. Dużo czasu zajmują mi wstępne rozmowy telefoniczne z potencjalnymi inwestorami, a jeszcze więcej sprawdzanie, jak radzi sobie konkurencja. Później, kiedy kręcimy się z Ellen po kuchni, szykując kolację, i rozmawiamy o minionym dniu, ogarnia mnie spokojne zadowolenie, które sprawia, że postanawiam nie pozwolić Layli zniszczyć tego, co mam.

Gdy Ellen szykuje się do snu, wyjmuję smartfona, by szybko sprawdzić maile, przyznając w duchu, że po raz pierwszy nie chcę znaleźć żadnego od Rudolpha Hilla. Ale przyszedł. Otwieram go ze ściśniętym sercem.

**POWIEDZ ELLEN ALBO JA TO ZROBIĘ.**

# 33

## *Layla*

***Wiem, że powinnam przestać robić to, co robię. Muszę pogodzić się z tym, że Finn jest teraz z Ellen. Coś mi jednak na to nie pozwala.***

***Po śmierci matki słyszałam jej głos w głowie. Było tak, jakby umierając, pozostawiła we mnie część siebie. A może nie mogłam znieść tego, że odeszła. Zaczęłam przejmować jej nawyki, mówić to, co ona by powiedziała. Doprowadzałam tym do szału ojca, więc Ellen musiała chronić mnie przed jego gniewem. Matka umarła na zapalenie płuc spowodowane mieszkaniem w zimnym kamiennym domu na odludziu, na wyspie Lewis, poza tym nie miała żadnej opieki lekarskiej. Lecz czasami roi mi się, że on ją zamordował i zakopał ciało na torfowisku, gdzie nigdy się go nie odnajdzie. Chociaż wiem, że to nieprawda. Po prostu miesza mi się w głowie.***

***Po tym, jak zniknęłam, często mi się w niej mieszało. Ale kiedy przybyłam w miejsce, gdzie znalazłam schronienie, szybko się przystosowałam. Musiałam, żeby przetrwać. Zrobiłam to, co musiałam zrobić – ukryłam prawdziwą tożsamość, wyrzuciłam swój prawdziwy głos z głowy i stałam się oso-***

*bą, którą być musiałam. W końcu doprowadziło mnie to do szczęścia, którego nie spodziewałam się już nigdy odnaleźć. Nie był to taki sam rodzaj szczęścia, jakie znałam w poprzednim życiu – nie mógł taki być, skoro nie byłam już tą samą osobą, skoro musiałam żyć w tajemnicy. Było to jednak bezpieczne szczęście, które mogłam zachować do końca swych dni. A potem Finn postanowił ożenić się z Ellen i wszystko się zmieniło. Zaczął powracać mój prawdziwy głos. „Nigdy nie odzyskasz dawnego życia – szydził. – Finn kocha teraz Ellen”.*

*Niedawno spytałam Finna, czy mnie kocha, a on odpowiedział, że tak. „Może i tak – szepnął Głos. – Ale dopóki Ellen jest w pobliżu, nigdy go nie odzyskasz”. A ja zdałam sobie sprawę, że Głos ma rację.*

*Zastanawiałam się, co mogłabym zrobić. Jeśliby Ellen zostawiła Finna z własnej woli, to ułatwiłoby sprawę. Gdyby się dowiedziała, że wróciłam, chybaby zrozumiała, że Finn jest mój, i zniknęłaby z jego życia, tak jak ja przed laty? Lecz to ryzykowne założenie, bo wiem, z jakim trudem zabiegała, by Finn ją pokochał. Jeśli jednak będę musiała walczyć z nią o niego, stanę do walki.*

# 34

## *Finn*

Po ostatnim mailu Layli zrobiłem się nerwowy, jakbym tracił kontrolę nad sobą. Odniosłem wrażenie, że poddaje mnie jakiejś próbie. Co ona sobie w ogóle wyobraża? Sądzi, że kiedy powiem Ellen o jej powrocie, to Ellen się wyprowadzi, żeby ona mogła ze mną zamieszkać? Albo że – pewna mojej miłości – poprosi, bym wybrał jedną z nich? Jak mógłbym to zrobić? Czuję się strasznie, ponieważ to powinno być proste.

Przyglądając się Ellen, gdy się ubiera, czuję ukłucie wstydu. Powinienem był powiedzieć jej o Layli – ale teraz nie jest to proste. Od ostatniego maila minął tydzień, od tamtej pory nie było żadnych wiadomości. Powtarzam sobie, że to bardzo dobrze. Lecz jak mam zapomnieć o wszystkim, co zaszło, wrócić do tego, co było przedtem? Znów będzie pełno niewiadomych – nie będę wiedział, gdzie jest Layla ani gdzie była, nie będę wiedział, dlaczego wróciła tylko po to, by znów zniknąć.

– Dobrze się czujesz? – pyta Ellen, a ja uświadamiam sobie, że wpatrywałem się w nią, choć wcale jej nie widziałem. Widziałem Laylę.

– Tak. Przepraszam. Odpłynąłem myślami.

– Czy teraz, kiedy już uważasz, możemy o czymś porozmawiać? – Przerywa, wciąga szary podkoszulek i wyjmuje z szafy jasnoszare dżinsy.

Domyślam się, że chodzi jej o plany ślubne, ponieważ zostały nam niecałe trzy miesiące i musimy zająć się organizacją, zastanowić, kogo zapraszamy i gdzie wyprawimy przyjęcie weselne. Myślałem o tym, żeby odbyło się Pod Kawką, ale coś mi mówi, że Ellen oczekuje czegoś więcej niż steków i frytek, więc wesele nie będzie zwykłą imprezą, choć na to liczyłem.

– Jasne – mówię, starając się skupić całkowicie na jej słowach.

Dopina dżinsy, wyjmuje coś z kieszeni i podaje mi na otwartej dłoni.

– To przyszło wczoraj, ktoś wrzucił przez drzwi.

Gdy spuszczam wzrok, widzę maleńką matrioszkę leżącą w zagłębieniu jej dłoni. Nie pokazując po sobie, jak bardzo jestem zaskoczony, ujmuję laleczkę w palce i ostentacyjnie jej się przyglądam, by zyskać na czasie. Laleczka numer siedem – ja mam pięć, a Ellen dwie.

– Wiem, od razu trzeba było ci powiedzieć, ale… – Zawiesza głos.

Chcę spytać, dlaczego tego nie zrobiła, ale natychmiast przypominam sobie, ile sam przed nią ukrywam.

– Co znaczy przez drzwi? Masz na myśli, że ktoś wsunął to przez otwór na listy? – pytam, oddając jej matrioszkę.

– Przyszło w kopercie.

– Do kogo była zaadresowana?

Marszczy brwi.

– Oczywiście do mnie. W przeciwnym razie bym jej przecież nie otworzyła.

Jestem zły, że Layla to jednak zrobiła – spełniła swoją groźbę.

– Adres był pisany ręcznie czy drukowany?

– Wydrukowany. Tylko że… – Ellen przerywa z wahaniem.

– Tak?

– Domyśliłam się, co to jest, zanim otworzyłam kopertę. Nie ze względu na kształt, po prostu spodziewałam się czegoś takiego. – Rzuca mi wyzywające spojrzenie. – Wiem, twoim zdaniem wtedy w Cheltenham tylko mi się zdawało, że widziałam Laylę, ale to była ona. Wszędzie bym ją rozpoznała.

– Nawet po dwunastu latach?

– Nawet po czternastu – poprawia, ponieważ nie widziała Layli od jej wyjazdu z Lewis do Londynu. – Jest moją siostrą – podkreśla ostro. – No dobrze, nie widziałam jej twarzy. Ale rozpoznałam ją po sposobie poruszania się. I po włosach. Nie da się ich ukryć… no, chyba żeby je całkiem ostrzygła albo ufarbowała. Ale nigdy by tego nie zrobiła, zawsze była taka dumna ze swoich włosów. A teraz jeszcze ta druga matrioszka.

– Może nie powinnaś przypisywać temu znaczenia – przekonuję łagodnie. – To może być żart. Raczej chory, ale jednak żart.

Kręci głową.

– Nie sądzę, aby ktoś był tak okrutny. Zresztą o matrioszkach nie wie nikt oprócz ciebie, mnie i Layli.

– I Harry'ego – przypominam. – Pamiętaj, że mu o tym powiedziałaś.

– Tak, oczywiście, jeszcze Harry – przyznaje ze zniecierpliwieniem. – Ale nikt więcej. – Zwraca na mnie swoje orzechowe oczy. – Chyba nie mówiłeś nic Ruby?

– Nie – odpowiadam stanowczo.

– No bo kiedy przyszłam cię szukać Pod Kawką, tego dnia, kiedy miałeś spotkanie z Grantem, zauważyłam małą matrioszkę na barze, zanim schowałeś ją do kieszeni. Myślałam, że pokazujesz Ruby tę, którą znalazłam. Ale kiedy wróciliśmy do domu, ta znaleziona przeze mnie stała z resztą kompletu. Co oznacza, że ta, którą pokazywałeś Ruby, była inną matrioszką.

– Przepraszam – mówię, zły, że nie spytała mnie o to wcześniej, i zastanawiając się, dlaczego właściwie tego nie zrobiła. – Masz rację, to była inna.

– Ale skąd ją wziąłeś?

Mój umysł działa na najwyższych obrotach, kiedy rozważam, co powiedzieć, bo nie mogę wyznać prawdy, że znalazłem laleczkę na Pharos Hill.

– Pamiętasz, jak poszliśmy Pod Kawkę na lunch? Znalazłem matrioszkę na talerzyku z rachunkiem i myślałem, że Ruby ją tam położyła. Zaprzeczyła, ale jej nie uwierzyłem. Właśnie o to się posprzeczaliśmy.

– Na talerzyku? – W jej głosie słychać ożywienie. – Ale to znaczy, że Layla tam była, w pubie, w tym samym czasie co my! – Teraz wkrada się konsternacja. – To niemożliwe, przecież byśmy ją zauważyli?

– Dlatego uznałem, że to Ruby położyła laleczkę na talerzyku. Pomyślałem, że pewnie jej opowiadałem o tych matrioszkach, a ona postanowiła podrzucić kilka, bym sądził, że Layla wróciła, i nie ożenił się z tobą.

Ellen marszczy brwi.

– Ale ona nie miała pojęcia – ciągnę – o czym mówię, a ja przypomniałem sobie, że nigdy jej nie wspominałem o matrioszkach.

– Czemu więc mi nie powiedziałeś, że znalazłeś laleczkę na talerzyku?

– Bo nie chciałem cię martwić.

– Martwić? – Wydaje się zdziwiona i pojawia się rzadki u niej przebłysk gniewu. – Niby czemu miałabym się martwić?

– Przepraszam, niewłaściwie się wyraziłem. Nie chciałem narazić cię na rozczarowanie. Nie chciałem, byś poczuła się rozczarowana, jeśli to miał być żart.

– Ale to nie był żart, prawda? To nie żart, Finn. Layla żyje, jestem tego pewna! – Wygląda tak, jak ja się czułem, kiedy zdałem sobie sprawę z tego, że Layla wróciła: po części podekscytowana, po części przestraszona.

– Nie sądzę.

– Ależ tak! Nie rozumiem tylko, dlaczego przysłała tę laleczkę akurat mnie. – Zastanawia się nad tym przez chwilę. – Może miała nadzieję, że znajdę i tę przed domem, i tę Pod Kawką. Może nie chce, byś wiedział, że wróciła.

Chciałbym jej powiedzieć, że się myli, że Layla bardzo chce, bym wiedział o jej powrocie, lecz nie mogę się zdobyć na przyznanie do znalezienia pozostałych matrioszek, do maili, do trzymanych w tajemnicy wyjazdów do Devonshire.

– Czy ona naprawdę myśli, że nie opowiedziałabym ci o tych matrioszkach? – zastanawia się głośno Ellen.

Czuję się tak okropnie, że aż muszę się odwrócić. Dlaczego wzdragam się przed powiedzeniem Ellen, że jej siostra żyje? Sam nie mogę uwierzyć, że zatajam przed nią coś tak ważnego. Prawda – że chcę zatrzymać Laylę dla siebie – wpędza mnie w poczucie winy. Ale tylko do czasu, aż poznam intencje Layli, mówię sobie. Jak tylko się dowiem, powiem Ellen.

– Finn, o co chodzi? – Kiedy nie odpowiadam, staje przede mną i zmusza mnie, bym na nią spojrzał. – Czy żałujesz, że mi się oświadczyłeś, skoro istnieje możliwość, że Layla wróciła? – pyta łamiącym się głosem.

– Skądże! – Obejmuję ją. – Jak mógłbym tego żałować?

– Więc jeśli to Layla przysłała mi matrioszkę, jeżeli ona żyje, to nie chciałbyś z nią być?

– Ucieszyłbym się, gdybym ją zobaczył, oczywiście, że tak. Minęło jednak dwanaście lat. Nie jesteśmy tymi samymi ludźmi, nie jesteśmy w tym samym miejscu.

– Dziękuję – mówi cicho. – Dziękuję ci za to. Kiedy pojawiła się wczoraj ta laleczka, tak bardzo się ucieszyłam. Ale natychmiast zaczęłam się martwić, że powrót Layli wszystko zmieni. Dlatego nie mogłam się zmusić, by ci o tym powiedzieć. Bo ona wróciła, Finn, chyba zdajesz sobie sprawę? Znaleźliśmy w sumie trzy matrioszki.

– Tylko po co ona je podrzuca? – pytam w nadziei, że Ellen zrozumie z tego coś więcej. – Czemu po prostu do nas nie przyjdzie i nie powie, że wróciła? Najwyraźniej wie, gdzie mieszkamy.

– Nie wiem. Zastanawiałam się nad tym przez cały ranek. Może się boi. – Podnosi głowę i patrzy na mnie. – Powinniśmy powiedzieć Tony'emu. On będzie wiedział, co zrobić.

– Jeszcze nie – mówię szybko, bo potrzebuję więcej czasu. – Jeszcze nie wiemy na pewno, że za tymi matrioszkami stoi Layla.

Ellen już otwiera usta, by zaprotestować, ale ja ciągnę:

– Poczekajmy jeszcze kilka dni, zobaczymy, czy coś jeszcze się wydarzy. Nigdy nie wiadomo, może Layla nagle się u nas zjawi – dodaję, choć mam nadzieję, że tak się nie stanie.

Bo jak miałbym dokonać wyboru między nimi, jeśliby mnie o to poprosiły? – Może matrioszki mają przygotować nas na jej wizytę?

– Nie przyszło mi to do głowy – mówi Ellen i zastanawia się przez chwilę. – Ale to trochę dziwne, prawda?

– Nie wiemy, gdzie przebywała ani co przeszła, jeśli rzeczywiście wróciła. Może jej umysł nie jest tak stabilny jak kiedyś.

Ellen krzywi się na te słowa. Biorę ją za rękę.

– Masz tę kopertę, w której przyszła matrioszka?

– Tak, jest w kuchni.

– Chciałbym rzucić na nią okiem.

– To chodź.

*

Koperta jest brązowa, nalepka z naszym wydrukowanym adresem – biała. Chociaż Ellen twierdzi, że przesyłka przyszła wraz z pocztą, przypuszczam, że została wsunięta przez szparę na listy, ponieważ pozostałe matrioszki zostały podrzucone. Jednak na kopercie są stemple oraz znaczek.

– Cheltenham – mówi Ellen. – Sprawdziłam od razu, jak tylko zobaczyłam, co jest w środku. – W jej głosie znów pojawia się ożywienie zmieszane z obawą. – Ona jest tutaj, Finn, gdzieś w okolicy. Po tylu latach. Niewiarygodne! – Waha się. – Ale również trochę przerażające. To znaczy… cudownie, że żyje, ale nie będzie nam łatwo, prawda?

– Nie, raczej nie – przyznaję, z wdzięcznością przyjmując niedopowiedzenie.

Gdy po trzech godzinach udaje mi się zaszyć w swojej pracowni, jestem psychicznie wykończony po próbach nadążenia za ciągłymi spekulacjami Ellen na temat tego, gdzie była Layla przez ostatnie dwanaście lat i co będzie teraz, kiedy wróciła. Trudno było mi znaleźć wytłumaczenie, dlaczego nie powinienem dzwonić do Tony'ego z prośbą o radę albo do Harry'ego z dobrą nowiną. Kiedy spytała mnie, czy zgodziłbym się, żeby Layla zamieszkała z nami, jeśli będzie tego potrzebowała, zanim się sama urządzi, zacząłem zdawać sobie sprawę, w jakim koszmarze wkrótce mogę zacząć uczestniczyć, i poczułem prawdziwy gniew na Laylę, że przysłała Ellen tę laleczkę. Jak długo jeszcze uda mi się grać na zwłokę i odpierać namowy Ellen, żebym porozmawiał z Tonym? Czy Layla rozumie, co uruchomiła? Wyjmuję komórkę, postanawiając jej to dobitnie uświadomić. Zdążyła mnie jednak uprzedzić.

**Czy Ellen otrzymała matrioszkę, którą jej wysłałam?**

Tak.

**Wie, że jesteśmy w kontakcie?**

Nie. Czy możemy się teraz spotkać?

**Niedługo.**

Czego chcesz, Laylo?

Długo czekam na odpowiedź, więc zaczynam myśleć, że znowu pozostawi mnie w zawieszeniu. Lecz nagle nadchodzi wiadomość, nie tekstowa, same załączniki. Otwieram pierwszy i patrzę na zdjęcie naszej dwójki zrobione na Tower Bridge przez jednego ze znajomych Layli z winiarni. A potem otwieram kolejne zdjęcia, zrobione przez Laylę z samowyzwalaczem tak, by mogła biegiem dołączyć do mnie przed obiektywem, zarzucić mi ręce na szyję i złożyć pocałunek na moim policzku. Z bólem przypominam sobie, jak bardzo byliśmy wtedy zakochani. Dalej przesuwam zdjęcie za zdjęciem, dowody na to, jacy byliśmy razem szczęśliwi, i ból się nasila. Wreszcie, na końcu, pojawia się jedno słowo w odpowiedzi na moje pytanie.

**CIEBIE.**

# 35
## *Layla*

***Poprosiłam Finna, żeby powiedział Ellen o moim powrocie, i miał to być rodzaj testu. Powiedział, że chce się ze mną zobaczyć, ale ja wolę się z nim nie spotykać, jeszcze nie.***

***Głos bardzo się ucieszył, że Finn nie zrobił tego, o co go prosiłam. „A widzisz? – szepnął. – Wcale tak bardzo mu nie zależy na spotkaniu z tobą. Gdyby tego pragnął, powiedziałby Ellen". Nie przejęłam się tym. Z mojego punktu widzenia, to, że Finn nic nie zdradził Ellen, oznaczało, że chce zatrzymać mnie dla siebie i – co ważniejsze – że ma przed nią tajemnice.***

***Dałam mu tydzień, a potem wysłałam Ellen laleczkę, żeby ona i Finn mogli odbyć tę rozmowę. Rozmowę, w której oboje przyznają, że wróciłam. Martwiłam się, że za szybko przejęłam inicjatywę, ale Finn i ja popadliśmy w impas i chciałam ruszyć sprawy do przodu. Teraz ruch należał do Ellen. Kochałam ją i nie zamierzałam jej ranić, ale chciałam, by postąpiła właściwie i zostawiła mnie z Finnem, byśmy mogli wieść dalej wspólne życie. Wiedziałam, że to naiwne – oczekiwać, że odejdzie, abym ja mogła wrócić na swoje miejsce – ale to było tylko odwrócenie poprzedniej sytuacji, kiedy to ja odeszłam,***

*a ona weszła na moje miejsce. Wtedy cieszyłam się, że ma Finna. Ale teraz nadszedł czas, by mi go zwróciła.*

*Wiedziałam, że Finn będzie zły, że wysłałam Ellen matrioszkę. Nie potrafił sięgnąć wzrokiem poza komplikacje i zobaczyć końca rozgrywki. Chodziło również o kontrolę albo o jej brak. Byłam nieprzewidywalna. Nie wiedział, jaki będzie mój kolejny ruch. Nie wiedział, że to zależy od Ellen.*

*Ponieważ Ellen również ma swoje sekrety.*

# 36

## *Finn*

Jest trzecia nad ranem, a ja jeżdżę po Cheltenham. Wiem, że nie znajdę Layli, ale musiałem wyjść z domu. Po obejrzeniu tych zdjęć nie mogłem zasnąć. Nie chciałem leżeć i myśleć o życiu, które teraz wiodę. Konfrontować się z prawdą, że to udawane życie, życie drugiego sortu, życie, które wybrałem tylko dlatego, że będąc z Ellen, czułem, jakbym był bliżej Layli. Nie chciałem patrzeć na Ellen leżącą koło mnie i pragnąć, aby to była Layla, jak mi się to już wiele razy zdarzało. Ellen zasługuje na coś lepszego. Zasługuje na kogoś lepszego ode mnie. Nie związałem się z nią dlatego, że ją naprawdę kochałem. Gdyby nie była siostrą Layli, nigdy bym z nią nie był. Ruby miała rację, kiedy powiedziała, że miałem nadzieję znaleźć w Ellen Laylę.

Nie mogę uwierzyć, że tak myślę, ale to prawda. Kiedy zacząłem spotykać się z Ellen, najbardziej obawiałem się tego, że będzie bez przerwy gadała o siostrze albo wypytywała o nasz związek. Nie chciałem z nikim rozmawiać o Layli, a Ellen, wyczuwając moją powściągliwość, w ogóle nie zadawała pytań na jej temat. Jeśli napomykała coś o Layli – na przykład w odniesieniu do jakiegoś wydarzenia z dzieciństwa – robiła to z pewnym wahaniem, ostrożnie badając grunt. Teraz jest tak samo. Po swoim wczorajszym trzygodzinnym szturmie, kiedy powiedziała mi o matrioszce, która nadeszła w przesyłce pocztowej, prawie wcale nie wspomina o Layli. Czasami jednak przyłapuję ją na tym, jak z zaciekawieniem mi się przygląda. Nie wiem, czy to dlatego, że się zastanawia, dlaczego ja nie poruszam tematu Layli, czy też dlatego, że zastanawia się, czy ukrywam przed nią jakieś inne rzeczy. Chociaż wyjaśniłem, dlaczego nie powiedziałem o matrioszce, którą znalazłem, nie jestem pewien, czy mi uwierzyła. A ponieważ umówiliśmy się, że zaczekamy i zobaczymy, co teraz zrobi Layla, żyjemy tak jakby na ziemi niczyjej.

– Dokąd się wybrałeś w nocy? – pyta Ellen przy śniadaniu. Nie poruszyła się, kiedy wsunąłem się do łóżka o wpół do czwartej, więc myślałem, że nie zauważyła mojego wyjścia.

– Na przejażdżkę. Nie mogłem spać. To przez tego nowego klienta. Jeszcze trudniejsza robota niż z Grantem.

Patrzy na mnie ze współczuciem, a ja, mając poczucie winy, że znów ją okłamuję, zrywam się na nogi.

– Chyba pójdę pobiegać – mówię.

Właśnie czekanie doprowadza mnie do szaleństwa, uświadamiam sobie, kiedy truchtam po ścieżce nad rzeką w stronę domu. Mam nieprzeparte pragnienie, by skontaktować się z Laylą i zmusić ją do działania. Zwalniam, gdy wyłania się przede mną pub Pod Kawką. Nie jest jeszcze otwarty, ale kiedy pukam, Ruby mi otwiera.

– O dziesięć minut za wcześnie na śniadanie – uprzedza, nalewając mi kubek kawy.

– Ellen wie. Wie, że Layla wróciła.

– No, więc przynajmniej wszystko jasne. To chyba dobrze?

– Tak by się mogło zdawać. – Wzdycham ciężko. – Ale teraz jest niezręczna sytuacja między mną a Ellen, zwłaszcza że widziała, jak rozmawiam z tobą o tej matrioszce, którą znalazłem. Dopytywała się, dlaczego jej o tym nie powiedziałem. Nie chcę nawet myśleć, co by pomyślała, gdyby wiedziała o wszystkich innych rzeczach.

– Wie, że Layla pisze do ciebie maile?

Wiercę się nerwowo na stołku.

– Nie. Nie wie również, że byłem w domku w St Mary's ani o liście z oświadczynami, który tam zostawiłem, ani o tym, że ma go teraz Layla.

Ruby unosi brwi.

– Sporo tych sekretów, Finn.

– Wiem.

– A co przeżywa Ellen w związku z powrotem siostry?

– Jest podekscytowana. Przestraszona. Spytała mnie, czy teraz, kiedy wiem, że Layla wróciła, żałuję, że poprosiłem ją o rękę, i oczywiście zaprzeczyłem.

– Hm…

– Postanowiliśmy zaczekać i zobaczyć, co zrobi Layla – ciągnę, ignorując jej powątpiewanie. – Możliwe, że nagle się pojawi na progu i skróci nasze cierpienia. Najbardziej frustrujące są te jej gierki.

– Jak myślisz, czego ona chce?

– Wiem, czego chce – odpowiadam ponuro. – Spytałem ją o to i odpowiedziała, że chce mnie.

– I co ty na to?

– Nieważne, bo to niemożliwe. Teraz jestem z Ellen. Nie

mogę jej tak po prostu poprosić, aby odeszła, ponieważ Layla postanowiła wrócić. Zresztą wcale bym tego nie chciał. Kocham Ellen. – Sam słyszę, że brzmi to nieszczerze.

– W takim razie musisz to jasno powiedzieć Layli.

– Próbowałem.

– Spróbuj jeszcze raz. A jak do niej nie dotrze, idź na policję. – Patrzy na mnie w zamyśleniu. – Dziwię się, że jeszcze tego nie zrobiłeś.

– Najpierw muszę się dowiedzieć, gdzie była przez dwanaście lat.

– Nie powiedziała ci?

– Nie, jeszcze nie. Dlatego muszę się z nią zobaczyć, zanim włączę w sprawę policję.

– Miej się na baczności, Finn – ostrzega mnie Ruby cicho.

Jej słowa dźwięczą mi w uszach w drodze powrotnej do domu. Przed kim powinienem mieć się na baczności? Przed Laylą? Czy przed samym sobą?

Kiedy mija kolejny dzień bez wieści od Layli, robię to, przed czym się powstrzymywałem, czyli wysyłam do niej maila.

Musimy porozmawiać, Laylo, twarzą w twarz.

**Nawet nie wiesz, jak bardzo tego chcę.**
**Ale nie mogę, dopóki jesteś z Ellen.**

Czemu nie?

**Bo to byłoby dla mnie zbyt trudne.**
**Kocham cię, Finn.**

Nie, kochasz osobę, którą byłem dwanaście lat temu.
Już nią nie jestem.
Teraz jestem z Ellen.

**No właśnie. A kiedy jesteś z nią, nie możesz być ze mną.**

Więc co mam zrobić?

**Naprawdę ją kochasz?**
**Jeśli tak, zostawię cię w spokoju.**

Nie chcę tego!

**Więc czego chcesz?**

Mówiłem już, chcę się z tobą zobaczyć.

**A ja ci napisałam, że to niemożliwe, nie kiedy jesteś z Ellen.**

Nie rozumiem, czego ode mnie oczekujesz.

I oczywiście nie ma odpowiedzi, bo wie, że nic nie mogę zrobić. Nie mogę poprosić Ellen, by odeszła, nie mogę jej powiedzieć, że zmieniłem zdanie w kwestii ślubu, nie teraz, kiedy wie o powrocie Layli. Trzeba było zrobić to wcześniej, uświadamiam sobie z goryczą. Powinienem jej był powiedzieć, że się rozmyśliłem, w chwili gdy dowiedziałem się, że Layla znalazła mój list. Miałem wtedy świetną sposobność.

Spędziłem noc poza domem, pod pretekstem migreny. Kiedy wróciłem następnego dnia, powinienem był powiedzieć Ellen, że nie wróciłem, bo rozmyślałem o nas, o zbliżającym się ślubie, i uświadomiłem sobie, że popełniłem błąd. Byłaby przybita, może próbowałaby mnie przekonać. Ale gdybym twardo obstawał przy swoim, nie mogłaby zrobić nic innego niż spakować manatki i wyprowadzić się?

Przychodzi mail od Layli, a ja trzymam kciuki za to, by wreszcie ustąpiła.

**POZBĄDŹ SIĘ ELLEN.**

# 37

## *Layla*

***W głębi duszy wiedziałam, że Ellen nie zrezygnuje z Finna tylko dlatego, że wróciłam. Niby czemu miałaby to zrobić, skoro jest szczęśliwa z tym, co ma. Wiedziała, że Finn nie kocha jej tak mocno jak mnie, ale zadowoliła się tą namiastką miłości, bo i tak było to lepsze od tego, co miała wcześniej. Ale mój powrót ją martwił. Czułam, jak zatapia pazury w swej zdobyczy, postanowiwszy, że mi jej nie odda. Zaskoczyło mnie to; nie znałam wcześniej jej nieustępliwości. Żelazna dyscyplina, z jaką przez lata się rozwijała, by dojść do tego, co osiągnęła, na pewno robi swoje.***

***Kiedy wysłałam Finnowi maila, w którym jasno oświadczyłam, co ma zrobić, jeżeli chce się ze mną zobaczyć, współczułam mu, naprawdę. Nie ma jednak miejsca dla nas obu: dla mnie i Ellen. Kiedyś było. Dawno, dawno temu wszystkim się dzieliłyśmy. Po śmierci matki byłyśmy nierozłączne, ostro się przeciwstawiałyśmy ojcu. Nie mogąc nami rządzić, rozdzielił nas. To jedyna rzecz, jakiej się od niego nauczyłam. Dziel i rządź.***

***Właśnie to zamierzam zrobić, jeśli chodzi o Ellen i Finna – rozdzielić ich. A kiedy już mi się to uda, Finn będzie dokładnie tam, gdzie chcę.***

***I tym razem to Ellen zniknie.***

# 38

## *Finn*

Ostatnio często zdarza mi się przyglądać Ellen, gdy stoi przy kuchence i miesza coś w rondlu, albo siedzi przy stole, z głową schyloną nad czasopismem, i staram się wyobrazić sobie, co by się stało, gdybym wypowiedział głośno słowa, które pozwoliłyby mi się jej pozbyć, które umożliwiłyby mi ujrzenie Layli. Czasami nawet posuwam się do tego, że poruszam ustami, bezgłośnie wypowiadam zdanie: „Ellen, przykro mi, ale nie mogę się z tobą ożenić", sprawdzam rozmiar tych słów, ważę ich ciężar w ustach. I wtedy wyobrażam sobie jej reakcję: najpierw szok, potem zdumienie, po których powoli dociera do niej, że właściwie nigdy jej nie kochałem. A wreszcie nadchodzi spokojna akceptacja tego, że już nie należę do niej, teraz, kiedy Layla wróciła.

Tylko że to wcale by tak nie wyglądało. Byłyby łzy, których nie znoszę, wzajemne oskarżenia, których nie trawię. Tak więc słowa pozostają uwięzione we mnie, aż wreszcie czuję się, jakbym miał zaraz pęknąć z powodu napięcia, które powoduje ich niewypowiedzenie. Czasami, gdy tak przyglądam się Ellen, zastanawiam się, jak do tego doszło, jak mogę rozmyślać o życiu bez niej. Tylko że zaraz zaczynam myśleć o Layli i Ellen całkiem się rozmywa. Pamiętam, jak Harry powiedział wtedy, przed laty, że Layla rzuciła na mnie czar. Teraz znów to robi.

Z upływem dni jestem coraz bardziej zdesperowany. Piszę maile do Layli, znów pytając ją, czy możemy się spotkać; przekonuję, że koniecznie musimy porozmawiać, że muszę ją zobaczyć. Ale ponieważ nie wspominam słowem o tym, że spełniłem warunek, który mi postawiła, Layla nie odpowiada.

– Ile jeszcze czasu damy Layli? – pyta Ellen pewnego wieczoru.

Siedzimy w salonie, słuchając muzyki i niby to czytając, ale nie jestem pewien, czy ona w ogóle przewraca strony, bo ja raczej nie.

Podnoszę głowę znad książki i patrzę na Ellen skuloną na kanapie. Muszę przyznać, że kiedyś nie siedziałem tak daleko. Przed powrotem Layli siadywaliśmy obok siebie, ona opierała głowę na moim ramieniu, ja ją obejmowałem.

– Co masz na myśli? – pytam, grając na zwłokę, ponieważ doskonale wiem, o co jej chodzi. Minęło sześć dni od ostatniej wiadomości Layli, siedem od nadejścia przesyłki z matrioszką.

– Zanim powiemy Tony'emu albo komuś innemu, że ona żyje. – Słyszę nerwowość w jej głosie. – Nie możemy trzymać tego w tajemnicy. Policja musi wiedzieć.

– Jeszcze nie – oświadczam po raz trzeci. – Umówiliśmy się, że zaczekamy.

– Była mowa o kilku dniach. A minął już tydzień – nalega. – Gdyby zamierzała pojawić się z własnej inicjatywy, na pewno już by to do tej pory zrobiła.

– Zaginęła aż na dwanaście lat. Musimy dać jej więcej czasu.

– W takim razie czy możemy przynajmniej powiedzieć Harry'emu o tej matrioszce, która nadeszła pocztą?

– Dlaczego? – pytam z zakłopotaniem. – Co dobrego by z tego przyszło?

– Chcę, by wiedział, że miałam rację, kiedy twierdziłam, że Layla wróciła. Widziałam, że sam nie wie, co ma o tym wszystkim sądzić. – Nagle coś jeszcze przychodzi jej do głowy. – Czy powiedziałeś mu o tej matrioszce, którą znalazłeś na talerzyku Pod Kawką, tej, którą pokazałeś Ruby? – pyta.

– Nie – przyznaję.

Jest wyraźnie skonsternowana.

– Ale przecież to poparłoby moją teorię.

– Jak już mówiłem, nie chciałem wzniecać niczyich nadziei, nim się nie upewnię.

– Ale teraz jesteś pewien – mówi z naciskiem.

– W porządku, zadzwonię do Tony'ego – obiecuję, bo nie mogę się już dłużej wykręcać.

Wygląda na to, że jej ulżyło.

– Co trzy głowy, to nie dwie. Będzie wiedział, co zrobić. A co z Ruby? Ile ona wie?

Zaskoczyła mnie tym pytaniem. Przeprowadzam w głowie szybkie kalkulacje. Nie mogę zdradzić, że Ruby wie dziesięć razy więcej od niej, że wie tyle co ja. Jaką ilość informacji Ellen uzna za stosowną?

– Wie, dlaczego się zdenerwowałem, kiedy znalazłem matrioszkę na talerzyku – odpowiadam powoli, starając się wykombinować, co mówić dalej. – Wie, że pomyślałem, że to sprawka Layli. Kiedy ją oskarżyłem, opowiedziałem tę historię z waszego dzieciństwa, więc teraz ją zna.

– Czy wie, że moim zdaniem widziałam Laylę w Cheltenham?

– Nie, chyba jej o tym nie wspominałem.

Przez chwilę milczy i mam nadzieję, że na jakiś czas da z tym spokój.

– Ale jeśli… – zaczyna, lecz zaraz przerywa.

– Co? – domagam się dalszego ciągu.

– Powiedziałeś, że nie chciałeś wzbudzać we mnie nadziei, dopóki się nie upewnisz, że to nie był jakiś chory żart – mówi wolno. – Ale jeśli to jednak był chory żart? Jeśli ktoś chce, byśmy myśleli, że Layla wróciła?

– Jak kiedyś słusznie zauważyłaś, kto zrobiłby coś takiego? I nikt oprócz nas nie zna historii matrioszek.

– Oprócz nas i Harry'ego.

Unoszę brwi.

– Chyba nie sądzisz, że Harry ma z tym coś wspólnego?

Wybucha śmiechem.

– Oczywiście, że nie! Myślałam raczej o Ruby.

– Ruby? Ale…

– Tak, jasne, nie znała całej historii, zanim jej nie opowiedziałeś o matrioszkach Pod Kawką. – Nagle pochyla się w moją stronę. – A jeśli mówiłeś o nich wcześniej? Bo przecież tak ci się poprzednio wydawało, i dlatego sądziłeś, że Ruby za tym stoi. Więc może jednak jej opowiedziałeś, a ona tylko udawała, że tak nie było.

Kiedy próbuję za tym wszystkim nadążyć, czuję się, jakby zaraz miała mi eksplodować głowa.

– Ale przecież widziałaś Laylę w Cheltenham?

Wzrusza ramionami.

– Może to ty miałeś rację, może to była tylko kobieta, która miała takie same włosy jak Layla. – Zawiesza głos. – Ruby ma takie same włosy, długie i kręcone.

– Ale nie takiego samego koloru – mówię.

– Może włożyła perukę.

– Każdy mógł włożyć perukę. Zresztą Ruby nie wiedziała, że tego dnia mamy być w Cheltenham.

– Mogła widzieć, że wyjeżdżamy, i pojechała za nami.

– Więc teraz uważasz, że Layla wcale nie wróciła, a za wszystkim stoi Ruby? – pytam sfrustrowany.

– Przecież sam tak na początku myślałeś. Że to Ruby podrzuciła matrioszkę przed domem, a potem tę drugą na talerzyk, byś myślał, że Layla wróciła, i zmienił zdanie co do ślubu ze mną.

– Tak, ale już tak nie myślę.

– Dlaczego zmieniłeś zdanie w związku z Ruby? Jedyne, co zdarzyło się od tamtej pory, to nadejście przesyłki z matrioszką. Czy właśnie ona cię przekonała, że Layla wróciła? Bo jeśli tak, weź pod uwagę, że równie dobrze mogła ją nadać Ruby.

Ale ja nie myślę teraz o Ruby, lecz o czymś, co powiedziała Ellen, czymś tak szokującym, że ogarnia mnie dziwne znużenie, jakbym ostatecznie musiał zaakceptować coś, co od dawna podejrzewałem, ale to wypierałem. Powietrze wokół mnie nagle tężeje. Przygniata mi tors, ściska klatkę piersiową, czuję, że ledwie mogę oddychać. Ellen zrywa się na równe nogi i podbiega do mnie tak przestraszona, jakbym miał atak serca. Łaknąc świeżego powietrza, odsuwam ją z drogi, wychodzę do przedpokoju, szarpnięciem otwieram drzwi wejściowe i łapczywie chwytam chłodne nocne powietrze.

– Dobrze się czujesz? – Głos Ellen dobiega z przedpokoju za mną.

– Tak. Tylko potrzebowałem powietrza, było tam za gorąco.

Waha się przez chwilę, ale kiedy już nic nie mówię, znika w kuchni.

Siadam na schodku i czekam, aż wróci normalny oddech. Zajmuje mi to sporo czasu. Wiem, co spowodowało, że nagle poczułem się chory. Odpycham tę myśl, ale ona od razu powraca, zmusza mnie, bym się jej przyjrzał, zbadał ją, rozważył. Czy to możliwe, że ta cała sprawa z Laylą to jednak mistyfikacja? Czy to możliwe, że zostałem zdradzony przez jedyną osobę, której zawierzyłbym własne życie – Harry'ego, człowieka, którego kocham jak brata?

Chodzi o coś, co powiedziała Ellen… nie, raczej o sposób, w jaki się roześmiała, gdy pomyślałem, że wskazuje palcem na Harry'ego, podczas gdy ona miała na myśli Ruby. „Oczywiście, że nie!", powiedziała, bo było nie do pomyślenia, by Harry mógł zrobić coś takiego. Ale ja wiem, lepiej niż ktokolwiek inny, że miłość może nas pchnąć do zachowań, które są niezgodne z naszą naturą, do czynów, o które byśmy sami siebie nie podejrzewali. Czyż Harry nie powiedział mi niedawno, że chciałby się ożenić, ustatkować?

Mierzi mnie ten tok rozumowania, ale nie potrafię się powstrzymać. Może on kocha się w Ellen, może od samego początku był w niej zakochany. Czy to dlatego zapraszał ją do naszego mieszkania w trakcie jej pobytów w Londynie? Kiedy spytałem Ellen – na początku naszego związku – czy kiedykolwiek łączyło ją coś z Harrym, zapewniła mnie, że nie. A jeśli jednak coś było ze strony Harry'ego? Sam powiedział, że pojawienie się pierwszej matrioszki nie bez powodu zbiegło się w czasie z mającym się wkrótce odbyć ślubem z Ellen. A jeśli to on podrzucił laleczkę, a kiedy ani ja, ani Ellen nie wspomnieliśmy o jej znalezieniu, przyniósł kolejną na lunch, by móc udawać, że znalazł ją na murku przed domem, w nadziei że nas sprowokuje do przyznania, że też jedną znaleźliśmy? Pamiętam wyraz jego twarzy, kiedy Ellen pokazała mu, że teraz ma pełen komplet. Czy był to wyraz ulgi, bo ziarno, które chciał zasiać – że Layla wróciła – już zapuściło korzenie? Nie było potrzeby pokazywania nam matrioszki, którą miał w kieszeni – dopóki nie oświadczyłem, że nie wierzę w powrót Layli. Nie wyjawiłem mu, że znalazłem inne matrioszki, jak prawdopodobnie się spodziewał, a więc pokazał mi tę, którą rzekomo znalazł na murku. Zrobił to być może w nadziei, że nakłoni mnie w ten sposób do powiedzenia o pozostałych. Ale ja nie pisnąłem o nich słowem. Ale co z tą, którą znalazłem na talerzyku Pod Kawką? Jak mógłby ją podrzucić tak, by nikt z nas – ani Ruby, ani Ellen, ani ja – tego nie zauważył? Chyba że poprosił kogoś, aby zrobił to za niego. Któregoś z pracowników pubu? Ruby? Czy Harry i Ruby uknuli to wspólnie? Czuję się, jakby mój umysł wpadał w wir i wymykał mi się spod kontroli.

Aby to ukrócić, zwlekam się ze schodka. Ellen wychodzi z kuchni, marszczy brwi ze zmartwienia.

– Dobrze się czujesz? – pyta.

– Tak. A jak wezmę prysznic i wyśpię się, będę jak nowy.

– Zawołaj mnie, jeśli będziesz czegoś potrzebował.

Ale ja potrzebuję tylko odpowiedzi, a ona nie może mi ich udzielić.

Boję się, że nie będę mógł zasnąć przez te wszystkie myśli, które kłębią mi się w głowie, lecz szybko zapadam w sen, a kiedy budzę się rano, zastanawiam się, skąd się wzięło to wieczorne zamieszanie. Jak Harry mógłby stać za mailami? To przecież oczywiste, że wysyłała je Layla, tak samo jak zdjęcia, które otrzymałem. Nie ma sposobu, by Harry mógł się do nich dorwać ani wiedzieć, że Layla i ja nazywaliśmy pień drzewa na Pharos Hill matrioszką.

Dziwne jednak było to, co powiedział – że nigdy nie wierzył w śmierć Layli ani w jej porwanie i zawsze myślał, że pewnego dnia ona się pojawi. Nigdy mi tego nie mówił, być może dlatego, że nie chciał wzbudzać we mnie nadziei. Ze złością kręcę głową, by nie dopuścić do świadomości nowych rozlicznych teorii, jeszcze bardziej okropnych od tych, które dręczyły mnie poprzedniego wieczoru. A jeśli Layla zwróciła się do Harry'ego po tym, jak zniknęła z leśnego parkingu w Fonches? Czy to dlatego nigdy nie wierzył w jej śmierć – bo wiedział, że ona żyje? Czy to możliwe, że zapewnił jej schronienie, pomógł się ukryć? Ale dlaczego miałby to robić? Przecież nawet jej nie lubił. No, chyba że jego rzekoma antypatia była zasłoną dymną. Może przez cały czas się w niej kochał, może to on był tym facetem, z którym się przespała w trakcie weekendu w Londynie. Kręcę głową, zły na siebie. Najpierw pomyślałem, że Harry kocha się w Ellen, a teraz, że w Layli.

Odwracam się i patrzę na Ellen, śpiącą obok mnie, z jedną ręką za głową na poduszce, z drugą na piersi. Jeszcze nie tak dawno uniósłbym delikatnie tę rękę i przygarnął półśpiącą Ellen do siebie, zacząłbym ją całować. Tak było jednak przed ponownym pojawieniem się Layli. Poczucie winy wygania mnie z łóżka, schodzę na dół do kuchni. Poczta leży na wycieraczce, a kiedy się po nią schylam, widzę brązową kopertę z taką samą jak poprzednio białą nalepką, tylko tym razem przesyłka jest zaadresowana do mnie, a nie do Ellen. Nie muszę jej otwierać, by wiedzieć, że w środku znajdę matrioszkę. Zanoszę kopertę do kuchni, rozcinam nożem i wytrząsam zawartość na dłoń. Tak jak sądziłem, jest to matrioszka. Tylko że ta ma zmiażdżoną głowę.

# 39

## *Layla*

*Wiedziałam, że Finn nie zrozumie wiadomości* Pozbądź się Ellen, *a przynajmniej nie do końca. Od chwili, gdy ją otrzymał, zapewne próbował wymyślić, w jaki sposób poinformować Ellen, że między nimi koniec, a przede wszystkim żałował, że w ogóle poprosił ją o rękę. Pewnie setki razy otwierał usta, szykując się do wypowiedzenia słów, dzięki którym mnie odzyska. Nigdy jednak ich nie wypowie – nie dlatego, że brakuje mu odwagi, tylko dlatego, że jest zbyt dobry, by złamać Ellen serce. Co mnie trochę wkurza, ponieważ przed laty niespecjalnie się przejmował tym, że złamie moje serce. Odsuwam złość, bo nie jest teraz ważna. Ważne, by Finn zrozumiał, co miałam na myśli.*

*Nadal mnie dziwi, że chcę go zranić, skoro tak bardzo go kocham. Lecz jest we mnie coś, co domaga się, by go złamać, żebym mogła złożyć go potem w całość tak, jak zechcę. Moje zniknięcie przed laty wcale go nie załamało, nie tak naprawdę. Zamiast zstąpić do piekieł, on sobie dogadzał. Przy zapewnionym bezpieczeństwie finansowym, bez żadnych osób na utrzymaniu mógł pozwolić sobie na taplanie się w depresji.*

*Gdyby musiał zarabiać na życie, miał dziecko albo dzieci, dałby sobie przysłowiowego kopa w tyłek, musiałby to zrobić, tak jak ja musiałam, by przetrwać.*

*Dlatego właśnie nie zamierzam traktować go łagodnie. Musi osiągnąć punkt, w którym zacznie wątpić we wszystko, co dotąd wydawało mu się prawdą, wątpić we wszystkich, o których myślał, że może im ufać. Właśnie tego chcę.*

# 40

## *Finn*

Przez tę laleczkę ze zmiażdżoną głową moje myśli krążą w rejonach, w które się wcześniej nie zapuszczały. Trzeba było od razu cisnąć ją do kosza, ale w obawie, że Ellen mogłaby ją znaleźć, zaniosłem matrioszkę do swojej pracowni i umieściłem w głębi szuflady z pozostałymi. Jej obraz wrył mi się jednak w pamięć, dręczy mnie. Jakie jest moje przesłanie? – pyta laleczka. Co oznacza moja zmiażdżona głowa? Kogo symbolizuję? Jedyne odpowiedzi, jakie mi się nasuwają, są mroczne i przerażające. Laleczka symbolizuje Ellen, a ten, kto ją przysłał – ponieważ znów myślę, że te wszystkie matrioszki mogą nie pochodzić od Layli – pragnie jej krzywdy. Co więcej, ten ktoś oczekuje, że to ja skrzywdzę Ellen. Wiadomość **Pozbądź się Ellen** nabrała całkiem nowego znaczenia. Harry i Ruby – tak, ponieważ od kiedy Ellen o niej wspomniała, Ruby znów wkradła się na moją listę podejrzanych – oboje wiedzą, że jestem zdolny do przemocy. Czy wykorzystują tę wiedzę przeciwko mnie? Czy starają się mnie sprowokować?

Bo czasami, kiedy Ellen podchodzi i otacza mnie ramionami, kiedy jej głowa spoczywa na moim ramieniu, nagle przyłapuję się na tym, że zastanawiam się, jak by to było, gdybym powoli uniósł ręce, chwycił ją za szyję i wydusił z niej życie. Czasami, kiedy śpi obok mnie, zastanawiam się, jak by to było położyć jej poduszkę na twarzy i łagodnie wycisnąć z niej życie. Czasami, kiedy idziemy ścieżką biegnącą tuż obok stromego urwiska, zastanawiam się, jak by to było zepchnąć ją na dół i zmiażdżyć jej życie. Nie potrafię już spać beztroskim snem niewinnego. Tak jak kiedyś miałem koszmary senne, w których zabijałem Laylę, teraz śnię o tym, jak zabijam Ellen.

Nie wspomniała ponownie o telefonie do Tony'ego. Po tamtym wieczorze dała mi spokój. Cieszę się z tego, ale wytchnienie nie trwa długo.

– Wyglądasz na zmęczonego – mówi pewnego ranka, po nocy pełnej kolejnych koszmarów. Podchodzi do mnie i ujmuje moją twarz w dłonie. – Może byśmy gdzieś wyjechali na parę dni?

– Myślałem o tym samym – zapewniam, ponieważ nagle wyjazd wydaje mi się najlepszym pomysłem pod słońcem.

Uważnie przypatruje się mojej twarzy.

– Ale najpierw musimy postanowić, co robimy w związku z Laylą. Powiedziałeś, że zadzwonisz do Tony'ego.

– Zadzwonię.

– Jeśli tego nie zrobisz, ja do niego zadzwonię. – W jej głosie pojawia się napięcie, którego wcześniej nie słyszałem. – To cię wpędza w chorobę, Finn.

– Jestem po prostu przemęczony – odpowiadam z irytacją. – Zresztą sądziłem, że masz wątpliwości, czy te laleczki to rzeczywiście sprawka Layli.

– Tak, powiedziałam, że może za tym stać Ruby, ale tylko po to, by ci uświadomić, że to możliwe. Ruby może i ma swoje wady, ale nie jest wredna. – Parska śmiechem. – Chciałabym wiedzieć, czego chce Layla.

Nieproszony powraca obraz laleczki ze zmiażdżoną głową i mocniej zaciskam ramiona wokół Ellen. To byłoby takie łatwe, podpowiada mi szeptem jakiś głos. Musisz tylko przesunąć jedną rękę na tył jej głowy i przycisnąć ją do piersi, tak by miała zakryte usta i nos, a potem powoli zacisnąć wokół niej drugie ramię. W pewnym momencie, kiedy poczuje, że nie może oddychać, zacznie się szarpać. Ale to długo nie potrwa, twój wzrost i waga gwarantują, że zaraz będzie po wszystkim. Potem, gdy policja będzie cię przesłuchiwać, skłamiesz, tak jak robiłeś wcześniej: powiesz, że nagle zemdlała, że musiała mieć atak serca.

– Finn, nie mogę oddychać. – Ellen przekręca głowę na bok, uwalnia ją z mego uchwytu. Nabiera powietrza i dodaje ze śmiechem: – Wiem, że mnie kochasz, ale nie musisz obejmować mnie aż tak mocno!

Zszokowany, opuszczam ręce i cofam się o krok.

– Przepraszam – mamroczę, przeczesując włosy palcami.

– Wymyślisz, gdzie moglibyśmy wyskoczyć na parę dni?

Gapię się na nią. Naprawdę o mało jej nie udusiłem?

– Tak, jasne. Zaraz pójdę czegoś poszukać.

Wychodzę do swojej pracowni, serce mocno mi wali. Weź się w garść, mówię sobie. Ellen nie była w niebezpieczeństwie, nic nie zamierzałeś jej zrobić.

W moim umyśle jest jednak mrok, który się nie rozprasza.

*

Następnego dnia, pięć dni po otrzymaniu laleczki ze zmiażdżoną głową, nagle otwierają się drzwi mojej pracowni w ogrodzie. Spodziewając się Ellen, przyklejam do twarzy uśmiech. Jednak to Harry i mój uśmiech od razu blaknie.

– Ej, nie patrz tak na mnie – mówi z wyrzutem, a ja uświadamiam sobie, że musiał dojrzeć nieufność w moich oczach. – Ellen poprosiła, bym przyjechał.

Nie mogę się zmusić do wstania i objęcia go, co zwykle robię.

– Czemu? – pytam.

– Bo się o ciebie martwi. – Rozgląda się za czymś do siedzenia i wyciąga stołek, który trzymam pod biurkiem. – Co jest, koleżko?

Muszę to sprawdzić, muszę się dowiedzieć, czy to on stoi za laleczkami i mailami. Już dłużej nie zniosę tego, że nie wiem, komu mogę zaufać.

– Czy jesteś zakochany w Ellen? – pytam, wystrzegając się oskarżycielskiej nuty w głosie.

Harry wybałusza oczy ze zdumienia i otwiera usta, by mi odpowiedzieć, a ja – o dziwo – mam nadzieję, że potwierdzi, ponieważ wtedy, jeśli Ellen również go kocha, będę wolny... dla Layli. On jednak zamyka usta i z trudem przełyka ślinę, a ponieważ dobrze go znam, wiem, że właśnie ugryzł się w język, żeby nie rzucić mi jakiejś ciętej riposty.

– Nie, Finn – odpowiada, patrząc na mnie uporczywie. Być może zorientował się, jak ważna jest dla mnie ta odpowiedź. – Wprawdzie jest urocza, ale nie kocham się w Ellen ani nigdy nie byłem w niej zakochany. – Parska śmiechem. – Chyba zdążyłeś się już zorientować, że mamy różne upodobania, jeśli chodzi o kobiety. Te wszystkie dziewczyny, które miałeś w Londynie, wcale nie były w twoim typie. Zastanów się nad tym, Finn: wszystkie były wiernymi kopiami moich dziewczyn, ponieważ myślałeś, że z takimi właśnie powinieneś się spotykać. Ale nigdy nie byłeś nimi zbytnio zainteresowany. Potem spotkałeś Laylę, która różniła się od tych dziewczyn jak dzień od nocy. I jak się dość wcześnie zorientowałeś, nie mogłem zrozumieć, co ty właściwie w niej widzisz.

Przerywa na chwilę, a ja zastanawiam się, co by powiedział, gdybym się przyznał, że zaledwie kilka dni temu zastanawiałem się, czy to on był tym mężczyzną, z którym Layla przespała się w Londynie.

– Ale coś ci powiem… – ciągnie. – Nigdy nie przeżyłem prawdziwej miłości, nie jestem nawet pewien, czy ona w ogóle istnieje. Jeśli jednak istnieje, to to, co łączyło cię z Laylą, jest miłością.

Czekam, dając mu czas, by dodał: „i to, co łączy cię z Ellen", ale on tego nie robi. Zapada długie milczenie. Czeka, aż coś powiem, a kiedy dalej milczę, lituje się nade mną.

– Dlaczego pomyślałeś, że kocham się w Ellen?

Nie mogę mu odpowiedzieć, że w chwili szaleństwa podejrzewałem, że wysyła do mnie maile i podrzuca matrioszki, podszywając się pod Laylę, bym nie poślubił Ellen.

– Ktoś mąci mi w głowie – mówię.

– Layla?

– Może.

– Ellen powiedziała, że dostała przesyłkę z matrioszką, i choć to może potwierdzać powrót Layli, ty wciąż ociągasz się ze zgłoszeniem tego policji.

– Umówiliśmy się, że damy jej kilka dni. – Postanawiam się przed nim otworzyć. – Znalazłem też inne laleczki, o których nie powiedziałem Ellen.

– Ach, tak. – Kiwa z namysłem głową. – Gdzie je znalazłeś?

– Jedna była przed domem, a druga na samochodzie, w Cheltenham. – O pozostałych nie wspominam, bo lista jest zbyt długa. – Ostatnia przyszła pocztą. Wysłana w Cheltenham. Miała zmiażdżoną głowę – dodaję.

– Ci na poczcie nie są zbyt uważni. To pewnie sprawka maszyny do frankowania.

Wcześniej nie przyszło mi do głowy, że do zmiażdżenia matrioszki mogło dojść przypadkowo. Czy skazywałem się na męki bez powodu?

– Zastanawiałem się, czy ktoś nie zrobił tego celowo – przyznaję.

Unosi brwi.

– Myślisz, że to miała być jakaś wiadomość? Pogróżka?

– Nie wiem.

– Rany, Layla musi być naprawdę wściekła, że jesteś z Ellen.

– Więc sądzisz, że te laleczki są od niej?

– A od kogóż by? Ona musi być poważnie zaburzona. Skoro posuwa się do tego, że życzy ci, by spotkała cię krzywda… to bardzo niepokojące.

Przez jedną cudowną chwilę czuję się lepiej – laleczka ze zmiażdżoną głową symbolizuje mnie, nie Ellen. Ale natychmiast przypominam sobie wiadomość **Pozbądź się Ellen.**

– Musisz powiedzieć o wszystkim policji – ciągnie Harry. – Wyglądasz okropnie, Ellen również. Martwi się o ciebie. – Zawiesza głos. – I martwi się, co będzie, gdy pojawi się Layla.

– Powiedziałem jej, że to niczego nie zmieni – rzucam szorstko, zły na Ellen, że we mnie wątpi, a do tego jeszcze zwierza się z tego Harry'emu.

– No cóż, może twoje obecne zachowanie nie wzbudza jej zaufania.

Wiercę się niespokojnie na krześle. Czyżby wyczuła moje mroczne myśli, związane z nią zabójcze fantazje? Przeczesuję dłońmi włosy, udręczony tymi koszmarami. Harry klepie mnie po plecach.

– Chodźmy spotkać się z Ruby.

Ellen namawia nas, byśmy wybrali się Pod Kawkę tylko we dwóch, ale Harry przekonuje ją, by poszła z nami. Ruby jest zachwycona, że Harry się zjawił; zamawiamy późny lunch, gdy ruch w knajpie maleje, by Ruby mogła do nas dołączyć. Zasiadamy całą czwórką przy winie, śmiejemy się i rozmawiamy, a ja nie pamiętam, kiedy ostatnio czułem się tak dobrze. Przyłapuję Ellen na tym, że co chwila nerwowo na mnie zerka, a ponieważ wiem, że wynika to z obawy przed moją irytacją, że namówiła Harry'ego na rozmowę ze mną, sięgam po jej dłoń leżącą na stole. Harry to zauważa, a kiedy już pora wyjść, mówi, że chce jeszcze zostać, by pogadać z Ruby, dając nam z Ellen szansę, byśmy pobyli sami.

– Nie masz mi za złe, że zaprosiłam Harry'ego? – pyta Ellen, gdy wracamy pieszo do domu.

– Nie, dobrze było z nim porozmawiać. Dzięki temu zobaczyłem wszystko wyraźniej. – I przynajmniej mogę wyeliminować go ze swojej listy podejrzanych, dodaję w myślach. W związku z czym pozostają na niej jedynie Ruby i Layla, a jestem przekonany, że Ruby nie jest w to zamieszana. Ulga, jaką odczuwam w związku z tym, że to musi być Layla, oznacza, że mrok, w którym pogrążałem się przez ostatnie dni, wynikał nie tylko z tego, że nie wiedziałem, komu mogę zaufać, ale również z lęku, że Layla jednak wcale nie powróciła.

– Więc zadzwonisz do Tony'ego?

– Tak – odpowiadam, uświadamiając sobie, że po to właśnie sprowadziła Harry'ego. – Zadzwonię do niego w poniedziałek.

Harry nie zabawia u nas długo po powrocie z pubu, ponieważ jest umówiony w Londynie na kolację. Po jego wyjściu spędzam trochę czasu w swojej pracowni. Jeszcze nie otrzymałem maila od Layli. Czy ona rzeczywiście czeka, aż skrzywdzę Ellen, aż ją zabiję? Wysuwam szufladę i sięgam do środka, szukając matrioszek. Przebiegam po nich palcami, czerpiąc dziwne ukojenie z ich dotyku. Tak jakby mi mówiły, bym nie tracił nadziei, bo w końcu wszystko się ułoży. Nagle moje palce natrafiają na matrioszkę ze zmiażdżoną głową i szybko cofam rękę. To dziwne, że Ellen nigdy nie wracała do tej laleczki, z którą przyłapała mnie Pod Kawką; nie spytała, czy może ją dołączyć do swojego kompletu matrioszek, jak zrobiła z tą, którą znalazła w przesyłce. Stoi obok tej, którą Ellen znalazła na murku, dwie bliźniaczki patrzą na mnie oczami bez wyrazu z blatu kuchennego.

Gdy zapada noc, nie mogę już dłużej znieść ciszy. Namawiam Ellen, by się położyła, i wyjmuję smartfona.

Kiedy możemy się spotkać?, pytam.

Właściwie nie spodziewam się odpowiedzi, ponieważ nie odpowiedziała mi na ostatnie maile, w których pytałem ją o to samo. Tym razem jednak odpowiedź nadchodzi od razu.

**Dostałeś matrioszkę?**

Ignoruję jej pytanie.

Kiedy możemy się spotkać?

**Dostałeś laleczkę?**

Tak, odpowiadam, ponieważ nie ma sensu krążyć w kółko. Kiedy możemy się spotkać?

**Kiedy zrobisz to, co musisz zrobić.**

Co masz na myśli?, pytam, pamiętając o teorii Harry'ego, że laleczka została zniszczona na poczcie.

**Widziałeś laleczkę.**

Czuję przypływ wściekłości.

Tak się nie stanie, nigdy! Żegnaj, Laylo.

Rzucam telefon na kanapę, jakby stał się trujący. Gdzieś po drodze Layla straciła rozum. To, co sugeruje, czego się ode mnie domaga, to szaleństwo.

Czekam przez chwilę, a potem idę cicho na górę, mając nadzieję, że Ellen już zasnęła. Leży w swojej zwykłej śpiącej pozie, z jedną ręką za głową na poduszce, piękna, ponętna. No dalej, kusi głos. Połóż się przy niej, udowodnij, że kochasz ją bardziej od Layli. Przecież to ją właśnie wybrałeś. Ellen się porusza, rozchyla powieki i wyciąga do mnie ręce, uśmiechając się sennie.

– Idę pod prysznic – szepczę, zachęcając ją, by spała dalej. Rozczarowanie przemyka przez jej twarz jak cień, opuszcza ręce.

Pod prysznicem usiłuję zmyć z siebie wstyd. Jednak gdy wychodzę spod prysznica, nadal czuję się nim splamiony, więc nie jestem w stanie położyć się w łóżku obok Ellen.

Niespokojnie krążę po domu. Ciało mam obolałe ze zmęczenia; przez ostatnie trzy doby prawie nie spałem. W salonie wyciągam się na kanapie, mając nadzieję, że ogarnie mnie senność. Coś uwiera mnie w bok i uświadamiam sobie, że to mój telefon, który tam rzuciłem. Nie chcę sprawdzać poczty, nie chcę znaleźć maila od Layli, nie jestem gotów na jej kolejne ultimatum. Ale może to będzie ta wiadomość, na którą wciąż czekasz, podpowiada głos, ta, w której będą podane data i miejsce, z której dowiesz się, że matrioszka ze zmiażdżoną głową to był tylko żart. Więc zaglądam do skrzynki i znajduję maila od Layli.

**MASZ DZIESIĘĆ DNI.**

# 41

## *Layla*

*Roztrzaskanie głowy laleczce sprawiło mi dziwną satysfakcję. Później moja własna była w lepszym stanie. Pomyślałam, że może wygnałam z niej Głos, który usilnie nawiązywał do przeszłości, zadręczał mnie wyobrażeniami o tym, jak sprawy mogły się potoczyć. Lecz udało mi się jedynie go uciszyć, bo po kilku dniach względnego spokoju powrócił i zaczął mnie nakręcać, popędzać ku zakończeniu, którego jeszcze nie znałam.*

*Reakcja Finna na matrioszkę była przewidywalna. Niedowierzanie, złość, kategoryczna odmowa. Niemal się roześmiałam, czytając jego ostatniego maila, w którym kryła się sugestia, że ma w tej sprawie jakikolwiek wybór. Jakby to jego* Żegnaj, Laylo *w ogóle się liczyło, jakby znaczyło, że już nigdy nie zamierza się ze mną kontaktować ani czytać moich maili. Czy on nie zdaje sobie sprawy, że tańczy tak, jak mu zagram, i wciąż jeszcze musi się nauczyć wielu nowych kroków?*

*Nie mogę jednak kazać mu tańczyć w nieskończoność. Zaczęło mi się dawać we znaki napięcie związane z ogarnia-*

*niem tego wszystkiego. Głos staje się coraz bardziej natarczywy, a od uciszania go męczy mi się głowa. Musiałam narzucić jakiś ostateczny termin. Nie mogłam pozwolić Finnowi wciąż się wykręcać. To nie byłoby dla niego dobre. I na pewno nie byłoby dobre dla mnie.*

# 42

## *Finn*

Czytając wiadomość od Layli, szykuję się psychicznie na dziesięć dni milczenia. Wątpię, by do mnie napisała, dopóki nie oznajmię jej tego, czego sobie życzy, a ponieważ nigdy nie będę w stanie tego zrobić, nie zamierzam wysyłać do niej maili. Na początku czuję się zagubiony. Jak wytrzymam dziesięć dni bez żadnego kontaktu z nią, skoro już nawet jeden dzień bez wiadomości jest trudny? Ale wkrótce ogarnia mnie niepokój w związku z tym, co może zdarzyć się po upływie tych dziesięciu dni. Chyba Ellen nie grozi nic ze strony Layli? A jeżeli tak? Czuję się rozdarty pomiędzy pragnieniem ujrzenia Layli a chęcią ochrony Ellen. Teraz, bardziej niż kiedykolwiek, powinienem powiadomić Tony'ego. Czuję jednak, że utknąłem w impasie, nie jestem w stanie wykonać żadnego ruchu. Może to dziesięciodniowe milczenie okaże się dobre. Będę miał czas na oczyszczenie umysłu, oddanie się Ellen, wypracowanie strategii. Wyjedziemy na kilka dni i może nawet zacznę zapominać o Layli.

Idę do łóżka, a kiedy słońce budzi mnie wcześnie następnego ranka, czuję się spokojniejszy, niż zdarzało mi się od dawna.

Mając perspektywę dziesięciodniowego wytchnienia od coraz bardziej nieobliczalnych żądań Layli, czuję niemal przypływ optymizmu. Patrzę na śpiącą obok mnie Ellen i ogarnia mnie poczucie winy w związku z tym, że poprzedniej nocy odwróciłem się do niej plecami. Chciałbym jej to wynagrodzić, wziąć ją w ramiona, okazać, że ją kocham. Ale nie mogę. A myśl, że Ellen mogłaby się zbudzić i tego właśnie oczekiwać, wypędza mnie z łóżka.

Ubieram się cicho i schodzę na dół.

– Idziemy na spacer? – pytam Peggy po porannym tarmoszeniu.

To jeden z tych pięknych, spokojnych niedzielnych poranków, kiedy wszyscy jeszcze śpią, a jedyne dźwięki, jakie słychać, to ćwierkanie ptaków wśród drzew i gdakanie kur w ogrodzie sąsiadów. Patrzę na dom Micka naprzeciwko i widzę go stojącego w oknie. Unoszę rękę na powitanie, a kiedy mi odmachuje, robi mi się głupio, że nie postarałem się dotąd lepiej go poznać.

Idąc wzdłuż rzeki, zastanawiam się, gdzie moglibyśmy wyjechać z Ellen. Nigdy nie straciłem ochoty na odwiedzenie Lewis, lecz kiedy zasugerowałem to w zeszłym roku, oświadczyła, że to ostatnie miejsce, do którego chciałaby pojechać. Mogę zrozumieć dlaczego. Tam straciła matkę, no i ojca – nawet jeśli to nie była tak wielka strata. Tam również widziała Laylę po raz ostatni. Zresztą to zbyt daleko. Może po prostu powinniśmy zostać tutaj. Simonsbridge jest takie piękne o tej porze roku. Po co siedzieć kilka godzin w samochodzie, by wylądować w podobnym miejscu?

Nagła niechęć do wyjazdu nie daje mi spokoju, co skłania mnie, bym był ze sobą uczciwy, zamiast wymawiać się długą podróżą samochodową. Prawda jest żenująca: w hotelu nie będę mógł zaczekać, aż Ellen zaśnie, zanim położę się z nią do łóżka. Mój nastrój gwałtownie się pogarsza. Przywołuję Peggy brodzącą w rzece, nienawidząc człowieka, jakim się stałem za sprawą Layli.

Sklep w wiosce otwierają w niedzielę o ósmej, więc przed powrotem kupuję bekon i jajka oraz gazety. Kiedy się zbliżam do domu, uderza mnie straszliwe *déjà vu*. Bo tam, na murku, stoi mała matrioszka.

Pokonuję ostatnich kilka metrów w dwie sekundy, chwytam laleczkę i szybko chowam do kieszeni. Rozglądam się po ulicy, ale nikogo nie widać. Przypominam sobie, że widziałem Micka stojącego w oknie, więc podchodzę do jego domu i pukam do drzwi, zapominając, że jest dopiero piętnaście po ósmej.

Otwiera po dłuższej chwili.

– Przepraszam – mówi. Trzyma w ręce miseczkę z owsianką. – Właśnie podaję żonie śniadanie.

– Nie, to ja przepraszam – odpowiadam, widząc jego niechlujny wygląd. – Wrócę później. Chciałem tylko zadać jedno pytanie.

Czekam, aż spyta, o co chodzi, ale on już zamyka drzwi.

– Przepraszam – powtarza. – Muszę iść. – Unosi miseczkę z owsianką, przypominając mi o swoim zadaniu. – Przyjdź za godzinę, do tej pory powinienem skończyć.

Wracam na swoją stronę ulicy, znów rozglądając się po drodze, chociaż wiem, że nie zobaczę Layli, bo już od dawna jej tu nie ma. Dokąd pojechała? Z powrotem do Cheltenham? Nagle słyszę pomruk włączanego silnika, a potem warkot odjeżdżającego samochodu. Brzmiało to, jakby kierowca się spieszył.

Czy to była Layla? Kiedy ją znałem, nie umiała prowadzić samochodu, ale po dwunastu latach mogło się to zmienić.

W przedpokoju słyszę szum prysznica, co oznacza, że mam kilka minut, zanim Ellen zejdzie na dół. Zabieram zakupy do kuchni, żeby przyszykować śniadanie. Jestem jednak zbyt poruszony, więc wychodzę do ogrodu w nadziei, że jego spokój na mnie podziała. Na górze otwiera się okno, a gdy podnoszę głowę, widzę w nim Ellen, która się do mnie uśmiecha.

– Poszedłeś po pieczywo czy byłeś w pracowni? – pyta, a ja mam ochotę wrzasnąć, żeby zostawiła mnie w spokoju.

– Po pieczywo – mówię. – Mam też bekon i jajka – dodaję z wysiłkiem.

– O nie, ja dziękuję. Zjem musli.

Na usta cisną mi się słowa „Czemu nie możesz bardziej przypominać Layli!", ale szybko je powstrzymuję.

Przy śniadaniu czuję jej spojrzenie na sobie, kiedy staram się uporać z kanapką z bekonem i jajkiem.

– Finn – odzywa się po chwili.

– Co?

– Proszę, zadzwoń do Tony'ego.

– Jest niedziela.

– Nie będzie miał ci za złe.

Wiem, że ma rację. Zresztą Layla posunęła się za daleko z tą lalką ze zmiażdżoną głową. Przynajmniej ta, którą znalazłem na murku, była nietknięta.

– Dobrze. Zadzwonię po śniadaniu.

Nie za bardzo mam ochotę to robić przy niej, ale uzna, że zachowuję się dziwnie, jeśli wyjdę zadzwonić do swojej pracowni. Nie chcę, by myślała, że mam coś do ukrycia. Chociaż mam. Nie przełączam rozmowy z Tonym na głośnik – jak Ellen pewnie oczekuje – bo ryzyko, że Tony wspomni o tym, że Thomas widział Laylę, jest zbyt duże.

– Obawiam się, że to nie jest tylko towarzyska rozmowa – przyznaję po wymianie powitalnych uprzejmości.

– Słucham.

Nagle uświadamiam sobie, że Ellen nie wie, że powiedziałem Tony'emu o jej rzekomym ujrzeniu Layli w Cheltenham.

– Chodzi o Laylę – zaczynam. – Zdarzyło się parę rzeczy, z powodu których sądzimy z Ellen, że Layla może jednak żyje.

– Czy coś jeszcze się stało?

– Kilka tygodni temu Ellen znalazła matrioszkę na murku przed domem. Parę dni później wydawało jej się, że widziała Laylę w Cheltenham – dodaję na użytek Ellen.

– Tak, mówiłeś mi o tym. Ale co ma z tym wspólnego matrioszka?

– W dzieciństwie każda z sióstr miała komplet matrioszek i jedna z laleczek się zgubiła. Po tym, jak Ellen znalazła niedawno tę pierwszą, pojawiła się druga… a właściwie dwie – poprawiam się szybko, przypominając sobie tę, z którą Ellen nakryła mnie Pod Kawką. – Ellen dostała jedną w przesyłce pocztowej, a drugą znaleźliśmy w miejscowym pubie, razem z rachunkiem. Chodzi o to, że te matrioszki mają dla Ellen i Layli pewne znaczenie, którego nikt inny nie rozumie.

– I nikt więcej nie zna tej historii? – pyta, gdy kończę.

– Tylko Harry. Ellen mu ją opowiedziała.

– Jesteś pewien, że nie napomknąłeś o niej nikomu? Komuś, kto chciałby odpłacić ci pięknym za nadobne? Na przykład byłej dziewczynie?

– Nie – odpowiadam stanowczo. – Nigdy nikomu o tym nie wspomniałem.

– Hm… A ta laleczka, która przyszła pocztą… Wiesz, skąd została wysłana?

– Z Cheltenham, a właśnie tam Ellen miała wrażenie, że widzi Laylę.

– W tym świetle nabierają wagi słowa Thomasa, który ponoć zauważył ją przed domem. – Zapada cisza, gdy Tony rozważa wszystko w myślach. – Zostaw to mnie, Finn. Przemyślę sprawę, pogadam z paroma osobami i odezwę się do ciebie.

– Dziękuję, Tony, będę wdzięczny. – Rozłączam się i zwracam do Ellen: – Odezwie się.

– Ale czy on sądzi, że Layla wróciła? Że żyje?

– Myślę, że jego zdaniem warto zbadać sprawę.

Uśmiecha się blado.

– Teraz, kiedy oficjalnie o tym komuś powiedzieliśmy, wydaje się o wiele bardziej realne. A zaczęłam się już zastanawiać, czy nie oszaleliśmy, sądząc, że Layla wróciła. Bo nie rozumiem, dlaczego się ukrywa. Wciąż się zastanawiam, czego ona właściwie chce.

– Będziemy musieli zaczekać i zobaczyć. – Zrywam się na nogi. – Mam pilną robotę. Widzimy się na lunchu?

W pracowni myślę o tym, by zadzwonić do Tony'ego i opowiedzieć mu o wszystkich innych laleczkach, które znalazłem, włącznie z tą ze zmiażdżoną głową. Gdybym jednak się do tego posunął, musiałbym opowiedzieć mu o mailach, bo nie ma sensu, aby znał tylko połowę historii. W końcu postanawiam zaczekać, aż oddzwoni. Jeśli powie, że to, co mają obecnie, nie wystarczy, by poświęcili czas na szukanie Layli, wtedy wyjawię mu resztę.

To długi poranek. Rzucam okiem na notowania giełdowe, ale muszę być w dobrej formie, by zawierać transakcje, a dziś to nie jest jeden z tych dni. Próbując się czymś zająć, przypominam sobie, że miałem zajść do Micka.

– Zajrzę do Micka – informuję Ellen. – Zaproponuję, żeby wpadł na drinka.

– Miło z twojej strony – chwali Ellen.

Tym razem Mick szybko otwiera drzwi i z ulgą stwierdzam, że ma wolne ręce.

– Przepraszam za rano – zaczynam. – Nie zdawałem sobie sprawy, że jest tak wcześnie. Zastanawiałem się tylko, czy widziałeś, jak ktoś się szwendał rano koło naszego domu. Wtedy, kiedy stałeś w oknie.

Kręci głową.

– Nie, ale nie stałem tam długo. Właśnie rozsunąłem zasłony, kiedy cię zobaczyłem, a potem Fiona mnie zawołała. Przechodziła jakaś para, ale się nie zatrzymywali.

– Obok twojego domu czy mojego?

– Twojego.

– Widziałeś może, że kładą coś na murku?

– Nic takiego nie zauważyłem. Chyba że zawrócili, kiedy odszedłem. Możesz jeszcze spytać panią Jeffries, chociaż ona na ogół przesiaduje w oranżerii na tyłach domu.

Kiwam głową.

– Dzięki, Mick. Jak się czuje żona?

Wzrusza ramionami.

– Bez zmian.

– Jeśli kiedyś przyjdzie ci ochota na drinka, wpadnij do nas. Zwykle jesteśmy w domu.

– Dzięki. – Uśmiecha się smutno. – Nigdy nie wiadomo… któregoś dnia może skorzystam z propozycji.

Kiedy przechodzę na drugą stronę ulicy, myślę o tej parze

przechodzącej koło naszego domu, zastanawiając się, dlaczego bez namysłu ją wyeliminowałem. Trzeba było przynajmniej spytać Micka, czy dziewczyna – kobieta, przypominam sobie – miała rude włosy. Nie chcę jednak uwierzyć, że Layla kogoś ma. Gdyby miała, po co bawiłaby się w te gierki?

Reszta dnia mija niewiarygodnie wolno. A potem, przed położeniem się do łóżka, sprawdzam skrzynkę i widzę, że właśnie przyszedł mail od Layli. Przemyka mi przez głowę, żeby może go nie otwierać, ale jak zawsze, ciekawość zwycięża. W mailu jest tylko jedno słowo.

**DZIESIĘĆ.**

# 43

## *Layla*

***W dniu, w którym postawiłam Finnowi dziesięciodniowe ultimatum, odebrałam z poczty w Cheltenham kolejną dostawę matrioszek. Kiedy ostrożnie rozpakowywałam każdą z dziesięciu laleczek, wyobraziłam sobie przyjemny obrazek. Dziesięć matrioszek stojących rządkiem na murku. Przypomniało mi to piosenkę, którą Ellen i ja śpiewałyśmy w dzieciństwie, o dziesięciu zielonych butelkach wiszących na ścianie, o tym, że kiedy jedna zielona butelka spadnie, na ścianie będzie wisiało już tylko dziewięć. Poczułam przypływ podniecenia. A gdybym tak rozpoczęła odliczankę? Im dłużej o tym myślałam, tym bardziej ten pomysł mi się podobał.***

***Głosowi spodobał się jeszcze bardziej.***

# 44

## *Finn*

Już prawie sierpień, więc biznes kręci się wolno. Przez cały ranek gadam przez telefon z Harrym, rozmawiamy o różnych funduszach inwestycyjnych, sprawdzam, co robi konkurencja, które fundusze są opłacalne, a które kuleją. Gdy czuję, że zgłodniałem, idę do domu. W kuchni znajduję liścik na stole.

*Pojechałam na zakupy. Jeśli chcesz zjeść ze mną lunch, zadzwoń.*

Zerkam na zegar na kuchence i widzę, że jest już wpół do trzeciej, co oznacza, że Ellen musiała wyjechać rano. Już nie pamiętam, kiedy ostatnio wyszedłem z pracowni, by zjeść z nią lunch. Dawno minęły dni, kiedy spotykaliśmy się w kuchni o pierwszej. Ellen przychodziła po mnie, ale już tego nie robi, co martwi mnie mniej, niż powinno.

Na początku sądziłem, że mail, który przysłała Layla w ostatnią niedzielę, ten z tylko jednym słowem **DZIESIĘĆ**, szedł w parze z matrioszką pozostawioną na murku, co miało stanowić napomnienie, że mam dziesięć dni na zrobienie tego, czego ode mnie oczekiwała, chociaż oznajmiłem jej, że nigdy do tego nie dojdzie. Jednak następnego ranka, kiedy zszedłem na dół, by nakarmić Peggy, znalazłem kolejną brązową kopertę leżącą na wycieraczce obok innych przesyłek. Gdy tylko zorientowałem się, co to jest, schyliłem się po nią. Była zaadresowana do mnie, tak jak poprzednia.

Słyszałem, że Ellen już krząta się na górze, więc wepchnąłem kopertę pod koszulę i wszedłem do kuchni. Zdawałem sobie sprawę, że w środku znajdę matrioszkę, ale nie wiedziałem, czy będzie miała zmiażdżoną głowę, jak ta ostatnia. Nie chciałem ryzykować otwierania jej w miejscu, gdzie może zobaczyć mnie Ellen, więc poszedłem do pracowni, rozdarłem szybko kopertę i wytrząsnąłem zawartość na biurko – jedna matrioszka, z miłosiernie nietkniętą głową. Odetchnąłem z ulgą i wepchnąłem laleczkę w głąb szuflady. Dopiero gdy wieczorem otrzymałem maila ze słowem **DZIEWIĘĆ**, zdałem sobie sprawę, że zostałem wciągnięty w makabryczną odliczankę.

Następnego dnia – we wtorek – wraz z pocztą zjawiła się kolejna koperta zawierająca kolejną matrioszkę, a wieczorem przyszedł mail – **OSIEM**. Następne maile Layli, w środowy wieczór – **SIEDEM** – w czwartkowy – **SZEŚĆ** – a ostatniego wieczoru – **PIĘĆ** – jedynie zwiększyły moje poczucie bezradności wobec obracającego się koła fortuny, którego nie mogę powstrzymać. Może to dziwne, ale szczególnie dokucza mi wstyd, że choć mam czterdzieści jeden lat i metr dziewięćdziesiąt trzy wzrostu, kilka małych laleczek może mnie kompletnie rozstroić nerwowo.

Presja związana z odliczanką zaczyna dawać mi się we znaki. Jestem wykończony. Kładę się do łóżka, dopiero gdy padam ze zmęczenia, i leżę bezsennie, a moje myśli krążą w kółko. Zastanawiam się, gdzie i jak to wszystko się skończy, podczas gdy Ellen śpi jak zabita obok mnie. Codziennie rano zrywam się wcześnie, żeby zdążyć schować matrioszkę, która właśnie nadeszła z pocztą, w szufladzie swego biurka, zanim Ellen wstanie.

Tony zadzwonił do mnie następnego dnia – dziewiątego dnia odliczanki – by powiedzieć, że wraz z kilkoma innymi funkcjonariuszami, wyposażeni w zdjęcie Layli, które wykorzystywali w trakcie pierwotnych poszukiwań, a także przekształcone komputerowo zdjęcie przedstawiające jej prawdopodobny obecny wygląd, zamierzają dyskretnie rozpytać o nią w hotelach, pensjonatach i hostelach Cheltenham. Wykorzystałem tę informację, by przekonać Ellen, że wyjazd nie jest wskazany, chociaż kusiło mnie, by polecieć w jakieś egzotyczne miejsce, choćby po to, by uciec od nieubłaganej odliczanki i wrócić, gdy minie dziesięć dni.

– Wyobraź sobie, że odnajdą Laylę, a my będziemy na drugim końcu kraju – powiedziałem, a Ellen przyznała, że lepiej będzie, jak zostaniemy w Simonsbridge.

Czasami nie mogę uwierzyć, że nadal tyle przed nią ukrywam. Gdybym jednak powiedział jej o tej ostatniej serii matrioszek, nakłoniłaby mnie, bym poinformował o nich Tony'ego, a on z dodatkowym argumentem na to, że Layla wróciła, podwoiłby wysiłki, by ją złapać. Tymczasem ja tego nie chcę. Nie chcę, by aresztowano ją jak zwykłą kryminalistkę. Najpierw chcę móc sam ją zobaczyć, sam z nią porozmawiać. Dlatego właśnie wysłałem jej w środę maila, w którym ostrzegłem ją, że jest obiektem poszukiwań.

Wiem, że nie powinienem był tego robić. Napisałem tylko jedno zdanie: *Policja szuka cię w Cheltenham.* Szczerze mówiąc, chodzi nie tylko o to, że nie chcę, by ją znaleziono, zanim będę miał szansę ją zobaczyć. W swojej głupocie pomyślałem też, że może być wdzięczna za cynk, więc zrezygnuje z odliczanki i zgodzi się ze mną zobaczyć. Lecz w ogóle nie odpisała.

Znów zerkam na liścik od Ellen i zastanawiam się, co powinienem zrobić. Już na pewno zjadła lunch, więc nie ma sensu jechać do Cheltenham tylko po to, by zaraz wrócić. Na myśl o tym, że Ellen jadła samotnie lunch w knajpce, znów mam poczucie winy. Kiedy przestałem zważać na jej uczucia, kiedy przestałem się starać? Gdybym tylko był uczciwy wobec niej pięć tygodni temu, po znalezieniu laleczki na murku... Gdybym tylko powiedział jej o innych matrioszkach, o mailach... Gdybym naprawdę ją kochał, tak właśnie bym postąpił. Nie pozwoliłbym, by cokolwiek stanęło między nami. Teraz dzielący nas dystans zdaje się ogromny – liścik jest tego dowodem. Dawniej po prostu by do mnie zajrzała i powiedziała, że wybiera się na zakupy. Może powinienem do niej zadzwonić i zaproponować spotkanie na kawę.

Warkot samochodu wjeżdżającego na podjazd oznacza, że decyzja zapadła bez mojego udziału. Wychodzę do przedpokoju i otwieram drzwi wejściowe.

– Przepraszam. Dopiero zauważyłem twój liścik – tłumaczę się, gdy Ellen wyjmuje kilka toreb z zakupami z samochodu.

– Nie szkodzi – mówi, ale wiem, że wcale tak nie jest, bo przepycha się obok mnie do środka, nie pozwalając przejąć od siebie toreb.

Idę za nią do kuchni.

– Przepraszam – powtarzam.

– Nie przejmuj się, już się przyzwyczaiłam – cedzi, rozpakowując zakupy.

Gorycz w głosie Ellen sprawia, że przyglądam jej się uważniej. Twarz ma wymizerowaną, nieszczęśliwą i kiedy się nad tym zastanawiam, zdaję sobie sprawę, że wydaje się taka od jakiegoś czasu. Nie pamiętam, kiedy ostatnio się śmiała. Nie pamiętam, kiedy sam się śmiałem.

– Co masz na myśli? – pytam.

– Przyzwyczaiłam się do tego, że jem samotnie lunch. We wtorek zostawiłam ci taki sam liścik, a kiedy wróciłam, nadal leżał na stole. – Przestaje rozpakowywać zakupy i patrzy na mnie, z pękiem bananów w ręce. – Nawet nie zauważyłeś, że wyjechałam.

– O co w ogóle chodzi z tymi liścikami? – pytam rozzłoszczony. – Dlaczego po prostu nie powiedziałaś, że jedziesz?

– Dlaczego zawsze ja muszę zaglądać do ciebie? Już prawie nie opuszczasz pracowni, nie przyjdzie ci do głowy, by się stamtąd ruszyć na lunch, chyba że po ciebie przyjdę.

– To nieprawda – protestuję.

– Przez ostatnie trzy dni jadłam lunch sama tutaj, w kuchni. Więc, jak powiedziałam, zdążyłam się już do tego przyzwyczaić.

Nie mogąc znieść myśli, że to przeze mnie Ellen mówi z takim żalem, odbieram jej banany i mocno ją obejmuję.

– Czy jeśli przeproszę cię po raz trzeci, to mi wybaczysz? – pytam. – To się już nie powtórzy, obiecuję. Nadchodzą wakacje, więc teraz nie będę już tak bardzo zajęty – dodaję, by pomyślała, że przesiadywałem w pracowni z powodu nawału obowiązków.

– Myślałam, że mnie unikasz.

– Nie – mówię cicho. A kiedy Ellen wtula się we mnie, czuję prawdziwą nienawiść do Layli za to, że wkroczyła między nas, zaburzyła równowagę naszego związku.

Późnym wieczorem nadchodzi jak zawsze mail – **CZTERY** – przypomnienie, że zostały mi cztery dni na pozbycie się Ellen... zanim... co? Layla weźmie sprawy w swoje ręce? Co zrobi? Przyjdzie do naszego domu i skonfrontuje się z nami? Czy sama pozbędzie się Ellen? Kręcę głową, wiedząc, że przemawia przeze mnie zmęczenie. Layla nigdy nie skrzywdziłaby Ellen. Natychmiast jednak przypominam sobie laleczkę ze zmiażdżoną głową i maila ze słowami **Kiedy zrobisz to, co musisz zrobić**. Wziąwszy po uwagę, że minęło dwanaście lat, mogę nie znać Layli tak dobrze jak kiedyś.

Mimo to udaje mi się mocno spać po raz pierwszy od tygodni, może dlatego, że wyjaśniłem sprawy z Ellen. Kiedy się budzę, czuję się silniejszy, odświeżony. Wyciągam rękę i czuję, że Ellen nie ma obok mnie, bo widocznie już wstała. Wyskakuję z łóżka, mając nadzieję, że nie dotarła do poczty przede mną. Kiedy pospiesznie się ubieram, przypominam sobie, że jest niedziela, co oznacza, że nie będzie żadnych przesyłek. Ulga nie trwa jednak długo. Nie wyobrażam sobie, by Layla odpuściła mi na jeden dzień, zwłaszcza gdy przypominam sobie, że w ostatnią niedzielę zostawiła matrioszkę na murku.

Schodzę do kuchni i zastaję Ellen przy stole, nad filiżanką kawy.

– Pójdę po świeże pieczywo na śniadanie – mówię, całując ją w czubek głowy.

– Pójdę z tobą.

– Nie trzeba, dokończ kawę.

– Już wypiłam. Zresztą przyda mi się spacer. – Sięga pod stół. – Chodź, Peggy.

Jedyna rzecz, którą mogę teraz zrobić, to zabrać matrioszkę – jeśli tam będzie – z murku, zanim Ellen ją zauważy. Kiedy jednak idziemy ścieżką, nie widzę żadnej laleczki i nie wiem, czy powinienem odczuwać wdzięczność, czy się martwić. Może Layla zostawiła ją dziś rano gdzie indziej, a w tym wypadku będę musiał ukradkiem jej poszukać po powrocie.

Kupujemy chleb i wracamy do domu, trzymając się za ręce. Gdy jesteśmy już blisko, Ellen staje jak wryta, zatrzymując mnie gwałtownie, a ja natychmiast mam się na baczności.

– O Boże – mówi, wskazując w kierunku domu. W jej głosie jest takie niedowierzanie, że przez chwilę myślę, że zjawiła się Layla. – Patrz, Finn, na murku!

– O Boże – powtarzam jak echo, zadowolony, że to tylko laleczka, a nie Layla, ponieważ nie jestem gotów jej zobaczyć, nie teraz, nie w ten sposób. Zamierzam coś jeszcze dodać, ale Ellen już pędzi, mija dom, biegnie dalej ulicą i skręca za róg. Zostawiam laleczkę na murku i biegnę za Ellen, zastanawiając się, co zobaczyła, czy widziała Laylę.

Doganiam ją na następnej ulicy.

– Widziałaś coś? – pytam.

Kręci głową, z trudem łapiąc oddech.

– Musieliśmy się z nią minąć. – Podnosi na mnie wzrok; na jej twarzy maluje się dobrze mi znana mieszanka uczuć: lęku i podniecenia. – Była tutaj, Finn, Layla tu była! Zostawiła laleczkę na murku! – Nagle jej oczy zachodzą łzami. – Mogliśmy ją zobaczyć, gdybyśmy szli trochę szybciej.

– Ona nie chce, byśmy ją zobaczyli – mówię łagodnie, obejmując Ellen.

– Dlaczego Tony jej nie odnalazł? – pyta drżącym głosem. Jest zła. – Ile jeszcze będziemy musieli czekać?

– Nie wiem.

– Możesz zadzwonić do Tony'ego? Spytaj go, czy coś znaleźli. Ona musi być w Cheltenham, na pewno tam jest.

– Gdyby miał coś nowego, toby nas powiadomił. Nie chcę znowu dzwonić do niego w niedzielę. Zrobię to jutro, dobrze?

Kiwa w milczeniu głową, a ja przeklinam Laylę za zostawienie laleczki na murku. Zresztą, gdzie ona jest, u diabła? Wcale nie jestem taki pewien, że w Cheltenham. To, że Ellen ją tam widziała i że na kopertach widnieją pieczątki stamtąd, nie znaczy jeszcze, że Layla tam mieszka. Mogła wrzucać przesyłki do skrzynek we wszystkich sąsiednich wioskach, a one i tak trafiłyby przed sortowaniem na główną pocztę w Cheltenham.

– Możemy pojechać do Cheltenham? – pyta Ellen. – Nie było nas najwyżej przez pół godziny. Nie mogła daleko odjechać.

– Wcale nie wiemy, czy jest w Cheltenham.

– Ależ tak – odpowiada ostro Ellen. – Wiem, że tam jest.

– Naprawdę nie sądzę…

– Mogę pojechać sama. Pójdę po kluczyki. – Wchodzi do domu, po drodze zabierając matrioszkę.

Więc jedziemy do Cheltenham, chociaż wiem, że to jak szukanie wiatru w polu, bo nie znajdziemy Layli siedzącej w knajpie ani spacerującej po ulicy, tak jak ja nie miałem szansy jej znaleźć, kiedy wracałem z St Mary's. Mimo to włóczymy się po ulicach, a kiedy Ellen wreszcie daje za wygraną, zatrzymujemy się na lunch. Nie odnieśliśmy sukcesu. Żadne z nas nie jest w nastroju do rozmowy, więc siedzimy przez większość posiłku w milczeniu, każde zatopione we własnych myślach.

Po powrocie do domu i Ellen znika na resztę popołudnia w swojej pracowni. Wieczorem oglądamy film, ale żadne z nas nie śledzi akcji. Kiedy Ellen idzie do łóżka, siadam przy kuchennym stole i sprawdzam pocztę w telefonie. Jest mail od Layli. Z góry znam jego treść.

**TRZY.**

Zazwyczaj nie odpisuję, ale po porannym prawie zderzeniu z nią, pytam:

Gdzie jesteś?

Odpowiedź nadchodzi natychmiast i nie mogę uwierzyć, że wreszcie się dowiem. Biorę głęboki oddech i otwieram maila.

**BLIŻEJ, NIŻ MYŚLISZ.**

# 45

## *Layla*

*Chciałam zakończyć odliczanie. Byłam pewna, że zostanę przyłapana, kiedy w zeszłym tygodniu zostawiałam na murku pierwszą z dziesięciu laleczek. Jednak Głos mnie uspokoił. „Pozostałe możesz wysłać pocztą – powiedział. – Nie musisz już podejmować ryzyka". Tylko że wczoraj musiałam zostawić kolejną laleczkę na murku, ponieważ znowu była niedziela.*

*W zeszłym tygodniu zamówiłam więcej matrioszek. Głos mi kazał. Tym razem zamówiłam dwadzieścia. Zostały dostarczone następnego dnia i dostałam niezłego kopa, gdy otworzyłam pudełko i zobaczyłam, że leżą w środku, czekając, aż przeprowadzę kolejne cesarskie cięcia i uwolnię wszystkie maluszki. Nie wiem, co Głos zaplanował dla tej najnowszej gromadki. Coraz trudniej mi go ignorować, uciszać. Może myśli, że będę musiała wydłużyć odliczanie. Ja wierzę jednak w Finna, w jego miłość do mnie. Pozbędzie się Ellen.*

*Zostały tylko dwa dni. Gdybym mogła, zakończyłabym wszystko już teraz. To dlatego odpisałam na maila Finna, w którym spytał, gdzie jestem. „Nie mów mu – powiedział Głos. – Nie mów mu, gdzie jesteś". Nie mogłam przeciwstawić się Głosowi, ale dałam Finnowi podpowiedź w nadziei, że zrozumie.*

*I sprowadzi mnie z powrotem, zanim będzie za późno.*

# 46

## *Finn*

Zrywam się ze snu z mocno bijącym sercem, ciało mam lśniące od potu. Zdezorientowany rozglądam się i okazuje się, że leżę na kanapie w salonie. To był koszmar senny, mówię sobie, nic więcej. Jeśli wejdę na górę, zastanę Ellen śpiącą bezpiecznie w łóżku, a nie leżącą bezwładnie u stóp klifu, z zakrwawionym i pogruchotanym ciałem. To był tylko sen.

Lecz bardzo wyrazisty. Stałem blisko skraju klifu z Ellen, a Layla nalegała, bym zepchnął jej siostrę na skały w dole. Nie widziałem Layli, słyszałem jedynie jej głos, ale rozumiałem, przed jakim stoję wyborem – jeśli chcę zobaczyć Laylę, muszę zabić Ellen, w przeciwnym razie Layla znowu zniknie, tym razem na zawsze. A Ellen, wyczuwając, co zamierzam zrobić, wczepiła się we mnie, pociągając ze sobą w dół. Kiedy lecieliśmy w przepaść, wrzeszczałem: „Laaaaaaylaaaaa!".

Czy wykrzyczałem jej imię na głos? Czyżby to mnie obudziło? Czekam, aż dudnienie w uszach ustanie, i ustalam, że w domu panuje cisza, więc jeżeli krzyknąłem przez sen, to nie przebudziłem Ellen. Brzask przebija się przez nocne niebo, a ja wstaję półprzytomny, czując się bardziej wykończony niż przed zaśnięciem. Kawa. Muszę się napić kawy.

Wiadomość **BLIŻEJ, NIŻ MYŚLISZ** wciąż krąży mi po głowie jak zacięta płyta. Z maila, w którym ostrzegłem Laylę, że jest poszukiwana, wynikało, że według mnie jest w Cheltenham, więc skoro twierdzi, że jest bliżej, to może być w każdej z pobliskich wiosek – a nawet w samym Simonsbridge. To by wyjaśniało, dlaczego z taką łatwością podrzuca laleczki.

Oznajmiłem Ellen, że rozmawiałem z Tonym, jak mnie prosiła, a on powiedział, że jeszcze nie znaleźli Layli, lecz nadal jej szukają. Obie informacje były nieprawdziwe, ale ją uspokoiły.

Zresztą już prawie po wszystkim. Wczoraj przyszła przesyłka z kolejną laleczką, a potem mail – **DWA**. Dziś dostanę ostatnią matrioszkę, a jutro… cóż, nie mam pojęcia, co będzie, wiem tylko, że mój czas upłynie. Ellen nadal tu jest, nie pozbyłem się jej, jak kazała Layla. Co nastąpi potem? Czy Layla zamierza ciągnąć tę grę, przedłużyć odliczanie? Boże, mam nadzieję, że nie. Ale co będzie, jeśli stanie się coś gorszego, jeżeli Layla nie blefowała? To zatrważające, że nie mam pojęcia, do czego jest zdolna.

Słyszę kroki Ellen na schodach i nagle dociera do mnie, że nie sprawdziłem, czy nadeszła pocztą kolejna koperta. Zrywam się na równe nogi, po czym znów siadam. To ostatnia, więc nie ma znaczenia, czy Ellen dotrze do niej przede mną.

Poczta przychodzi dopiero, gdy jemy śniadanie. Wychodzę na korytarz, ale Ellen idzie za mną.

– Jest coś dla mnie?

– Nie wiem, jeszcze nie sprawdziłem. – Czekam, aż wróci do kuchni, idąc przede mną, bo wtedy będę mógł wepchnąć kopertę pod koszulę, ale ona odbiera mi całą pocztę z rąk.

– Czekam na nową umowę – wyjaśnia, wertując koperty. – Cathy wysłała ją dwa dni temu. – Wyjmuje brązową kopertę. – O, chyba już mam. – Odwraca ją. – Och, to do ciebie. – Nagle marszczy brwi. – Wygląda jak ta, którą dostałam kilka tygodni temu. Myślisz, że… – Milknie.

– Otwórzmy i zobaczmy – rzucam, bo nie ma sensu udawać, że nie wiem, o co jej chodzi. – Może w środku jest list.

– Sądzę, że jest tam kolejna laleczka. – Maca kopertę palcami.

Podaje mi kopertę, a mnie nie pozostaje nic innego, jak iść do kuchni i otworzyć ją. Wytrząsam zawartość na blat kuchenny, nie myśląc o tym, że laleczka może mieć zmiażdżoną głowę. Ale ma.

Ellen patrzy na nią z przerażeniem.

– Jaka szkoda! – Podnosi kadłubek. – Biedna laleczka. Mam ochotę złożyć skargę na poczcie… musieli przygnieść ją pudłem czy czymś. Skąd została wysłana?

Patrzę na stempel.

– Z Cheltenham, tak jak twoja.

– Jest też list?

– Nie, nic nie ma.

– Jakie to dziwne…

Jemy dalej śniadanie, ale Ellen wciąż przeskakuje spojrzeniem na zniszczoną matrioszkę leżącą na blacie, a ja niemal słyszę terkot teorii i przypuszczeń przelatujących przez jej umysł.

– Chyba nie sądzisz, że…

– Co? – pytam niecierpliwie.

– …że ta matrioszka została zniszczona celowo?

– Co masz na myśli?

– No wiesz, że Layla zniszczyła ją specjalnie. . że to ma być jakaś wiadomość.

– Wiadomość?

– Tylko że ta została wysłana do ciebie, a nie do mnie.

– Chcesz powiedzieć, że Layla źle mi życzy?

– To tylko teoria – zapewnia pospiesznie. – Jeśli chodzi o to, że masz się ze mną ożenić, to ma jakiś sens.

– W takim razie miejmy nadzieję, że Tony szybko odnajdzie Laylę – mówię, siląc się na uśmiech.

– Jeśli to ona.

– Znów zmieniłaś zdanie?

– Nie wiem. – Wzdycha bezradnie. – Jednak jeśli to nie Layla, będę naprawdę wściekła na tę osobę, która rozbudziła nasze nadzieje. – Przez chwilę się nad czymś zastanawia. – Możemy pójść Pod Kawkę na lunch?

– Patrzę na nią z zaciekawieniem.

– Jeśli chcesz.

– Bo im dłużej o tym myślę, tym bardziej nie mogę uwierzyć, że Layla mogłaby zrobić coś takiego… no wiesz, przyjść pod sam dom, zostawić laleczkę na murku, a nie chcieć się z nami zobaczyć. Znam swoją siostrę, nie jest okrutna z natury, a wysyłanie tych matrioszek jest okrutne, zwłaszcza tej ze zmiażdżoną głową. Więc jeśli to ktoś inny, najbardziej prawdopodobną kandydatką jest Ruby, która ma nadzieję, że nas rozdzieli. Pamiętasz ten artykuł *Partner zaginionej kobiety sprowadza jej siostrę*? To pewnie jej sprawka.

A jeżeli ma rację, myślę gorączkowo, jeżeli to rzeczywiście jest czyjś ohydny kawał i Layla wcale nie wróciła? Przywołuję się do porządku. Od kiedy stałem się człowiekiem, który wątpi w siebie, nie dowierza własnemu umysłowi? Mężczyzna, który przed sześcioma tygodniami dopiął transakcję z Grantem Jamesem, wydaje mi się teraz niemal obcy.

– Nadal chcesz się ze mną ożenić, prawda? – pyta Ellen.

Ogarnia mnie wściekłość.

– Już mnie o to pytałaś i odpowiedziałem „tak”!

– To było przed kilkoma tygodniami.

– Co z tego, nic się nie zmieniło.

– Wszystko się zmieniło.

Gwałtowanie odpycham krzesło.

– Wyjdźmy na lunch. – Wstaję i wstawiam miseczkę do zlewu. – Biorę Peggy na spacer.

Nie jestem dumny z tego zachowania. Wiem, że Ellen pragnęła ode mnie czegoś więcej, chciała jakiegoś zapewnienia, ale nie mogę dać jej tego, czego chce, nie w tej chwili. Idę nad rzekę, żałując, że Ellen znów wprowadziła Ruby w krąg podejrzanych, zastanawiam się, co zrobię, jeśli okaże się, że to jednak ona. Pocieram kąciki oczu; chciałbym nie być taki cholernie znużony. Zastanawiam się, dlaczego znów wątpię w Ruby. Jeśli istnieje coś, czego w ogóle jestem pewien, to tego, że cała ta sprawa – Layla – nie ma nic wspólnego z Ruby. Dobrze wiem, że Layla wróciła. Powinienem zapytać siebie, dlaczego pozwalam jej na to wszystko, zamiast przejąć kontrolę? Kiedy stałem się taki bierny?

Ogarnia mnie przemożna potrzeba ruchu. Jeśli choć na chwilę uda mi się otępić umysł, uwolnić go od zamętu, poczuję się lepiej. Gdybym nie zabrał ze sobą Peggy, mógłbym pobiegać. Ciągnie mnie do rzeki; poranne promienie słońca igrają na jej powierzchni. Ściągam bluzę, rozbieram się do bokserek i daję nura w wodę. Jest zaskakująco zimna, orzeźwia mnie, napełnia energią. Płynę szybko w górę i w dół rzeki, płosząc kaczki, skupiam się jedynie na tym, by opróżnić umysł.

Później, w drodze Pod Kawkę, Ellen ujmuje mnie pod ramię, koniecznie chcąc zademonstrować Ruby, że tworzymy wspólny front. Ten zamiar mnie irytuje i niemal czuję satysfakcję, kiedy na miejscu nie zastajemy Ruby za barem. Gdy o nią pytamy, dowiadujemy się, że wyjechała; nie było jej przez ostatni tydzień i wróci dopiero w weekend. Nie pamiętam, by Ruby znikała kiedyś na dłużej; czasami robiła sobie dzień wolny, by odwiedzić mamę, ale nigdy – szybko liczę w myślach – nie wyjeżdżała aż na dziesięć dni. Dziesięć. Nie poddaję się sugestiom z tym związanym. Dokąd się wybrała? Kiedy pytam, okazuje się, że nikt nie wie. Zdaje się, że pojechała do mamy w Cheltenham. A może jest bliżej, niż myślę?

– No to klapa – mówi Ellen z przygnębieniem. – Nie zbliżyliśmy się do prawdy.

Tego wieczoru przychodzi ostateczny mail.

**JEDEN.**

# 47

## *Layla*

***Wiedziałam, że przegrałam, jeszcze zanim wysłałam tę ostatnią laleczkę. Kiedy miażdżyłam jej głowę, to tak jakbym miażdżyła swoją. Miałam nadzieję, że Finn to zrozumie, miałam nadzieję, że dotrze do niego, że tym razem laleczka symbolizuje mnie, a nie Ellen, i że skoro mnie nie wybrał, równie dobrze mógłby mnie zabić. Głos miał rację. Finn nie zamierzał rzucić dla mnie Ellen. Zawsze wiedziałam, że jej nie skrzywdzi – chociaż z przyjemnością podpowiedziałam mu ten pomysł – ponieważ nie był takim człowiekiem, chyba że ogarniała go furia. Tylko dlaczego miałby tracić panowanie przy Ellen, która nigdy nie zrobiła nic, co mogłoby go rozzłościć?***

***Myślałam jednak, że z nią zerwie, zwłaszcza że tak się od siebie oddalili. Dostrzegałam to za każdym razem, gdy widziałam ich razem; luka między nimi robiła się coraz większa, aż wreszcie zamieniła się niemal w przepaść. Czy kiedykolwiek zdołają się otrząsnąć? Już nigdy nie będzie tak jak przedtem. Więc mógłby wybrać mnie.***

***Ale on to sobie uświadomi. Oczywiście, że sobie uświadomi, że dokonał złego wyboru, i ostatecznie tego pożałuje. Ale***

*wtedy będzie za późno. Do tej pory zdążę znowu zniknąć, by już nigdy nie powrócić. Jutro wyjeżdżam.*

*Głos nie jest zachwycony. „Nie mogę uwierzyć, że tak łatwo odpuszczasz – mówi z pogardą. – Jeśli naprawdę czegoś pragniesz, musisz o to walczyć, na pewno już o tym wiesz". Walczyłam, odpowiadam. Walczyłam i przegrałam. Finn mnie nie chce. „Wszystko przez to, że walczyłaś z niewłaściwą osobą – podpowiada Głos. – To z Ellen powinnaś walczyć, a nie z Finnem. Jeśli chcesz Finna, będziesz musiała walczyć z Ellen. Jak należy. Do samej śmierci".*

*Ta myśl mnie przeraża. To, czego ode mnie wymagasz, jest niemożliwe, mówię Głosowi. Nie mogę zabić Ellen. „Będziesz musiała, jeśli chcesz przetrwać – odpowiada. – Sama powiedziałaś, że nie ma miejsca dla was obu". Nie mogę, powtarzam. „Oczywiście, że możesz – mówi Głos. – Chcesz, żeby Finn miał ciebie czy Ellen? Wybieraj".*

*Ale ja nie chcę dokonywać wyboru. Zastanawiam się nad tym, co mogę zrobić, i decyduję się pozostawić wybór Ellen. Odliczanka zakończona. Teraz wszystko zależy od niej. Ma jeden dzień. Jeśli potrafi sprawić, by Finn udowodnił, że ją kocha, zapominając o wszystkim… zapominając o mnie, to może go mieć. Jeśli nie zdoła tego zrobić… no cóż, Finn będzie mój. A ja będę mogła pozbyć się Ellen raz na zawsze.*

# 48

## *Finn*

Kusi mnie, by odpowiedzieć na maila Layli i spytać, co się stanie teraz, kiedy otrzymałem ostatnią laleczkę, gdy czas dobiegł końca. Co zaplanowała na jutro? Mam nadzieję, że przyzna się do porażki, a potem wyznaczy mi czas i miejsce spotkania. Jej pogróżka wobec Ellen napawa mnie jednak niepokojem. Konfrontacja wydaje się nieunikniona.

Jeśli zjawi się w naszym domu, jak to będzie znów ją zobaczyć? Czy natychmiast się w niej zakocham, pożałuję, że nie wybrałem jej zamiast Ellen? Prawdopodobnie. Może wciąż mamy szansę. Między mną a Ellen powstał taki dystans, że nie jestem pewien, czy kiedykolwiek zdołamy się otrząsnąć po tym, co zaszło. W ogóle ze sobą nie rozmawialiśmy w drodze powrotnej z pubu. A kiedy byliśmy Pod Kawką, też się do siebie nie odzywaliśmy. Zjedliśmy posiłek w niemal całkowitym milczeniu. Czy raczej ja zjadłem, a Ellen przesuwała jedzenie po talerzu. Strasznie zeszczuplała, jest chudsza niż kiedykolwiek. Dlaczego wcześniej tego nie zauważyłem?

Przynajmniej minęło straszne napięcie ostatnich dziesięciu

dni. Każdy z nich ciągnął się w nieskończoność, a kiedy dobiegał końca i przychodziła wiadomość z napomnieniem, że upłynął kolejny dzień, a ja nic nie zrobiłem, to chciałem go odzyskać.

Czuję, że dziś będę mógł zasnąć, że zapadnę w głęboki sen, i nic mi się nie przyśni. Już od tygodnia nie spałem w łóżku – sen morzył mnie zwykle na kanapie – więc marzę o tym, by się wygodnie wyciągnąć. Ellen jeszcze się kręci na górze, więc będę musiał zaczekać, aż zaśnie. Wyciągam z kredensu butelkę whisky i nalewam sobie szklaneczkę, by uczcić to, że nie uległem Layli.

Jest już dobrze po dwunastej, kiedy idę na górę. Biorę szybki prysznic i wchodzę do sypialni. Spodziewam się, że zastanę Ellen śpiącą, tymczasem ona siedzi na łóżku, w jednej z moich starych koszul, i czeka na mnie. Zatrzymuję się gwałtownie. Nigdy nie wstydziłem się przed nią nagości, ale teraz czuję się niezręcznie.

– Myślałem, że będziesz spała – mówię.

– Postanowiłam na ciebie zaczekać.

– Nie trzeba było. Jesteś zmęczona, potrzebujesz snu.

– Możliwe, ale chcę z tobą porozmawiać.

– Jest późno. Możemy pogadać później?

– Nie. Jutro będziesz w swojej pracowni, gdzie cały czas teraz przesiadujesz. – Patrzy na mnie ze smutkiem. – Co się z nami stało, Finn? Dlaczego nigdy nie przychodzisz wcześnie do łóżka? Jeśli w ogóle przychodzisz.

– Bo nie mogę spać.

– Z powodu Layli?

– Tak, z jej powodu. Ostatnie tygodnie nie były łatwe. W każdej chwili mogła się zjawić.

– Kochasz mnie bardziej niż ją? – Pytanie powraca jak echo tego, które przed wieloma tygodniami zadała mi w mailu Layla.

– Co to za pytanie?

– Całkiem normalne, wziąwszy pod uwagę okoliczności i to, że ona jest moją siostrą.

– Zawsze nią była, ale nigdy nie zadawałaś mi tego pytania.

– Ponieważ za bardzo się bałam tego, co mogę usłyszeć.

Wyciągam T-shirt i bokserki z szuflady.

– Miłość, którą czułem do Layli, była inna.

– W jakim sensie? Lepsza, gorsza?

– Po prostu inna. Słuchaj, czy możemy jutro dokończyć tę rozmowę? Jestem zmęczony, chcę już iść spać.

– Kiedy ostatni raz uprawialiśmy seks, Finn?

Nic nie odpowiadam, bo nie pamiętam.

– Mam ci powiedzieć, kiedy to było? – pyta Ellen. – Zanim Layla zostawiła matrioszkę na murku, zanim znów pojawiła się w naszym życiu. – Wstaje z łóżka, podchodzi do mnie, wyjmuje ciuchy z mojej ręki i rzuca je na podłogę. – Kochaj się ze mną, Finn.

Gapię się na nią, ponieważ nigdy wcześniej mnie o to nie prosiła. Poza tym, wiem, że nie będę w stanie, mając taki mętlik w głowie. Myśląc wyłącznie o Layli.

– Tak długo tego nie robiliśmy… – Przesuwa ręce na guziki koszuli, rozpina je po kolei, nie spuszczając oczu z mojej twarzy. Moja koszula zsuwa się po ramionach na podłogę. – Kochaj się ze mną, Finn. Tak jak z Laylą.

To właśnie imię Layli wzbudza we mnie pożądanie, więc przyciągam Ellen mocno do siebie, biorę ją na ręce i układam na łóżku. To imię Layli sprawia, że kocham się z Ellen tak jak nigdy dotąd, nawet za pierwszym razem, kiedy wyobrażałem sobie, że jest Laylą. Właśnie to imię wypowiadam szeptem, wykrzykuję je, to ono dudni mi w głowie, kiedy już jest po wszystkim.

A cichy szloch leżącej obok Ellen przywołuje mnie stamtąd, gdzie zniknąłem.

Płonąc ze wstydu, wstaję z łóżka, podnoszę bokserki z podłogi i ciężkim krokiem schodzę do kuchni. Chcę powiedzieć Layli, że wygrała, że zrobiłem, jak kazała, że zabiłem Ellen, bo właśnie takie mam poczucie. Tylnymi drzwiami wychodzę do ogrodu, idę do swojej pracowni. Otwieram komputer i widzę, że czeka na mnie wiadomość od Layli.

**Przyjedź do domku.**

Kiedy?

**Teraz.**

Ogarnia mnie ulga – mam dokąd jechać. Nie mogę zostać tutaj, nie po tym, co zrobiłem. Jeśli wyjdę teraz, nie będę musiał spojrzeć w oczy Ellen. Jeśli teraz wyjdę, Layla będzie na mnie czekała.

Tylko że moje ubrania są na górze, w sypialni. Usiłuję sobie przypomnieć, czy na dole jest coś, co mógłbym włożyć. Ale potrzebne są mi kluczyki do samochodu, które zostały w kieszeni dżinsów.

Wracam więc do domu, mając nadzieję, że Ellen już zasnęła. W świetle księżyca, które wpada przez okno, widzę ją zwiniętą na łóżku w embrionalnej pozycji. Layla tak właśnie zasypiała, a ja rozwijałem ją i brałem w ramiona, tuliłem do siebie. Layla. Nie ma już potrzeby wyrzucać jej z umysłu. Wkrótce ją ujrzę. Wkrótce będziemy razem.

Szybko się ubieram, starając się robić jak najmniej hałasu. Macam kieszeń dżinsów – kluczyki tam są. Biorę telefon z szafki nocnej.

– Dokąd się wybierasz?

Zamieram. Ellen siada, zapala lampkę. Delikatne światło zalewa pokój, a rozjarzony do czerwoności wstyd moje ciało. Chcę się odezwać, przeprosić, powiedzieć jej, że mi przykro. Ale czy przeprosiny mogą być jakimkolwiek zadośćuczynieniem za to, co zrobiłem, za to, że kochałem się z nią, jakbym to robił z jej siostrą, wykrzykując imię Layli? Mam ochotę odwrócić się i wyjść bez słowa. Ona zasługuje jednak na coś więcej.

– Wychodzę – mówię, lecz za tym słowem kryje się gęstwina tajemnic.

– Do Layli?

Serce bije mi bardzo mocno. Nie chcę kłamać, ale prawdy również nie mogę zdradzić.

– Dlaczego tak mówisz?

Otwiera szufladę swojej szafki nocnej, zgarnia coś w obie dłonie. Słychać grzechot drewna, kiedy rzuca garść matrioszek na łóżko.

– Znalazłam je w twojej pracowni.

Czuję przypływ gniewu.

– Grzebałaś w mojej pracowni?

– Chciałam wiedzieć, dlaczego spędzasz tam tyle czasu. Co jeszcze przede mną ukrywasz?

– Nic! Wciąż znajdowałem te laleczki, ale ci o nich nie mówiłem, bo nie chciałem cię martwić.

– Nie, nie mówiłeś mi o nich – jej głos wznosi się o oktawę – bo chciałeś zatrzymać Laylę dla siebie!

– Nie! – krzyczę. – To nie było tak.

– Kontaktowałeś się z nią? – Nie jestem w stanie jej odpowiedzieć, więc wychodzę z pokoju. – Finn! Wracaj! – Ale ja już zbiegam po schodach. – Finn! – Jej głos ściga mnie w korytarzu i kiedy wypadam z domu. – Nie jedź!

W domu Micka pali się światło w jednym z okien na górze. Zastanawiam się, czy słyszał naszą kłótnię. W nocy głos daleko się niesie.

*

Jazda do Devonshire pozwala mi opanować gniew. Na drodze nie ma prawie nikogo oprócz kilku samotnych podróżnych, takich jak ja. Jadę szybko, ale nie szybciej, niż powinienem.

**Przyjedź do domku**, napisała Layla, co oznacza, że już tam jest, czeka na mnie. Kiedy tam przyjechała? Czy wybrała się od razu po wysłaniu ostatniej laleczki?

Gdy docieram do St Mary's, jest po trzeciej. Spodziewałem się zobaczyć światło w oknach domku, ale jest pogrążony w ciemności. To jeszcze nic nie znaczy, mówię sobie, nie znaczy, że jej tam nie ma. Kiedy jednak wysiadam z samochodu, ogarnia mnie złe przeczucie, które potęguje się na widok ogródka. Nawet po ciemku widzę, że kwiaty, które Thomas tak pieczołowicie sadził, zwiędły, tak samo jak te w skrzynkach na oknach. Kolejny omen. Pomimo całej desperacji muszę przyznać, że domek wygląda na całkowicie opuszczony.

Nikt nie otwiera frontowych drzwi, gdy rozlega się skrzypienie furtki, nikt nie zbiega po schodach w odpowiedzi na moje głośne pukanie. Nagle uświadamiam sobie, że nie mam kluczy. Byłem całkowicie przekonany, że Layla na mnie czeka, więc nawet nie pomyślałem o ich zabraniu. Zdejmuję sweter, owijam wokół pięści i wybijam dziurę w oknie kuchennym; wyjmuję pozostałe szkło i za pomocą latarki w telefonie oświetlam pomieszczenie. Wszystko wygląda tak samo jak wtedy, gdy byłem tu po raz ostatni. Wtykam głowę do środka, nasłuchuję. Nic nie wskazuje na to, że w środku ktoś jest.

Nie chcę uwierzyć, że przygnałem tu po nic. Sprawdzam w telefonie, czy dostałem jakiegoś maila – Layla może się spóźniać, może jest jeszcze w drodze. Ale nic od niej nie ma, więc wysyłam wiadomość.

Jestem tutaj, w domku.
Gdzie ty jesteś?

**Jestem tutaj.**

Gdzie?

**W SIMONSBRIDGE.**

# 49

## *Layla*

***Zwyciężyłam. Wreszcie zwyciężyłam. Ale to moje zwycięstwo jest niewiele warte. Walka zbyt wiele mnie kosztowała. Była gorzka i krwawa, a teraz boję się, że znowu zniknę, tym razem na zawsze. Czuję, że z minuty na minutę robię się coraz słabsza. Czekam, aż Głos mi powie, co mam robić, ale on milczy. Jestem zdana na siebie.***

***Ellen tu jest. Może Finn wybrał mnie, ale ona wciąż tu jest. A dla nas obu nie ma miejsca. Ellen musi zniknąć.***

***A więc podaję Finnowi to, na co czekał, porę i miejsce. Każę mu jechać do domku w St Mary's i patrzę, jak odjeżdża. Patrzę, jak opuszcza Ellen, by jechać do mnie.***

***Oczywiście nie ma mnie w domku. Czekam w pobliżu Ellen, by jej wytłumaczyć, dlaczego musi odejść. To nie będzie łatwe, bo ona nie zrozumie. „Oczywiście, że nie – odzywa się Głos, który nagle powrócił. – Przed laty zawarłaś z nią układ. Powiedziałaś jej, że jeżeli zdoła nakłonić Finna do tego, by ją pokochał, może go mieć. Powiedziałaś, że jeśli dobrze się o niego zatroszczy, ty będziesz się trzymać z daleka, nigdy nie powrócisz. Więc zrobiła z siebie ideał, sprawiła, że Finn ją po-***

*kochał, dbała o niego i go hołubiła. I jak jej za to odpłacasz? Wróciłaś”.*

*Ale to Finn jest temu winien, mówię Głosowi. Gdyby nie postanowił ożenić się z Ellen, do niczego by nie doszło. Zresztą, nigdy jej nie kochał, nie kochał naprawdę, tak jak kochał mnie. Ellen to wie. Zrozumie.*

*Głos się śmieje.*

# 50

## *Finn*

Patrzę na wiadomość w telefonie. Simonsbridge? A co ona tam robi? I skoro jest w Simonsbridge, dlaczego nakłoniła mnie do przyjazdu do St Mary's? Prawda bije w oczy. Chciała usunąć mnie z drogi.

Po co? By porozmawiać z Ellen? To normalne, Ellen jest jej siostrą, mają różne sprawy do obgadania. Ale po co wyganiać mnie aż do St Mary's, skazywać na trzygodzinną jazdę samochodem? Jestem strasznie zaniepokojony. A jeśli zwabienie mnie w miejsce tak odległe od Simonsbridge wiąże się z jakimś mrocznym celem?

Oczami wyobraźni widzę laleczkę ze zmiażdżoną głową. Muszę wracać. Tym razem jadę szybciej. Layla domyśli się, że od razu wyruszę z powrotem, jeśli nie zastanę jej w St Mary's. Prowadzę na granicy bezpieczeństwa i wiem, że narażam własne życie. Byłbym jednak głupcem, sądząc, że Layla będzie czekała na mnie w kuchni, gadając z Ellen przy herbatce. Nie powinienem był zostawiać Ellen samej. Muszę do niej zadzwonić, ostrzec ją.

Parkuję na poboczu, dzwonię na jej komórkę. Od razu przełącza mnie na pocztę głosową. Zostawiam wiadomość, w której pytam, czy Layla tam jest, proszę, by Ellen natychmiast do mnie zadzwoniła. Wysyłam esemesa, w którym przekazuję to samo. Czekam kilka minut na odpowiedź, a potem, widząc, że tracę czas, jadę dalej.

Z każdym kilometrem martwię się coraz bardziej. Znów zjeżdżam na pobocze, dzwonię do Ellen, zostawiam taką samą wiadomość, starając się nie krzyczeć z frustracji wywołanej tym, że nie mogę się z nią skontaktować. Potem zatrzymuję się po raz trzeci; Ellen nadal nie odpowiada. Później, gdy jestem ze dwadzieścia minut drogi od domu, słyszę sygnał powiadomienia, że dostałem maila. Proszę, niech to będzie od Ellen, modlę się cicho, zatrzymując samochód, chociaż wiem, że Ellen zadzwoniłaby albo wysłała esemesa, a nie wysyłała maila. Jeśli to wiadomość od Layli, to może chce mi powiedzieć, że jest w drodze do St Mary's, żebym tam na nią zaczekał?

**TRZEBA BYŁO SIĘ JEJ POZBYĆ.**

Przerażenie wsącza mi się w pory. Przebieram niezdarnie palcami, wybierając ponownie numer Ellen w telefonie. No odbierz wreszcie, Ellen, proszę, odbierz ten telefon! Ona jednak wciąż się nie zgłasza, więc zostawiam wiadomość: „Jeśli możesz, wyjdź z domu. Weź swój samochód i jedź jak najdalej. Nie zostawaj w Simonsbridge, nie ufaj Layli".

Uruchamiam gwałtownie silnik i jak najszybciej jadę do domu. Uliczka jest cicha. Nie widać, by był na niej zaparkowany jakiś nieznany pojazd, nie ma samochodów na naszym podjeździe. Auto Ellen zniknęło i nic nie wskazuje na to, by miała zaraz wyjść z domu.

Wyskakuję z samochodu, pędzę do drzwi frontowych i wchodzę do środka.

– Ellen! – wołam. – Jesteś tam?!

Sprawdzam w kuchni i salonie. Oba pomieszczenia są puste, jej pracownia również. Pokonując po dwa stopnie naraz, wbiegam na górę. Sypialnia wygląda dokładnie tak samo, jak ją widziałem ostatnio – stosik matrioszek jest nadal na łóżku, koszula, którą Ellen miała na sobie, nadal leży na podłodze. Tylko Ellen nie siedzi teraz na łóżku. Sprawdzam gościnną sypialnię obok; jest pusta. Kiedy się odwracam, widzę na podeście schodów samotną matrioszkę stojącą w połowie drogi, pośrodku podłogi. Podnoszę ją i widzę, że jest dokładnie taka sama jak pozostałe, które pojawiły się w ciągu ostatnich kilku tygodni. Sprawdzam sypialnię na drugim końcu domu oraz łazienkę. Oba pomieszczenia są puste, nigdzie nie ma śladów walki.

Schodzę do przedpokoju na dole, tupiąc mocno po stopniach. Przystaję na chwilę. Jedyne miejsce, którego jeszcze nie sprawdziłem, to moja pracownia. Błagam, niech ona tam będzie, niech odnajdę ją siedzącą przy moim biurku, zdrową i całą. Czy ja oszalałem, skoro sądzę, że Layla mogłaby ją skrzywdzić? Możliwe. Ale kto wie, do czego jest zdolna Layla? Nigdy nie powinienem był jej zaufać.

Moja pracownia jest pusta, w ogrodzie też nikt się nie ukrywa. Wracam do domu i wchodzę do kuchni. Siadam przy stole, starając się wymyślić, co mam robić dalej. Gdzie jest Ellen? Czy z Laylą? A może uknuły to wszystko razem? Czy oszukiwały mnie w ramach jakiejś mściwej rozgrywki? Za co ta zemsta? Nie wiem, nie wiem. Czuję, jakby umysł wymykał mi się gwałtownie spod kontroli.

Inna możliwość jest taka, że Layla zabrała gdzieś Ellen. Ale dokąd? Czy ona w ogóle istnieje? A może tylko ktoś się pod nią podszywa? Wracam myślami do Ruby – gdzie była przez ostatnie dziesięć dni? Sięgam pod stół, szukając Peggy, rozpaczliwie potrzebując pocieszenia. Ale Peggy nie ma.

Zniknęła, tak jak Ellen.

# 51

## *Layla*

*Ellen nie chciała słuchać. Okazała się silniejsza, niż sądziłam. Myślałam, że kiedy się dowie, że straciła Finna, że wybrał mnie, a nie ją, osłabi ją to, a wtedy spokojnie odejdzie. Jednak to chyba wzmogło jej determinację. Jak już wcześniej zauważyłam, gdy chodziło o Finna, potrafiła być nieustępliwa. Nie zamierzała pozwolić mi łatwo wkroczyć ponownie w jego życie. Skoro nie mogła go zatrzymać, uparła się, że ja również nie będę go mieć. Usiłowałam jej wytłumaczyć, że Finn dokonał wyboru, że to mnie pragnie, że nigdy nie przestał mnie kochać. Mimo to – choć usilnie próbowałam ją przekonać – nie zgadzała się odejść. „Odejdź! – krzyczałam. – Odejdź!" Ale ona nie chciała.*

*Czułam, że mój umysł rozpada się na kawałki, odbiera mi resztki sił. Ellen wciąż na mnie wrzeszczała, mówiła, że muszę wyjść, że mam zniknąć w swojej kryjówce, wrócić w miejsce, w którym znalazłam schronienie przed laty. Ale mnie przeraziła myśl o tym, że znów mam stać się nikim.*

*Gdybym tylko zdołała zostać do powrotu Finna, byłoby w porządku. Ocaliłby mnie i na zawsze wygnał Ellen.*

*Jeśliby tylko zrobił to, o co go prosiłam, jeśliby pozbył się Ellen. Wysłałam mu wiadomość, w której mu to właśnie napisałam. Ale Ellen zobaczyła i była zła. Znów próbowała zmusić mnie do wyjścia, a kiedy odmówiłam, zaczęłyśmy się bić. Myślałam tylko o Finnie, o tym, że jak wróci, zobaczy, że wszystko stracił. Z jednej strony czułam, że na to zasłużył. Powinien mnie sprowadzić z powrotem, kiedy miał szansę. Z drugiej strony jednak, wiedziałam, że miałam wygórowane oczekiwania. Nie znał mojej historii. Powinnam powiedzieć mu prawdę na samym początku.*

*Teraz jest za późno. Finn może szukać mnie godzinami, dniami, miesiącami, ale nigdy mnie nie znajdzie. Chyba że dam mu jakąś wskazówkę, naprowadzę go na trop. Mam w kieszeni matrioszkę, a kiedy Ellen zaczyna mnie obezwładniać, stawiam laleczkę tam, gdzie Finn ją znajdzie. W końcu doprowadzi go do prawdy o matrioszkach. A kiedy odkryje prawdę o matrioszkach, pozna prawdę o mnie.*

*I może, ale tylko może, będzie wiedział, gdzie mnie znaleźć.*

# CZĘŚĆ TRZECIA

# 52

## *Finn*

To dla mnie duży cios, że Peggy również nie ma. Znów próbuję się dodzwonić na komórkę Ellen, i znów włącza się poczta głosowa. Do kogo jeszcze mógłbym zadzwonić? Do Tony'ego, tak, to z nim powinienem się skontaktować. Wszystko mu opowiem, wyznam całą prawdę o mailach od Layli, powiem, że Ellen zniknęła. To słowo dudni mi w głowie. *Zniknęła.* Ellen zniknęła, tak samo jak Layla. Opadam ciężko na krzesło. Jedna zaginiona kobieta w moim życiu to już wystarczająco podejrzana sprawa. Jeśli drugiej przydarzy się to samo, będę załatwiony na amen. Niektórzy nadal uważają, że zabiłem Laylę i gdzieś ukryłem jej ciało. Nie mam dowodu, że Layla wróciła. Mam jedynie matrioszki, które mógł zostawić ktokolwiek, i maile, które ktokolwiek mógł napisać. Nikt nie widział Layli, nawet ja.

Paraliżuje mnie strach. Nie mogę zadzwonić do Tony'ego, najpierw muszę wszystko dokładnie przemyśleć. W końcu postanawiam zadzwonić do Harry'ego, nie Tony'ego. Wiem, że Tony od samego początku wierzył, że nie mam nic wspólnego ze zniknięciem Layli, ale nawet on mógłby zacząć mieć wątpliwości, gdybym mu powiedział, że Ellen również zaginęła. Zresztą może wcale nie zaginęła, tylko wyjechała z Laylą z własnej woli. Ale wtedy odebrałaby przecież telefon. Znam Ellen, nie byłaby tak okrutna, żeby nie odpowiadać na moje wiadomości, jeśli je odsłuchała.

Harry będzie wiedział, co robić. Wie tyle samo co Tony, a kiedy pozna całą historię, będzie umiał mi doradzić. Sprawdzam, która godzina. Tuż po siódmej. Zwykle o tej porze Harry jest już na nogach. Wybieram jego numer. O dziwo, słyszę międzynarodowy sygnał. Harry wyjechał za granicę i nic mi nie powiedział? Czekam z niecierpliwością, ale on nie odbiera, więc zostawiam wiadomość z prośbą, by oddzwonił, starając się, by w moim głosie nie było słychać paniki, która mną owładnęła. Chodzę tam i z powrotem po kuchni, czekam i czekam, ale Harry nie dzwoni, więc po dwudziestu minutach znów próbuję się z nim połączyć. Kiedy nadal nie oddzwania, zaczynam mieć złe przeczucia, bo jeszcze nigdy się nie zdarzyło, by był nieosiągalny, nawet kiedy przebywał za granicą. Jeśli nie może akurat rozmawiać, bo jest na spotkaniu albo w łóżku z kobietą, zawsze przesyła standardowy komunikat: *Nie mogę teraz odebrać*. Próbuję po raz trzeci, a potem czwarty. Jest już ósma rano, ale nagle dociera do mnie, że prawdopodobnie nie w tym miejscu, gdzieś na świecie, w którym on przebywa. Dzwonię więc do jego biura, by się dowiedzieć, gdzie jest, na jak długo wyjechał, ale nikt nie odpowiada, bo jest za wcześnie.

No i gdzie jest Peggy? Mam nadzieję, że z Ellen, ponieważ ona nie pozwoli jej skrzywdzić. Ale jeśli Peggy uciekła, jeśli w nocy coś ją wystraszyło? Chciałbym wyjść i jej poszukać, zamiast tak tu siedzieć, czekając, lecz muszę zostać, by porozmawiać z Tonym. Najpierw jednak chcę omówić wszystko z Harrym.

O ósmej trzydzieści znów telefonuję do biura Harry'ego. Zacząłem już mieć wrażenie, że jestem jedyną osobą, jaka została na świecie, więc czuję ulgę, gdy odbiera jedna z jego asystentek.

– Niestety, wyjechał – mówi Alice, potwierdzając to, co już i tak wiem.

– A dokąd?

– Nie wiem, powiedział, że wyjeżdża na kilka dni za granicę.

– A czy ktoś wie, gdzie on jest? W normalnych okolicznościach bym nie naciskał, ale muszę pilnie z nim porozmawiać.

– Proszę zaczekać chwilę. Dowiem się.

Po chwili wraca i mówi, że nikt nie wie, gdzie jest Harry ani kiedy wróci, wiadomo tylko, że dwa dni temu ni stąd, ni zowąd opuścił biuro. Pytam, czy czasem się odzywa, na co asystentka odpowiada, że do tej pory zrobił to tylko raz. Obiecuje, że kiedy Harry następny raz zadzwoni, przekaże mu, że muszę z nim porozmawiać. Rozłączam się i czuję się coraz bardziej nieswojo. Najpierw Ruby, potem Ellen, a teraz Harry. Wszyscy troje wyjechali, nikt jednak nie wie dokąd. Czy to jakiś spisek? Czy chodzi o związek Harry'ego z Ellen, jak kiedyś myślałem? Ale co Ruby ma z tym wspólnego? A może wcale nie ma, może po prostu wybrała się gdzieś na wakacje. Jedyne, co wiem na pewno, to to, że jestem sam, a czas pędzi.

Głowię się nad tym, jak rozegrać sprawę z Tonym. Jeśli mam mu powiedzieć całą prawdę, muszę zadzwonić do niego w ciągu najbliższej godziny, bo kiedy się dowie o ostatnim mailu od Layli, tym, w którym pisała, że powinienem był wybrać ją, a nie Ellen, będzie się zastanawiał, dlaczego nie zadzwoniłem do niego natychmiast, wziąwszy pod uwagę pogróżkę zawartą w tej wiadomości. Ale jeśli zdecyduję się nie powiedzieć mu całej prawdy, mam jeszcze kilka godzin. A za tych parę godzin mogę zadzwonić do niego i powiedzieć, że zeszłej nocy Ellen i ja się pokłóciliśmy, wypadłem z domu i pojechałem do domku w St Mary's, a kiedy wróciłem, nie zastałem jej. Ellen nie odbiera telefonu, więc zaczynam się martwić, bo sądzę, że powinna już wrócić. Prawda, cała prawda? Czy tylko część prawdy?

Daję sobie czas do lunchu. Jeśli do tej pory nie posunę się do przodu, zadzwonię do Tony'ego i wyznam mu całą prawdę. Idę do salonu i wyglądam przez okno; wypatrując na drodze samochodu Ellen, staram się uporządkować myśli.

Zaczynam od Layli. Po pierwsze, czy to rzeczywiście ona, czy tylko ktoś się pod nią podszywa? Śledzę przebieg zdarzeń, od pojawienia się pierwszej matrioszki do otrzymania ostatniego maila, i jednak nie mogę uwierzyć, że to nie była Layla. Tylko ona i ja wiedzieliśmy o pniu drzewa w kształcie matrioszki na Pharos Hill. Następnie próbuję wykombinować, gdzie mogła być przez ostatnie dwanaście lat, ale szybko uświadamiam sobie, że najważniejsze to dowiedzieć się, gdzie była przez ostatnich sześć tygodni, od czasu pojawienia się pierwszej matrioszki. Ellen widziała Laylę w Cheltenham, ale ta twierdziła, że jest bliżej, więc gdzie? Jak udawało jej się zostawiać matrioszki na murku tak, by nikt jej nie zauważył? Jednego dnia słyszałem odjeżdżający samochód, ale to było przed otrzymaniem wiadomości ze słowami **Bliżej, niż myślisz**, kiedy przypuszczałem, że Layla jest w Cheltenham, więc logiczne zdawało się założenie, że to właśnie ona była w samochodzie. Ale może wcale nie, może samochód nie miał z nią nic wspólnego, a ona przychodziła pieszo, ponieważ była już w Simonsbridge. Albo miała kogoś, kto zostawiał za nią laleczki.

Znów wracam myślami do Ruby. Dla niej podrzucanie laleczek byłoby proste. Czy Layla ją o to prosiła? Czy Ruby działała sama? A co z tą parą, którą Mick widział przechodzącą obok naszego domu? Czy Layla była jedną z tych osób? Muszę jeszcze raz porozmawiać z Mickiem, spytać, czy ta kobieta miała rude włosy, czy od tamtej pory zauważył coś podejrzanego. Ale nie teraz. O tej porze na pewno podaje żonie – zdaje się, wymienił imię Fiona – śniadanie.

Fiona. Tak miała na imię matka Layli i Ellen, przypominam sobie. Nagle w mojej głowie następuje eksplozja, która rozsadza wszystkie teorie rozważane do tej pory. Słyszę ryk w uszach. Wybiegam z domu i pędzę na drugą stronę ulicy, gdzie mieszka Mick ze swą schorowaną żoną, która ma na imię Fiona, a której nigdy nie widziałem. Walę pięścią w drzwi i krzyczę, by mnie wpuścił. Oczywiście Mick otwiera dopiero po chwili i oczywiście trzyma w rękach miseczkę owsianki, swoją broń przeciw intruzom. Wściekły, podnoszę rękę, chcąc mu ją wytrącić, ale Mick w przerażeniu cofa się o krok.

– Gdzie ona jest?! – krzyczę. Próbuję wepchnąć się do przedpokoju, ale Mick gwałtownie przymyka mi drzwi przed nosem i blokuje je stopą.

– Na litość boską, człowieku, co w ciebie wstąpiło?! – woła. Wygląda na wystraszonego, ale ja przejrzałem jego grę, więc znów mocno pcham drzwi.

– Wpuść mnie! – wrzeszczę. – Chcę ją zobaczyć

– O czym ty mówisz? Jeśli ci chodzi o Ellen, to nie ma jej tutaj.

– Co wiesz o Ellen? – warczę.

– Słyszałem w nocy, jak się kłóciliście, potem widziałem, jak odjeżdżałeś. Nie ma jej tu, zapewniam cię.

– Wpuść mnie! – Napieram na drzwi. – Chcę zobaczyć twoją żonę!

– Moją żonę? – Patrzy na mnie oszołomiony. – A co ona ma z tym wszystkim wspólnego?

– Pozwól mi ją zobaczyć!

– Nie. – Jego postawa ulega gwałtownej zmianie. Prostuje się na całą wysokość, ale i tak jest dwadzieścia centymetrów niższy ode mnie. – Odejdź, Finn. Przykro mi z powodu Ellen, ale jeśli nie odejdziesz, zadzwonię na policję. Ellen tu nie ma.

– Nie, ale Layla tu jest!

– Layla?

– Tak, Layla! – Pcham drzwi z całej siły i Mick chwiejnie się cofa. – Gdzie ona jest?! – wołam, wchodząc do holu. – Gdzie jest twoja żona?

– Proszę, nie rób tego. – Mick jest bliski łez. – Nie możesz, nie masz prawa.

– A właśnie że mam! – Przepycham się obok niego, idę korytarzem. – Layla! Gdzie jesteś?!

Otwieram drzwi do salonu, lecz nikogo tam nie ma. Odwracam się do Micka stojącego w drzwiach; wciąż trzyma miseczkę z owsianką, więc wytrącam mu ją na podłogę.

– Gdzie ona jest?! – ryczę.

Nagle dobiegają mnie jęki z pokoju na końcu korytarza. Odpycham brutalnie Micka, który stoi mi na drodze, i ruszam w tamtym kierunku.

– Nie! – woła. – Nie możesz! Zostaw nas w spokoju!

Ale ja już otwieram drzwi na oścież.

I oto ona, z trudem próbuje usiąść w łóżku, szponiastą dłonią zbiera materiał z przodu koszuli nocnej, na jej twarzy maluje się absolutne przerażenie. A kiedy na nią patrzę, czuję, że sam mam równie przerażoną twarz.

# 53

## *Finn*

– Mick! Mick! – Zaciska szpony na koszuli nocnej.

Mick odpycha mnie i wpada do środka.

– Wszystko w porządku, Fiono – uspokaja żonę. Przyskakuje do jej boku, układa ją delikatnie na poduszkach. – Jestem tutaj.

– Kim jest ten człowiek? – pyta kobieta głosem drżącym ze stresu.

– Wszystko w porządku – zapewnia ją Mick, tłumiąc gniew. – To nasz sąsiad, mieszka po drugiej stronie ulicy. Chciał tylko się z tobą przywitać. – Patrzy na mnie, jest blady jak ściana. – Ale już wychodzi.

– Dlaczego tak krzyczał?

– Przepraszam. – Mój głos przechodzi w szept. – Przepraszam. – Zaczynam wycofywać się z pokoju. – Chciałem się tylko przywitać. Ale już wychodzę.

– Odprowadzę go – wyjaśnia Mick. – Potem wrócę i skończymy śniadanie.

Idzie za mną do wyjścia.

– Mick, bardzo przepraszam – zaczynam, ale on mi przerywa.

– Wynocha. Jeśli jeszcze kiedyś się do nas zbliżysz, wezwę policję.

Chwiejnym krokiem wychodzę do ogródka przed domem i widzę panią Jeffries na ganku; w ręce trzyma telefon.

– Przepraszam – zwracam się do niej. Chciałbym ją spytać, czy zadzwoniła po policję, ale ona patrzy z niepokojem na Micka; czuję, jak mnie obserwują, kiedy przechodzę na drugą stronę ulicy.

W domu opadam na schodek i ukrywam twarz w dłoniach. Zalewają mnie fale wstydu, a w głowie w kółko wyświetla mi się koszmarny scenariusz. Wciąż mam przed oczami przerażoną twarz żony Micka i jego zrozpaczoną minę, kiedy błagał, bym zostawił ich w spokoju. Jak mogłem zrobić to, co właśnie zrobiłem, jak mogłem zachowywać się tak brutalnie, tak podle? A jeśli pani Jeffries powiadomiła policję i funkcjonariusze są teraz w drodze? Odkryją, że Ellen znikła, a Mick zaświadczy, że w nocy się kłóciliśmy.

Wyjmuję telefon, wybieram numer Ellen. Znów zostaję przełączony na pocztę głosową, znów zostawiam wiadomość, prosząc, by natychmiast do mnie oddzwoniła. Sprawdzam skrzynkę mailową w nadziei, że jest coś od Layli, ale nic nie ma.

Nie wiem, jak długo siedziałem na schodach, zanim zadzwonił telefon. Błagam, niech to będzie Ellen, błagam, niech to będzie Ellen, modlę się, wyławiając aparat z kieszeni. To Harry.

– Wszystko w porządku, Finn? Alice powiedziała, że mnie szukałeś.

– Niezupełnie. Możesz rozmawiać?

– W tej chwili jestem trochę zajęty. Siedzę za granicą.

– Tak, wiem. – Czekam, aż powie, gdzie jest, ale nie doczekuję się tego, więc robi się niezręcznie.

– Mogę oddzwonić? Za jakieś dziesięć minut? – pyta wreszcie Harry, przerywając milczenie.

– Tak, oczywiście.

– Oddzwonię.

Rozłącza się, a ja siedzę z telefonem w ręce, odtwarzając całą rozmowę. Coś jest nie w porządku. Nawet nie spytał, o co mi chodzi, czy coś się stało. Dlaczego? I dlaczego nie oddzwonił, dopóki nie poprosiła o to sekretarka? Musiał widzieć, że próbowałem się wcześniej z nim skontaktować; pewnie odsłuchał wiadomości, w których prosiłem, by natychmiast oddzwonił. Czy już wiedział, o co chodzi, czy wiedział, że Ellen zniknęła?

Ile razy będę się jeszcze zastanawiać, czy jest coś między Harrym a Ellen, zanim naprawdę w to uwierzę? Kiedy spytałem Harry'ego, czy się w niej kocha, zaprzeczył temu, stwierdził, że ona nie jest w jego typie. Czyżby kłamał, a ja miałem rację przed wieloma tygodniami, gdy sądziłem, że to on stoi za matrioszkami? Czy to on zwabił mnie do domku w St Mary's, żeby Ellen mogła wyjechać, kiedy mnie nie będzie? Ale po co miałby tak szybko sprowadzać mnie z powrotem do domu? Odpowiedź mam jak na dłoni. By wrobić mnie w jej zniknięcie, tak wszystko zaaranżować, by wyglądało, że ją zabiłem.

Gdy uświadamiam sobie, w jak niebezpiecznej znalazłem się sytuacji, robi mi się słabo. Jeśli Ellen wkrótce się nie zjawi, a w sprawę zaangażuje się policja, Mick może zaświadczyć nie tylko o tym, że zeszłej nocy pokłóciliśmy się z Ellen, ale również o tym, że wkrótce po kłótni wyjechałem gdzieś samochodem. A wtedy policja może się zacząć zastanawiać, czy w bagażniku nie było ciała Ellen i czy go gdzieś nie wyrzuciłem, zanim wróciłem do domu. Mogą uznać, że za moją poranną wizytą u Micka krył się jakiś podstęp albo chęć odwrócenia uwagi, że była to część planu mającego na celu zatarcie śladów.

Podskakuję na dźwięk telefonu, który wciąż trzymam w ręce. Daję sobie chwilę, by wziąć się w garść, bo mam straszne przeczucie, że Harry zamierza powiedzieć mi coś, czego nie chcę usłyszeć.

– Harry?

– Słuchaj, Finn, muszę ci coś powiedzieć.

– Czy ona jest z tobą? – pytam z przygnębieniem.

– Tak. – Śmieje się z zakłopotaniem. – Przepraszam, powinienem był ci powiedzieć… to znaczy powinniśmy – poprawia się. – Ale nie wiedzieliśmy, jak zareagujesz.

Zamykam oczy, ledwie mogąc uwierzyć, że stało się to, czego się obawiałem.

– A jak niby mam się czuć? – wybucham. – Zostałem zdradzony przez najlepszego przyjaciela.

– To dość surowa ocena… – protestuje.

– Surowa? – Złość rozpala się we mnie do białości. – Dlaczego nie mogłeś mi po prostu powiedzieć, zamiast uprawiać te głupie gierki?

– Jakie znowu gierki?

– Cholernie dobrze wiesz! Te wszystkie durne matrioszki, te maile. Robiłeś to, bym uwierzył, że Layla wróciła. Dlaczego? Czy zdajesz sobie sprawę, co przeżywałem? Jak mogłeś być taki okrutny?

– Chwileczkę, stary. Myślę, że musisz ochłonąć. Po pierwsze, nic nie wiem o mailach, a po drugie, jedyne matrioszki, o jakich wiem, to ta, którą sam znalazłem, i te, o których mi powiedziałeś. – Przerywa, a ja słyszę kobiecy głos w tle. – Zaczekaj chwilę – mówi. – Przekażę telefon Ruby. Może ona zrozumie, o co ci chodzi.

Czuję się, jakby ktoś rzucił we mnie cegłą. Ruby? Słyszę jej głos w słuchawce. Jest pełen wahania, ostrożny.

– Cześć, Finn. Wszystko w porządku?

Odpowiadam dopiero po chwili, gdy udaje mi się jako tako zebrać myśli.

– Nie, wcale nie. Ellen zaginęła, a ponieważ nie mogłem skontaktować się z Harrym, to pomyślałem... no cóż, pomyślałem, że może być z nim.

Zapada cisza, jakby Ruby oniemiała ze zdumienia.

– Harry i Ellen? Nie, no coś ty! – Słyszę jęk Harry'ego w tle. – Ale posłuchaj, Finn... Co masz na myśli, mówiąc, że Ellen zaginęła? Kiedy?

– Pokłóciliśmy się zeszłej nocy. Wyjechałem na jakiś czas, a kiedy wróciłem, jej już nie było.

– Ale przecież na pewno wróci, jak ochłonie? To pewnie kwestia godzin. Nie jest tak, że od paru dni nie wiadomo, gdzie się podziewa.

– Myślę, że może być z Laylą.

– Z Laylą? A więc się pojawiła?

– Tak sądzę. W nocy kazała mi pojechać do domku w St Mary's i tak zrobiłem, ale jej tam nie było. Kiedy wysłałem do niej wiadomość i spytałem, gdzie jest, odpowiedziała, że jest w domu... tutaj, w Simonsbridge. Więc zawróciłem, a w drodze powrotnej przyszła wiadomość, że powinienem był pozbyć się Ellen. A kiedy tu przyjechałem, Ellen nie było.

– Nie zostawiła żadnej wiadomości?

– Nie. Ale po tej wiadomości, którą dostałem od Layli, martwię się, że może być w niebezpieczeństwie.

Ruby milczy przez chwilę.

– Chyba nie myślisz, że Layla mogłaby skrzywdzić własną siostrę?

– Nie wiem. Mam nadzieję, że nie, ale jej zachowanie w ciągu ostatnich paru tygodni wskazuje na to, że nie postępuje racjonalnie.

– Jak rozumiem, nie powiadomiłeś policji o zniknięciu Ellen?

– Nie. Uznałem, że zaczekam z tym parę godzin. Peggy też zniknęła – dodaję.

– Och, Finn – mówi cicho Ruby, ponieważ rozumie, jaki to dla mnie cios.

– Mam nadzieję, że jest z Ellen. Nie pozwoli Layli jej skrzywdzić. – Słyszę, że Harry mówi coś w tle.

– Harry mówi, bym ci powiedziała, że wylecimy stąd za parę godzin i będziemy u ciebie jutro. Jesteśmy na Bahamach, więc szybciej nie damy rady – dodaje przepraszająco.

– Na Bahamach?

– Tak. Sprawdzimy loty i damy ci znać.

– Nie, nie przyjeżdżajcie, nie trzeba.

– Powinniśmy ci powiedzieć – mówi Ruby. – Ale to była taka dziwna sytuacja. Kiedy zwierzyłam się Harry'emu... no wiesz, wtedy, kiedy przyprowadziłeś go do pubu i został dłużej na drinku... że chętnie bym wyjechała na wakacje w jakieś egzotyczne miejsce, polecił mi Bahamy i powiedział, że jeśli się wybiorę, poleci ze mną. Nie sądziłam, że spełni obietnicę – dodaje. – A jednak to zrobił.

– Kiedy mieliście wrócić?

– Za trzy dni.

– Mam nadzieję, że Ellen się do tej pory zjawi. – Staram się przybrać beztroski ton.

– Zadzwoń na policję. Daj nam znać, jak będziesz miał jakieś wieści. I jeśli będziesz chciał pogadać, wiesz, gdzie jesteśmy.

Rozłączam się. Przynajmniej mogę liczyć na Ruby i Harry'ego, jeśli ich będę potrzebował. Przez chwilę zastanawiam się, co czuję w związku z tym, że są teraz parą, i dochodzę do wniosku, że to mi nie przeszkadza. Potem przypominam sobie Ellen i to, że zniknęła.

Znów wybieram jej numer, zostawiam kolejną wiadomość. Kiedy wkładam telefon do kieszeni, natrafiam na matrioszkę, którą znalazłem na podeście schodów. Wyjmuję laleczkę i uważnie się jej przyglądam, zastanawiając się, czy pochodzi ze stosu, który Ellen rzuciła na górze na łóżko, czyli jest jedną z tych znalezionych w mojej pracowni. Może Ellen trzymała ją w ręce i upuściła, idąc do samochodu. Nie upuściła, lecz ustawiła, bo gdyby ją upuściła, matrioszka nie stałaby na sztorc. Ta laleczka została ustawiona tak ostrożnie jak inne, które wcześniej znalazłem. Czy to oznacza, że pozostawiła ją Layla, a nie Ellen?

Idę na podest schodów. Znalazłem matrioszkę mniej więcej w połowie, na samym środku podłogi, w równej odległości od każdej ze ścian. Przykucam i oglądam dokładnie drewniane deski, sam nie wiedząc, czego szukam. Ale nic tam nie ma, więc wstaję rozczarowany. Dopatruję się nie wiadomo czego, a przecież to tylko matrioszka. Wciąż mam ją w ręce, więc pochylam się i ustawiam ją pośrodku podłogi, mniej więcej tam, gdzie ją znalazłem. Prostuję się i patrzę na nią. Dlaczego tutaj? – pytam ją w myślach. Dlaczego stałaś właśnie tutaj? Patrzę w jedną i drugą stronę korytarza, oglądam ściany od góry do dołu, spoglądam na sufit. I widzę, dokładnie nad miejscem, w którym stoi laleczka, klapę prowadzącą na strych.

# 54

## *Finn*

Dostaję gęsiej skórki na karku i rękach. Nie byłem na strychu od chwili wprowadzenia się do tego domu, kiedy Harry spytał mnie, czy nie mam nic przeciwko temu, by jego przyjaciel, właściciel domu, przetrzymywał tam trochę swoich rzeczy. W związku z tym traktuję to miejsce jako zakazane i z tego, co wiem, Ellen nigdy tam nie była. Nachodzi mnie przedziwna myśl... A jeśli Layla się tam ukrywała? To by nadało wiadomości **Bliżej, niż myślisz** całkiem inny wymiar. Wyjaśniałoby również, jak udawało jej się tak łatwo podrzucać matrioszki. Niemal natychmiast odrzucam ten pomysł. Myliłem się dziś co do wielu rzeczy, ale myśl, że Layla mogłaby mieszkać na strychu bez wiedzy mojej i Ellen, jest idiotyczna. Zawsze jedno z nas kręci się w pobliżu. Kiedyś Ellen i ja zabieraliśmy Peggy każdego popołudnia na spacer i wtedy nie było nas co najmniej przez godzinę, ale ostatnio tego nie robiliśmy. Jedno z nas zwykle zabiera Peggy samo, a więc zawsze ktoś zostaje. Chociaż spędzałem sporo czasu w swojej pracowni, w każdej chwili mogłem wejść. Chyba że Ellen pomagała siostrze się ukrywać. Może Layla zjawiła się pewnego dnia i błagała Ellen, by znalazła jej kryjówkę. Ale dlaczego? I czy Ellen ukryłaby siostrę na strychu, nic mi nie mówiąc?

Jest tylko jeden sposób, by się tego dowiedzieć. Podnoszę ręce, jedną odchylam klapę, drugą wysuwam składaną drabinkę i ściągam ją w dół. Wchodzę ostrożnie na pierwszych parę stopni, sprawdzając, czy utrzymają moją wagę, po czym wspinam się dalej, aż na sam strych. Dach jest zbyt nisko, bym mógł się swobodnie wyprostować, więc stoję przygarbiony i szukam włącznika. Pstrykam i strych zalewa posępna poświata.

Rozglądam się. Wydaje mi się, że wszystko jest na swoim miejscu i nie ma żadnych śladów świadczących o tym, że ktoś tu mieszkał – ani materaca, ani rzeczy osobistych, ani żadnych resztek jedzenia. Podchodzę do starannie oznakowanych nalepkami pudeł ustawionych pod przeciwległą ścianą i w świetle latarki z telefonu widzę, że nic nie zostało przestawione. Wszystko jest chyba w porządku, nie wygląda na to, aby w ciągu tych lat, kiedy pudła tu są, ktokolwiek je ruszał. Odwracam się do ściany po prawej, pod którą stoi kilka krzeseł, stare biurko i komoda. Podchodzę, by przyjrzeć im się dokładniej. Wszystko pokrywa gruba warstwa kurzu, co przypomina mi domek w St Mary's. W biurku znajduję kilka starych piór, a w jednej z szuflad parę starych monet. Pozostałe są puste.

Przecinam strych, by podejść do ściany po lewej. Stoi pod nią duża drewniana skrzynia, mniej więcej metr pięćdziesiąt na metr, na której leży sterta starannie poskładanych koców. Tu też wszystko jest na swoim miejscu. Po raz ostatni rozglądam się, zadowolony, że nie potwierdziły się moje obawy związane z kryjówką Layli. Już mam iść z powrotem do włazu, kiedy jeszcze raz zatrzymuję wzrok na skrzyni. Wszystko niby na swoim miejscu, ale zdaje mi się, że coś jest nie tak. Wreszcie dociera do mnie, że chodzi o kurz. A raczej o jego brak. Przesuwam palcem po skraju wieka – i okazuje się czysty.

Energicznie opuszczam dłoń na górny koc, spodziewając się, że wzniecę chmurę kurzu, ale jest go bardzo mało. Co oznacza, że do niedawna koce były jakoś zabezpieczone. Serce mi przyspiesza. Czyżby wcześniej leżały w skrzyni i zostały wyjęte, by zrobić miejsce na coś innego?

Coś innego... Po kręgosłupie przebiega mi dreszcz niepokoju, cofam się o krok od skrzyni. Serce mi zwalnia i łomocze ponuro w reakcji na przerażenie, które ogarnia całe moje ciało. Staram się odciąć od umysłu, nie podążać za nim tam, gdzie próbuje mnie zabrać, ale wszystko – odliczanka, ostatnia wiadomość Layli, w której napisała, że powinienem był wybrać ją, matrioszka ustawiona bezpośrednio pod klapą w charakterze wskazówki – wszystko zdaje się wskazywać na jedną rzecz. To niemożliwe, mamroczę do siebie, to niemożliwe, Layla nie skrzywdziłaby Ellen. Ale czyż nie powiedziała mi, żebym się jej pozbył? Przecież dała mi na to dziesięć dni. Czy dokonała w końcu tego, czego ja nie byłem w stanie zrobić?

Ledwie mogę oddychać. Muszę wezwać policję, teraz, zanim będzie za późno. Ale już jest za późno. Jeśli Layla zrobiła to, co myślę, to już jest za późno. Chyba że – z trudem przychodzi mi wypowiedzenie tego słowa nawet w myślach – nie zabiła Ellen, a jedynie ją gdzieś ukryła.

Opadam na kolana przed skrzynią. Nie chcę jej otwierać, ale wiem, że muszę. Błagam. Boże, błagam, nie pozwól, by Ellen była martwa, nie pozwól, by była martwa.

Drżącymi rękami zdejmuję koce z wieka skrzyni i kładę je na podłodze. Oddech zatrzymuje mi się w gardle, powietrze nie dociera do płuc. Mocno zaciskam dłonie na krawędzi wieka, z trudem się opanowuję. Następnie zbieram całą odwagę, która uciekła gdzieś w głąb brzucha, otwieram wieko skrzyni i zaglądam do środka.

Z niedowierzania kręci mi się w głowie, krew odpływa mi z twarzy.

# 55

## *Finn*

Gapię się na setki rozpołowionych korpusów matrioszek i zastanawiam, czy mam halucynacje. Dotykam jednego z nich. Czuję pod palcami malowane drewno, więc upewniam się, że są prawdziwe. Mój umysł nie chce jednak tego zaakceptować. Byłem tak pewien, że znajdę w skrzyni związaną, a nawet martwą Ellen, że zaczynam kopać pod laleczkami, zagarniam je w obie dłonie i przekładam w tę i we w tę, przekonany, że jednak zaraz ją znajdę. A potem, kiedy wreszcie przyjmuję do wiadomości, że Ellen tam nie ma, ryczę z wściekłości, że Layla znów wyprowadziła mnie w pole. Nie mogę uwierzyć, że nie zbliżyłem się do odnalezienia Ellen ani że jestem nadal pionkiem w makabrycznej grze Layli. Teraz będę musiał się domyślić, dlaczego pozostawiła mi skrzynię pełną matrioszek, którą miałem odkryć, i domyślić się, jaka to wiadomość.

Wiadomość. Na kolanach zaczynam grzebać w drewnianych kadłubach w nadziei, że znajdę coś, może nierozłożoną laleczkę z liścikiem w środku. Lecz wszystkie matrioszki zostały rozłożone i nagle uświadamiam sobie, że nie natknąłem się na żadną z tych najmniejszych laleczek. To, co mam przed sobą, to ich porzucone, niechciane krewne. A to oznacza, że jeżeli Layla nie przyniosła ich wszystkich dzisiaj wieczorem do domu i nie zaniosła na strych, by ukryć w skrzyni – co jest możliwe, lecz mało prawdopodobne, ponieważ jest ich tak dużo – to matrioszki, które znajdowaliśmy z Ellen przed domem albo dostaliśmy drogą pocztową, wszystkie pochodzą stąd, ze strychu.

Pod wpływem szoku zwalam się znów na podłogę. Siadam z łokciami na kolanach, gapiąc się na skrzynię, podczas gdy prawda przeszywa rykoszetem mój umysł – Ellen jest w to jakoś zamieszana. Layla nie zdołałaby umieścić matrioszek na strychu bez czyjejś pomocy. Nigdy nie była w tym domu, więc nie wiedziałaby o istnieniu strychu ani o tym, że można na nim ukryć matrioszki. Tylko Ellen mogła jej o tym powiedzieć.

W ciągu tych wszystkich tygodni, kiedy Layla była ze mną w kontakcie, nigdy nie przyszło mi do głowy, że może również utrzymywać kontakt z Ellen, i także do niej wysyłać maile. Że może manipulować siostrą tak samo jak mną. Kiedy ponaglała mnie, bym powiedział Ellen o jej powrocie, czy namawiała siostrę do tego samego? Czy napuszczała nas jedno na drugie? Czy umówiła się z Ellen gdzieś na spotkanie, tak jak umówiła się ze mną? Czy tam właśnie udawała się Ellen, kiedy zostawiała mi na stole liściki z wiadomością, że wybrała się na zakupy? Kiedyś nigdy nie zostawiała mi liścików, po prostu przychodziła i mówiła, że wychodzi, ale przy tych dwóch okazjach tak nie zrobiła. Czy dlatego, że nie chciała, bym wiedział, że gdzieś się wybiera, na wypadek gdybym zamierzał się przyłączyć? Może proponowała w liścikach spotkanie na lunchu tylko po to, by wydawały się bardziej wiarygodne, i liczyła, że zauważę je dopiero, jak będzie za późno na wyjście, albo wcale. A gdybym do niej zadzwonił, powiedziałaby mi, że właśnie wraca do domu. Co więcej, kiedy wróciła po jednym z tych wyjść, była na mnie zła. Może powodem było to, że poszła spotkać się z siostrą, a ta się nie pojawiła, jak robiła ze mną.

Schodzę ze strychu, pragnąc obalić każdą z teorii, które mi właśnie przyszły do głowy. Jednak brak śladów walki w sypialni i gdziekolwiek indziej w domu ponownie sugeruje, że Ellen opuściła dom z własnej woli, że Layla jej do tego nie zmusiła. Zaglądam do pracowni Ellen i widzę, że jej komputer jest nie tylko wyłączony, lecz również ma wyciągniętą wtyczkę z gniazdka. Zresztą i tak mi się nie przyda, bo nawet gdybym go włączył, nie znam hasła do poczty. Musiało być w niej coś obciążającego – może w mailach, które wymieniała z Laylą – skoro tak całkiem go wyłączyła. A może to coś w rodzaju deklaracji: „Już nigdy nie będę używała tego komputera, bo nigdy nie wrócę".

Co się tu wydarzyło przed kilkoma godzinami? Czy Layla kazała Ellen wybierać między mną a sobą, tak jak mnie kazała wybierać między sobą a Ellen, a Ellen wybrała siostrę? Nie mógłbym jej za to winić, nie po tym, co sam zrobiłem, nie po tym, jak wybrałem Laylę zamiast niej.

Mój umysł niestrudzenie snuje nowe, przynoszące udrękę teorie. Może Ellen cały czas brała w tym wszystkim udział, może zawsze wiedziała, gdzie przebywa jej siostra. Może cały mój związek z nią był jedynie farsą, zapłatą za ból, jaki zadałem Layli, chociaż to ona zraniła mnie pierwsza. Czy rzeczywiście o to chodzi? O zemstę? Trudno w to uwierzyć.

Uderza mnie fala zmęczenia. Zerkam na telefon i widzę, że już południe. Próbuję sobie przypomnieć, jak długo jestem na nogach, lecz mam taki mętlik w głowie, że trochę to trwa. Nie spałem przez całą noc, więc w sumie będzie trzydzieści godzin. Nagle przede wszystkim pragnę snu, ponieważ gdy się obudzę, może się okazać, że to wszystko było tylko strasznym snem. Ale najpierw Tony.

Nastawiam się psychicznie, by nie być rozczarowany, jeśli nie uda mi się dodzwonić do niego teraz, kiedy zdecydowałem się mu wszystko powiedzieć. Odbiera prawie natychmiast.

– Potrzebuję twojej pomocy, Tony.

– Wal – mówi. – Ale najpierw weź głęboki oddech.

Uświadamiam sobie, że muszę wydawać się bardzo poruszony. To jednak nic w porównaniu z tym, jak brzmi cała relacja. Nawet w moich własnych uszach nieokrojona historia – matrioszki, maile, wyjazdy do St Mary's i zaginięcie Ellen – brzmi jak opowieść szaleńca. Kiedy wreszcie kończę monolog – Tony ani razu mi nie przerwał – zapada cisza, która potwierdza to, co myślę: sprawiam wrażenie kompletnego wariata.

– Przyjeżdżam – rzuca Tony, wyrywając mnie z przygnębienia.

Czuję się, jakby ktoś zdjął mi z ramion olbrzymi ciężar.

– Dzięki, Tony. Jestem ci bardzo wdzięczny.

– Ale musisz coś dla mnie zrobić.

– Oczywiście.

– Najpierw chcę sprawdzić parę rzeczy, więc przyjadę za kilka godzin. Zrób sobie coś do jedzenia i połóż się spać. Brzmisz tak, jakbyś miał się zaraz przekręcić. Zostaw klucz pod wycieraczką, żebym mógł wejść.

– Dziękuję, Tony – powtarzam.

– Do zobaczenia.

Czuję się, jakbym już nigdy nie mógł nic zjeść, więc zamiast tego biorę długi gorący prysznic. Potem czuję taki przypływ głodu, że pożeram pół bochenka chleba, robiąc sobie kolejne grzanki. Potem idę na górę, do sypialni, spycham matrioszki z łóżka i kładę się w nim. Zasypiam, zanim głowa zdąży mi opaść na poduszkę.

Kiedy otwieram oczy, wydaje mi się, że spałem tylko kilka godzin, bo na zewnątrz jest wciąż jasno. Zastanawiam się, czy Tony przyjechał, i słyszę jego głos dobiegający z dołu. Ubieram się i oprócz niego zastaję w kuchni Ruby i Harry'ego.

– Kiedy wróciliście? – pytam, uściskawszy oboje i zdając sobie sprawę, że skrócili wakacje.

– Kilka godzin temu. Tony nas wpuścił. – Harry widzi, że próbuję zrozumieć, jak to możliwe. – Wyczarterowałem samolot – wyjaśnia.

– A nawet jeśli... Która godzina?

– Chyba około siódmej. – Patrzę na niego z zaskoczeniem. – Rano – dodaje.

Nie mogę uwierzyć, że przespałem popołudnie i noc. Patrzę na całą trójkę, szczerze wzruszony, że tak się spieszyli, by być ze mną.

– Dziękuję wam wszystkim, że przyjechaliście.

– Może wcale nie będziesz taki wdzięczny, kiedy usłyszysz, co mamy ci do powiedzenia – mówi Ruby.

Serce podchodzi mi do gardła, a ona, widząc wyraz mojej twarzy, pospiesznie zapewnia:

– Nie, nic takiego. Chodzi mi tylko o to, że przedyskutowaliśmy wszystko we trójkę i doszliśmy do tego samego wniosku.

– Daj człowiekowi najpierw napić się kawy – wtrąca się Harry.

Odsuwam krzesło i siadam przy stole.

– W porządku, wolę od razu się dowiedzieć.

Tony odchrząkuje.

– Pomimo wszelkich wysiłków nie znaleźliśmy żadnego śladu Layli w Cheltenham. Sprawdziliśmy spisy gości w każdym pensjonacie i hotelu, pokazywaliśmy w kawiarniach i restauracjach zarówno jej stare zdjęcie, jak i cyfrową symulację obecnego wyglądu, ale nic z tego nie wynikło. – Przerywa. – No i jest ta skrzynia pełna drewnianych laleczek, którą znalazłeś na strychu... nawiasem mówiąc, poszedłem ją zobaczyć.

– Tak, jasne. – Zastanawiam się, do czego zmierza.

– Logicznie rzecz biorąc, nie mogły się tam znaleźć bez wiedzy Ellen – mówi Ruby. – No bo jak Layla mogłaby je przy was przemycić?

– Sądzicie, że Ellen jej pomagała – stwierdzam ponuro. – Nie przejmujcie się, już o tym myślałem. – Wymieniają skonsternowane spojrzenia. – Co? – pytam.

– Wydaje nam się, że to może być trochę prostsze. – Tym razem odzywa się Harry.

– Co masz na myśli? – pytam, ciekaw, dlaczego tak się ociągają z udzieleniem odpowiedzi.

– Że może Layla wcale nie wróciła. Że może była tylko Ellen.

# 56

## *Finn*

Rozglądam się, zatrzymując wzrok na ich twarzach, bo myślę, że sobie ze mnie żartują. Kiedy widzę, że mówią całkiem poważnie, uświadamiam sobie, że Tony nie zrozumiał nic z tego, co mu powiedziałem. Poirytowany tym, że będę musiał wszystko znowu wyjaśniać, przechodzę od razu do najlepszego dowodu, jaki mam.

– Jak pamiętacie – mówię – Ellen widziała Laylę w Cheltenham.

– Tylko że ty nigdy jej nie widziałeś – podkreśla Tony.

– Nie, ale Thomas ją widział przed domem w St Mary's.

– Może widział Ellen.

Z uporem kręcę głową.

– Thomas by się tak nie pomylił.

– Ellen mogła po prostu udawać, że widziała Laylę w Cheltenham – mówi Ruby niemal przepraszającym tonem.

Już otwieram usta, by zaprotestować, lecz szybko je zamykam. Ruby ma rację, możliwe, że Ellen jedynie udawała, że widziała siostrę.

– Więc jak matrioszka wylądowała tego dnia na samochodzie? – pytam. – Podrzuciłem Ellen do fryzjera, a kiedy tylko była gotowa, odebrałem ją stamtąd.

– Mogła się wymknąć szybko do samochodu, kiedy od niego odszedłeś, mówiąc u fryzjera, że zapomniała zapłacić za parking.

Szukam w głowie jakichś innych scenariuszy.

– Czy naprawdę chcecie, bym uwierzył, że maile, które dostawałem, włącznie z tymi, w których była mowa o tym, że mam się pozbyć Ellen, pochodziły właśnie od Ellen?

– To możliwe – przyznaje Harry.

– Nie zapominaj, że dostała matrioszkę w przesyłce. Przecież by jej sama do siebie nie wysłała.

– Czemu nie? – protestuje Harry. – To byłoby całkiem sensowne: sprawiać wrażenie, że ona również jest na celowniku Layli.

– Oszaleliście! Kompletnie wam odbiło. Ellen nie ma z tym nic wspólnego. Jeśli to, co mówicie, byłoby prawdą, jak według was dostałaby się do domku? Tylko Layla i ja mieliśmy klucze.

– Może Ellen znalazła twoje i dorobiła sobie komplet.

– Niemożliwe, były w sejfie bankowym.

– A więc może Layla dorobiła komplet i wysłała je do Ellen przed swoim zaginięciem.

– Najpierw spytałaby mnie o zgodę. – Rozglądam się wokół stołu. – Słuchajcie, to zupełnie nie w stylu Ellen. Nie jest chytra ani okrutna. Musiałaby być cholernie dobrą aktorką, żeby to wszystko przeprowadzić.

Nadal nie wyglądają na przekonanych, a ponieważ ufam ich osądowi, zaczynają ogarniać mnie wątpliwości. Bądź co bądź, to by wiele tłumaczyło. Wyjaśniałoby, dlaczego laleczki umieszczano przed domem z taką łatwością, niepostrzeżenie. W wypadku pierwszej wystarczyło, by Ellen udawała, że znalazła ją na murku, drugą mogła tam postawić, kiedy wybrałem się rano do wioski. Ruby już się domyśliła, jak trzecia laleczka mogła zostać podrzucona na samochód, kiedy byliśmy w Cheltenham. Przechodzę do czwartej, tej zostawionej Pod Kawką. Ellen z łatwością mogła wsunąć ją na talerzyk przed wejściem do toalety. Co do laleczek, które przyszły drogą pocztową – wystarczyło, by przeszła się do skrzynki we wsi, kiedy ja przebywałem w swojej pracowni; zajęłoby to najwyżej dziesięć minut. Nawet bym nie zauważył, że Ellen wyszła. Czy nie robiła mi wyrzutów, że nie zarejestrowałem jej dwóch wyjazdów do Cheltenham? A w te dwie niedziele, kiedy nie było poczty, po prostu zostawiła laleczki na murku, pierwszą, kiedy poszedłem do wsi po chleb, drugą, gdy wyszliśmy razem. Wystarczyło, że została nieco w tyle i wyciągnęła rękę. Nic bym nie spostrzegł.

Grzebię dalej w myślach. Co z matrioszką znalezioną na Pharos Hill, jak się tam dostała? Ellen była w domu, kiedy wyjeżdżałem tego ranka. Ale najpierw udałem się do domku w St Mary's, więc miałaby czas dotrzeć na Pharos Hill, zanim wreszcie się domyśliłem, że to tam powinienem był pojechać. Czy śmiała się w duchu, gdy pognałem na moje tajne spotkanie z Laylą, bo wiedziała, że automatycznie założę, że miała na myśli St Mary's, pisząc „znasz adres"?

Prawdopodobieństwo, że Ellen może stać za koszmarem ostatnich kilku tygodni, wydaje się coraz większe. Wzbiera we mnie wściekłość.

– Sprawdzę jej komputer – rzucam ostro. – Zobaczę, czy maile wyszły od niej.

– Znasz hasło do skrzynki? – pyta Ruby.

– Nie, ale zamierzam spróbować je odgadnąć. – Zrywam się na równe nogi. – Jeżeli jednak jest taka chytra, jak się wydaje, wątpię, byśmy coś znaleźli.

Idą za mną do pracowni Ellen. Podłączam sprzęt do prądu, siadam przy biurku, uruchamiam komputer i loguję się do poczty, używając adresu Rudolph Hill.

– Nie mogę pomylić hasła, bo zostanę zablokowany – mówię, kiedy to sobie uświadamiam. – Jakieś pomysły?

– Wątpię, by wybrała coś abstrakcyjnego, prawdopodobnie hasło jest powiązane ze wszystkim – zauważa Ruby.

– Może Pharos Hill? – sugeruje Harry. – Tam gdzie odbyła się ceremonia?

– Tak, ale Pharos Hill i co dalej? Data?

– Spróbuj Pharos Hill z datą ceremonii.

– Dobra. – Wpisuję *PharosHill140413*. Nie działa.

– To może Pharos Hill i data urodzenia Ellen? Albo Layli?

– Czyli zostajemy przy Pharos Hill?

– Chyba najlepiej będzie tak obstawić – przyznaje Harry.

Znów wpisuję *PharosHill*.

– Którą datę urodzenia?

– Layli – mówi Ruby. – To pamiątka po niej.

Dodaję *260486*. Nie działa.

Staram się wejść w umysł Ellen. Jaka inna data mogłaby być powiązana z Pharos Hill? Poza datą ceremonii nic nie przychodzi mi jednak do głowy.

– Ostatnia próba – mówię. Wpisuję *PharosHill*. – Jakieś sugestie, co może być dalej?

– Spróbuj z rokiem ceremonii, wpisz sam rok – proponuje Tony. – Dwa tysiące trzynasty. Ludzie przeważnie tak robią, nie używają pełnych dat.

Dodaję *2013* do *PharosHill.*

– O Boże! – wzdycha Ruby. – Udało się!

– Tak jakby chciała, żebyś zdobył dostęp do jej maili – zauważa Harry. Milknie i wpatruje się w ekran. Bo w skrzynce odbiorczej są tylko maile ode mnie.

Serce tłucze mi się ponuro w piersi. Nie chcę otwierać skrzynki z wysłanymi wiadomościami, ale wiem, że muszę. Klikam na skrzynkę, modląc się, by była pusta. Ale one tam są, w całej okazałości, wszystkie wiadomości wysłane przez Laylę do mnie.

W pokoju panuje absolutna cisza.

Przeczesuję dłonią włosy.

– Kurwa.

– Przykro mi, Finn – odzywa się cicho Ruby.

Znów spoglądam na ekran.

– Nie. To nie jest ta Ellen, którą znam. Ona jest jedną z najzdrowszych psychicznie osób, jakie spotkałem w życiu. – Obracam się na krześle i patrzę na Harry'ego. – Znasz ją, Harry. Czy sądzisz, że mogłaby zrobić coś takiego?

– Rzeczywiście, raczej nie – przyznaje. – Ale właściwie jak dobrze ją znamy? Miała trudną przeszłość, straciła matkę, Laylę, a potem ojca. Kto wie, jak to na nią wpłynęło?

– Już ustaliliśmy, że osoba pisząca te maile jest niezrównoważona – przypomina Ruby.

– Tak, ale żeby robić coś takiego? Z jakiego powodu?

– Nie wiem. By się zemścić za zniknięcie siostry?

– Możliwe – mówi Tony. – Osobliwa zemsta za to, że przez ciebie straciła siostrę.

– Ale ja już za to zapłaciłem! – mówię wściekły. – Już swoje odpokutowałem. Dlaczego zmusiła mnie, bym znów przez to przechodził?

– Żeby cię sprawdzić? – podpowiada Ruby.

– Będziemy w kuchni. – Harry kładzie mi rękę na ramieniu. Wychodzą, a ja siedzę w pracowni kobiety, która w ciągu pięciu minut stała mi się kompletnie obca.

Opanowanie emocji jest niezwykle trudne, ale nie chcę, by przesłoniły mój osąd. Znów patrzę na maile, zastanawiam się nad tym, co mówił Harry. Ellen wybrała hasło łatwe do złamania, tak jakby chciała, bym znalazł maile. W przeciwnym razie usunęłaby je przed wyjazdem. To dlatego odłączyła komputer od prądu: by przyciągnąć moją uwagę. A jeśli chciała, bym znalazł te maile, to dlaczego? Bo była dumna z tego, co zrobiła, i chciała, bym wiedział, jaka jest sprytna? Czy zrobiła to z dobroci, żeby mnie nie trzymać w niepewności? Czy to dlatego zostawiła laleczkę na podeście schodów, co doprowadziło mnie do odkrycia matrioszek na strychu? Wygląda na to, że chciała, bym wiedział, że to była cały czas ona.

Bezradność jest jak mocny cios w brzuch. Trudno mi pogodzić się z tym, że znikło względne szczęście, które znalazłem u boku Ellen, a w dodatku, że opierało się na kłamstwie. Jeśli Ellen chciała mnie skrzywdzić, nie mogła wybrać lepszego sposobu. To też jest trudne do przyjęcia, bo nie pasuje mi do tej Ellen, którą znam. Mieszkaliśmy razem i kochaliśmy się nieco ponad rok, tak samo jak nieco ponad rok mieszkałem i kochałem się z Laylą. Czy to znaczące, że z każdą siostrą spędziłem mniej więcej tyle samo czasu? Czy tak naprawdę to określiło czas wydarzeń? My – Tony, Harry, Ruby i ja – założyliśmy, że kampanię „Layla żyje" uruchomiło zawiadomienie o ślubie. Może jedno było powiązane z drugim – kiedy Ellen doprowadziła do tego, że się jej oświadczyłem, nadszedł czas, by zakończyć nasz związek. Chociaż w pewnym sensie osiągnęła to za pomocą manipulacji, czyżby postrzegała moje oświadczyny jako zdradę siostry? To by oznaczało, że cały nasz związek był rodzajem testu, który żałośnie oblałem. Tak daleko posunięta lojalność wobec siostry wydaje się jednak niezwykła.

Błyskawica gniewu przebiega mi przez mózg. Muszę znaleźć Ellen. Dokąd pojechała? Za granicę? Nie, bo ma ze sobą Peggy. Do domku w St Mary's? Czy gdzieś indziej, w miejsce, w którym, według niej, nie zdołam jej znaleźć? Jeśli wyjechała od razu po tym, jak wyruszyłem pędem do St Mary's, może być już w połowie kraju. Nie wyruszyłaby na południe, to nie dość daleko. Musiała mieć w zamyśle jakiś konkretny kierunek; nie jeździłaby w kółko bez celu, nie w środku nocy. Czy jest w hotelu i śpi jak niewiniątko, gdy ja przeżywam katusze? Pod wpływem impulsu przyciągam jej klawiaturę i sprawdzam historię wyszukiwania w nadziei, że znajdę link do Booking.com albo innej strony, na której szuka się noclegów. Nic takiego nie ma, ale jest link do strony CalMac Ferries. Otwieram ją szybko i widzę, że firma obsługuje promy pomiędzy lądem a szkockimi wyspami. Kiedy sprawdzam dalej, znajduję rozkład promów pływających pomiędzy Ullapool a Stornoway na Lewis.

– Harry! – krzyczę.

– Co? – pyta, przychodząc szybko.

– W jaki sposób można najszybciej dostać się na Lewis? – pytam niecierpliwie. – Są tam jakieś loty?

– Nie mam pojęcia. Nie wiem nawet, czy na Lewis mają lotnisko. Czemu się tam wybierasz?

– Bo tam pojechała Ellen. Sprawdzała rejsy promów, a więc musiała dotrzeć na miejsce samochodem albo pociągiem. Ale musi być szybszy sposób. – Wchodzę na Google i wpisuję: *loty na Lewis*. – Tak, w Stornoway jest lotnisko. Mogę polecieć do Glasgow i stamtąd ruszyć pierwszym samolotem.

Zaczynam szukać lotów, czując, że pełen wątpliwości Harry stoi nade mną.

– Która jest teraz? – pytam. – Jest lot do Glasgow z Birmingham o jedenastej czterdzieści. Zdążę?

– Może – odpowiada z ociąganiem Harry. – Jest dopiero wpół do dziewiątej. Lecz nawet jeśli Ellen tam jest, czy jesteś pewien, że to dobry pomysł, by pędzić na spotkanie z nią?

– Zdecydowanie tak! Muszę z nią porozmawiać, dowiedzieć się, po co zorganizowała całą tę farsę, czemu chciała, bym uwierzył, że Layla żyje. Chcę ją spytać, jak mogła być tak cholernie okrutna!

– A może by tak zaczekać kilka dni? Nie ma pośpiechu, prawda? Zobaczmy, co powie na to Tony.

– Nie. – Uparcie kręcę głową. Znów przenoszę uwagę na ekran. – Jeśli nie zdążę na lot do Glasgow, o dwunastej czterdzieści mogę polecieć do Edynburga.

– Możesz nie dostać biletu na dziś – ostrzega Harry, chyba mając nadzieję, że tak właśnie będzie.

– No to wyczarteruję samolot – odpowiadam gwałtownie. – Tak zrobię, Harry, i nikt mnie nie powstrzyma.

– W takim razie polecę z tobą.

– Nie... zaczekaj... jest bilet na ten lot do Glasgow, daj mi go kupić. – Załatwienie transakcji trwa dłuższą chwilę, a kiedy kończę, podnoszę głowę i widzę, jak na mnie patrzy. – Dzięki, Harry, ale polecę sam.

– Więc przynajmniej pozwól się zawieźć na lotnisko.

Waham się, a potem stwierdzam, że jestem za bardzo nakręcony, żeby prowadzić.

– Dzięki. Ale nie możemy powiedzieć Ruby i Tony'emu, dokąd jedziemy, dobrze?

Wyraz rezygnacji na jego twarzy mówi mi, że miał nadzieję, iż zdołają mnie odwieść od tego pomysłu, ale kiwa głową na zgodę. Idziemy do kuchni, w której siedzą Ruby i Tony, z kubkami gorącej kawy w dłoniach, jakby szykowali się na nadchodzącą burzę.

– Dobry pomysł – mówi zachęcająco Ruby, kiedy informujemy, że wybieramy się na przejażdżkę, by przewietrzyć głowy, a Harry i ja wiemy, że go udusi, jak pozna prawdę.

Nawet nie biorę ubrań na zmianę. Nie zamierzam zostawać w Lewis. Wybieram się tam tylko z jednego jedynego powodu.

# 57

## *Finn*

Jazda na lotnisko zajmuje ponad godzinę, więc wykorzystuję ten czas, by znaleźć położenie domu Ellen na Lewis. Wiem, że znajduje się przy Pentland Road i pamiętam, jak Layla mi opowiadała, że kiedy w dzieciństwie wybierała się na spacer wraz z Ellen i matką, przystawały przy przeszkodzie dla bydła w postaci rowu przykrytego kratownicą, która znajdowała się tuż pod domem, i bawiły się, przesuwając po prętach kijki. Wspominała też o jakimś pobliskim jeziorze, więc korzystając z Map Google, staram się namierzyć, gdzie mniej więcej może być dom. To niełatwe, ponieważ Pentland Road w pewnym momencie się rozwidla, ale przy lewej odnodze wreszcie odnajduję przeszkodę dla bydła, jezioro i kamienny dom znajdujące się w bliskiej odległości od siebie.

Harry chce wejść ze mną na lotnisko, lecz przekonuję go, by już wracał.

– Bądź ostrożny – mówi i żegna się ze mną mocnym męskim uściskiem. Zachowuje neutralny ton, ale dociera do mnie jego ostrzeżenie i wiem, że to nie ja budzę jego niepokój.

W trakcie podróży niemal odchodzę od zmysłów. Zapuszkowany w samolocie, potem na lotnisku w Glasgow i podczas kolejnego lotu, jestem w stanie myśleć tylko o tym, że Layla nie wróciła, nigdy nie wróciła, już nigdy jej nie zobaczę. Te słowa wciąż krążą mi w głowie – *Layla nie wróciła, nigdy nie wróciła, już nigdy jej nie zobaczę* – i narasta we mnie gniew wobec Ellen. Kiedy wreszcie ląduję w Stornoway, gdzie płytę lotniska smaga deszcz i szaleje porywisty wiatr, mój nastrój, i tak ponury, staje się wręcz grobowy.

Mija kolejna frustrująca godzina, zanim dojeżdżam do małej wioski Marybank i zmierzam w kierunku Pentland Road. Sam jestem sobie winien. Powinienem był pomyśleć o zorganizowaniu samochodu w drodze na lotnisko, zamiast spodziewać się, że wynajmę go natychmiast po przylocie. Krajobraz, najpierw usiany owcami i przysadzistymi domami z białego kamienia, wkrótce staje się smętny i bezlitosny; na bezkresnych torfowiskach nie ma na czym oka zawiesić, a w oddali rysują się posępne, groźne wzgórza pocętkowane gołymi głazami. Nie spotykam po drodze ani jednego pojazdu, co tylko pogłębia wrażenie, że jadę na sam kraniec świata.

Wracam myślami do kluczy. Coś mi tu nie pasuje. Jeśli Layla chciałaby, żeby Ellen miała jeden komplet, na wypadek gdyby przyszła jej ochota przyjechać do St Mary's pod naszą nieobecność, powiedziałaby mi o tym. Nie było powodu, by tego nie robiła; wiedziałaby, że nie miałbym nic przeciwko temu. Więc bardziej prawdopodobne wydaje się, że Ellen ma komplet siostry od czasu jej zniknięcia. Czy Layla wysłała jej klucze po zniknięciu z parkingu? A może – serce mi przyspiesza na tę myśl – wręczyła je osobiście?

Samochód zarzuca w lewo, bo na chwilę tracę nad nim kontrolę, rozkojarzony przez myśl, że jakiś czas po swoim zniknięciu Layla spotkała się z siostrą. Czy to dlatego Ellen nigdy mnie nie pytała, co stało się tej nocy – ponieważ już to wiedziała? Nigdy nie zastanawiała się głośno nad tym, gdzie może przebywać Layla, czy została porwana, czy jest martwa, czy żywa, bo to również wiedziała? Sądziłem, że kieruje nią delikatność wobec moich uczuć – ale czy jej rezerwa nie wynikała z bardziej mrocznych, ukrytych pobudek? Czy Layla wróciła jakoś na Lewis po zniknięciu z parkingu? Czy to dlatego Ellen sprowadziła mnie tutaj, dlatego zostawiła na komputerze link do rozkładu rejsów promów CalMac, ponieważ to tu przebywa Layla?

Z trudem udaje mi się skupiać uwagę na drodze, walczę ze sobą, by nie dać się ponieść emocjom. Przypominam sobie wszystko, co zrobiła Ellen, jej podstępy, tajemnice, kłamstwa. Przez cały czas chciała, bym wierzył, że Layla żyje. Jednak bez względu na to, jak wygląda prawda, jestem pewien, że wie o zniknięciu Layli więcej, niż kiedykolwiek przypuszczałem.

Droga robi się wąska, jednopasmowa, a każdy wstrząs, każdy wybój, napędza wściekłość, która stopniowo wzbiera we mnie, od kiedy zobaczyłem swoje maile do Layli w komputerze Ellen. Poprzez zasłonę deszczu majaczą atramentowe wody jeziora po lewej stronie, czarne trzciny sterczą nad powierzchnią jak trzydniowy zarost. Zwalniam, wypatrując przeszkody dla bydła. Kilka sekund później informują mnie o niej koła, więc wysilam uwagę. Zatrzymuję samochód po drugiej stronie przeszkody. Kiedy wysiadam, czuję kopa adrenaliny.

Rozglądam się, osłaniając oczy przed deszczem. Mniej więcej pięćdziesiąt metrów przede mną, na pagórku po prawej stronie, stoi stary kamienny dom z dachem z blachy falistej miejscami rudawym od starej rdzy. Nawet z tej odległości widzę, że jest opuszczony. Ale i tak idę drogą i wspinam się po nierównej ścieżce, by podejść do budynku, kuląc ramiona z powodu ohydnej pogody. Nie pomyślałem, że może padać, gdy narzuciłem cienki sweter na T-shirt przed wyruszeniem na lotnisko, i teraz jestem już całkiem przemoczony. Kiedy zbliżam się do domu, pogłębia się moje wrażenie, że przybyłem w niewłaściwe miejsce; nie ma tu żadnych śladów życia, światła w oknach. Uświadamiam sobie, że nie widać też nigdzie samochodu Ellen – a sensownie byłoby zaparkować go w tym samym miejscu, w którym ja to zrobiłem, przy przeszkodzie dla bydła – i zdaje mi się, że link do CalMac Ferries mógł być kolejnym podstępem, sztuczką mającą powstrzymać mnie przed odnalezieniem miejsca, w które naprawdę się udała. Ogarnia mnie frustracja i ryczę na całe gardło z wściekłości.

Coś – jakiś dźwięk – sprawia, że staję w miejscu. Znów to słyszę – ciche szczeknięcie.

– Peggy! – wołam.

Drzwi prowadzące do domu, lekko uchylone – teraz to widzę – otwierają się, pchnięte od środka, i Peggy człapie ku mnie.

– Peggy! – Kucam, by mogła polizać mnie po twarzy, mówię, że jest piękna, że za nią tęskniłem, ponieważ w głębi serca zawsze widziałem w Peggy Laylę.

Layla.

– Gdzie jest Ellen, Peggy? – pytam. Ostatni raz ociera się o moją twarz, a potem wyrywa z uścisku.

Idę za nią do domu. Od razu czuję, że jest w nim bardzo zimno. Po prawej jest pokój i przez otwarte drzwi widzę Ellen skuloną na kanapie, okutaną w koc. Musiała słyszeć, że przyjechałem, na pewno słyszała szczekanie Peggy; musi wiedzieć, że tu jestem, ale nie rusza się z miejsca. Po chwili podnosi głowę, jakby dopiero co uświadomiła sobie moją obecność, a wyraz zachwytu na jej twarzy – że udało jej się zaciągnąć mnie aż na Lewis – doprowadza mnie do furii.

Robię krok w jej stronę.

– Przyjechałeś – mówi głosem drżącym z zimna. A może z nerwów.

– Jak mogłaś, Ellen? – pytam ostrym tonem, patrząc, jak Peggy zwija się w kłębek przy jej stopach. Kolejna zdrada. – Jak mogłaś być tak okrutna?

Wyraz radosnego wyczekiwania znika z twarzy Ellen, a ja odczuwam dziką przyjemność, bo przeliczyła się co do mnie.

– Myślałam… – zaczyna łamiącym się głosem.

– Co? – warczę.

– Że przyjechałeś, by sprowadzić mnie z powrotem.

– Sprowadzić cię z powrotem? – patrzę na nią, nic nie rozumiejąc. – Dokąd? – Gapi się na mnie ze skonsternowaną miną. – Do Simonsbridge?

Jej głowa opada. Czy to miało być przytaknięcie?

– Nie przyjechałem, by sprowadzić cię z powrotem, bo cię już nie chcę. Nie po tym, co zrobiłaś. – Wzdryga się, czując mój gniew. – Dlaczego to zrobiłaś, Ellen? Przecież byliśmy szczęśliwi. Mieliśmy się pobrać, na litość boską! Dlaczego ci to nie wystarczało?

– Bo mnie nie kochałeś, nie tak jak Laylę.

Nie zwracam uwagi na bezradność w jej głosie, robię kolejny krok w jej stronę.

– Nigdy nie mógłbym pokochać cię tak, jak kochałem Laylę – mówię, stając nad nią. – Dlaczego musiałaś mi wmawiać, że ona żyje? Wszystko bym mógł ci wybaczyć, ale nie to. Przez ciebie uwierzyłem, że ona żyje.

– Layla żyje – szepcze.

Serce bije mi bardzo mocno.

– Więc gdzie ona jest?

Ellen wysuwa jedną rękę spod koca.

– Tutaj – odpowiada, stukając się z boku głowy.

Parskam ostro śmiechem.

– Jesteś szalona. – Chwytam ją za ramiona, przysuwam swoją twarz do jej twarzy. – Powiedz mi, Ellen, skąd miałaś klucze Layli? – Nie odpowiada, więc nią potrząsam. – Skąd miałaś te klucze? – powtarzam, tym razem głośniej.

– Dała mi je.

– Kiedy? – warczę. – Zanim zniknęła czy potem?

– Potem.

– Czy przyjechała na Lewis, Ellen? Czy Layla przyjechała na Lewis?

Oczy zachodzą jej łzami.

– Tak – szepcze.

Mam urywany oddech. Bądź ostrożny, ostrzega mnie jakiś głos. Pamiętaj, że ona kłamie.

– Więc jak się tu dostała? Jak dostała się tutaj z Francji?

Znów ta skonsternowana mina. Nadal trzymam jej ramiona, więc podnoszę ją, by stanęła. Zatacza się na mnie i muszę się powstrzymać, by jej nie odepchnąć.

– Odpowiedz, Ellen! Jak Layla dostała się z Francji na Lewis?

– Jakaś pani ją zabrała. – Głos jej drży. – Później ukryła się w przyczepie turystycznej, a potem ktoś ją podwiózł, wreszcie wsiadła na prom, a na końcu szła.

– Kłamiesz! Nie było żadnej pani!

– Była. – Ellen kiwa dłonią. – Prowadziła samochód.

– To był mężczyzna!

– Nie, nie. – Znów energicznie kręci głową. – Jakaś pani.

Gapię się na nią. A może ona ma rację, może dlatego policja nigdy nie odnalazła kierowcy?

– Skoro Layla przyjechała na Lewis – ciągnę – to dlaczego policja jej nie znalazła?

Na jej twarzy pojawia się przebiegły wyraz.

– Ukrywała się.

– Gdzie?

– Tutaj.

– Dlaczego? Czemu się ukrywała?

– Żeby jej nie znalazł.

– Kto?! – krzyczę, nagle przerażony.

– On. – Czekam. – Nasz ojciec.

A więc nie ja. Patrzę na nią surowo, ledwie ją rozpoznając. Zastanawiam się, czy jest szalona, czy tylko bardzo sprytna.

– Jak długo pozostała w ukryciu?

Ellen się na to uśmiecha.

– Na zawsze.

Ten uśmiech przejmuje mnie grozą.

– Czy Layla nie żyje, Ellen?

Wydaje z siebie dziwny dźwięk, ni to śmiech, ni to szloch.

– Prawie.

Ogarnia mnie przerażenie.

– Gdzie jest Layla, Ellen?

Rzuca szybkie spojrzenie na drzwi i zanim zdołam ją powstrzymać, wyrywa się z mojego uścisku i wybiega z pokoju.

– Ellen! – Własny ryk rozrywa mi uszy. Rzucam się w pogoń. – Ellen!

Zapadł już zmierzch, który przywlókł ze sobą ciemne niebo. Wiatr smaga mnie po twarzy, kiedy biegnę za Ellen, grunt pod stopami zrobił się grząski. Doganiam ją przy kamiennym murku, chwytam za ramię, ciągnę i obracam twarzą ku sobie.

– Gdzie jest Layla?! – krzyczę, słysząc, że Peggy, która stoi za mną, warczy, a przecież nigdy tego nie robi. – Mów, gdzie ona jest! – Potrząsam Ellen tak mocno, że nie może odpowiedzieć, ale nie jestem w stanie się powstrzymać, nie mogę opanować furii, ponieważ w głębi duszy pragnę ją zabić. – Gdzie Layla?

– Finn, nie! – wrzeszczy.

Coś w jej głosie mnie powstrzymuje i przestaję nią potrząsać. Odpycham ją na oślep. Krzyczy, słyszę łomot... nie, raczej trzask, odgłos czaszki uderzającej o kamień. Nic nie widzę, mgła jest zbyt gęsta, nie ta w powietrzu, lecz w moich oczach. Unoszę twarz ku niebu, pozwalając, by obmył ją deszcz, oddech mam urywany, za wszelką cenę staram się opanować. Wreszcie mi się to udaje, opuszczam głowę, otwieram oczy. Kiedy odzyskuję ostrość widzenia, mój wzrok pada na Ellen, która leży bez ruchu na ziemi. Serce podskakuje mi ze strachu.

– Ellen! – Kucam obok niej, nachylam się, osłaniając ją od wiatru i deszczu. – Ellen!

Mruga powiekami, otwiera oczy. Skórę ma woskową i to nie z powodu deszczu.

– Layla – szepcze. – Layla.

Podkładam jej dłoń pod głowę, unoszę ją nieco, by mogła mnie widzieć.

– Wszystko będzie dobrze – obiecuję z rozpaczą.

– Layla.

– Layli tu nie ma – mówię łagodnie.

Kręci głową. Z nosa wypływa jej strużka krwi.

– Layla – powtarza. – Nie Ellen, Layla.

Patrzy mi prosto w oczy, potem zamyka powieki. Patrzę na nią, mój lęk się wzmaga. Nadal podtrzymując jej głowę, sprawdzam puls na szyi drugą dłonią, palce mi drżą na jej mokrej skórze. Puls jest, ale słaby, bardzo słaby. Peggy skomle w pobliżu.

– Już dobrze, Peggy – uspokajam ją. – Wszystko dobrze

Sięgam do kieszeni, wyjmuję telefon, włączam go. Tak jak się obawiałem, nie ma tu zasięgu. Rozglądam się na boki, wypatruję jakiegoś domu, człowieka, który mógłby pomóc. Nie ma nic ani nikogo, więc biorę Ellen na ręce i zanoszę do samochodu, spieszę się, ale też uważam, by się nie poślizgnąć ani nie potknąć o Peggy, która plącze mi się pod nogami. Otwieram drzwi, kładę Ellen na tylnym siedzeniu, ściągam swój sweter. Kiedy robię z niego prowizoryczną poduszkę, widzę, że dłoń, którą podtrzymywałem głowę Ellen, jest uwalana krwią.

Peggy gramoli się do samochodu i kładzie na podłodze. Zamykam za nią drzwi, znów sprawdzam telefon. Nadal nie ma zasięgu.

Jadę tak szybko, jak się da, tak szybko, jak się odważam, mówię wciąż do Ellen, przekrzykując skrobanie wycieraczek, powtarzam jej, że wszystko będzie dobrze, że nic jej się nie stanie, a jednocześnie gorączkowo rozważam to, co powiedziała. Nie Ellen, Layla. Nie Ellen, Layla.

– Nie. – Ktoś jęczy… nie Ellen, ja. – Błagam, Boże, nie, nie pozwól, żeby tak było, nie pozwól.

Docieram do końca wąskiej drogi i zaczynam jechać szybciej, bo nawierzchnia jest teraz lepsza. Kiedy zbliżam się do Stornoway, słyszę sygnał jakby setki wiadomości przychodzących na komórkę i uświadamiam sobie, że złapałem zasięg. Szybko się zatrzymuję, by zadzwonić po pomoc. Mam nieodebrane telefony od Harry'ego, Ruby i Tony'ego, esemesy, w których proszą, bym zadzwonił, ale ignoruję to wszystko i odwracam się, by sprawdzić, co z Ellen. Serce podskakuje mi gwałtownie, ponieważ ma trupio bladą twarz i jest nieruchoma, zbyt nieruchoma. Rzucam telefon na siedzenie pasażera i wychylam się na tył samochodu, chwytam Ellen za rękę i niezdarnie szukam pulsu. Nie mogę go znaleźć i zmuszam się do spokoju, powstrzymując drżenie palców; próbuję jeszcze raz wymacać puls. Nadal nic nie wyczuwam. Puszczam nadgarstek Ellen, otwieram gwałtownie drzwi, a kiedy wysiadam, powiew wiatru rzuca mnie na bok samochodu. Otwieram tylne drzwi, nachylam się nad Ellen, osłaniając ją od deszczu, i tym razem szukam pulsu na szyi, modląc się, by znaleźć choćby słabiutki, który potwierdzi, że ona nadal żyje. Ale sweter pod jej głową sygnalizuje coś innego, już nie jest splamiony, lecz przesiąknięty krwią. Wyrywa mi się kolejny jęk. Dzwoni mój telefon, więc sięgam na siedzenie z przodu i machinalnie odbieram, nie spuszczając wzroku z twarzy Ellen.

– Finn, dzięki Bogu! Słuchaj, Finn – Harry pospiesznie wyrzuca z siebie słowa – musisz zajrzeć do poczty. Wysłałem ci coś, co znalazłem w komputerze Ellen. Musisz to przeczytać, słyszysz? Musisz przeczytać, zanim spotkasz się z Ellen! Finn! Finn, jesteś tam?

Rozłączam się. Spóźnił się z tym. Muszę zadzwonić po karetkę. Ale jest za późno, o wiele za późno. Osuwam się na drogę. Ellen nie żyje. Te słowa tłuką mi się po głowie. Ellen nie żyje, Ellen nie żyje. Ellen, nie Layla. Nie Layla. Błagam, Boże, nie Layla. Niech to będzie Ellen. Jeśli zabiłem Ellen, potrafię to znieść.

Chociaż już wiem. Jeszcze zanim zajrzę do maila, który przysłał mi Harry, zanim otworzę dołączony plik, już wiem. Lecz i tak czytam.

**Nadal tu jestem. Ellen mnie nie pokonała, nie całkiem. Byłam silniejsza, niż myślała, silniejsza, niż myślałam. Nie odeszła jednak. Wciąż jest w pobliżu, kryje się w cieniu, czuję ją. Ale na razie jest cicha, a kiedy ona siedzi cicho, ja mam jaśniejszy umysł. Więc zamierzam wykorzystać czas, który mi pozostał, żeby napisać do Finna, w razie gdyby wszystko nie ułożyło się tak, jak bym chciała.**

**A więc, Finn, to jest do ciebie. Kiedy znikłam tamtej nocy, nie myślałam o tym, co robię ani dokąd jadę, chciałam tylko uciec jak najdalej od ciebie. Bo sądziłam, że chcesz mnie zabić. Teraz wiem, że nie chciałeś, wiem, że odszedłeś, żeby mnie nie skrzywdzić. Ale wtedy o tym nie wiedziałam. Zrozumiałam to dopiero po przeczytaniu twojego listu.**

**Mężczyzna, z którym się minąłeś, wchodząc do pawilonu z toaletami, nie prowadził samochodu zaparkowanego przed budynkiem; pewnie był kierowcą tira. Za kierownicą samochodu siedziała kobieta i kiedy wybiegłam na drogę dojazdową do autostrady, omal mnie nie przejechała. Zahamowała z piskiem opon obok mnie, a ja otworzyłam drzwi po stronie pasażera i wskoczyłam do środka. Wyglądała na przerażoną, ale z tyłu nadjeżdżał właśnie tir, więc nie miała wyboru, musiała ruszyć.**

Chciała wysadzić mnie na następnej stacji, ale bardzo się bałam, że przyjedziesz tam mnie szukać, więc nakłoniłam tę kobietę, by pojechała dalej, a po kilku minutach dojechałyśmy do kolejnej stacji.

Stojąc na parkingu, bałam się tylko, że za chwilę nadjedziesz. Nie wiedziałam, jak dostanę się do Anglii. Nie miałam przy sobie paszportu, jedynie klucze do domku w St Mary's, ponieważ byłam w dżinsach, które nosiłam w dniu wyjazdu. Zginęła mi nawet matrioszka i domyśliłam się, że wypadła mi, kiedy się ze mną szamotałeś. To zdenerwowało mnie jeszcze bardziej niż brak paszportu, bo była to moja jedyna pamiątka po Ellen.

Postanowiłam, że brakiem paszportu będę się martwić później, a tymczasem spróbuję dostać się do portu. Myślałam jedynie o powrocie na Lewis, co mnie zdziwiło, bo przecież tak rozpaczliwie pragnęłam stamtąd wyjechać. Ale pewnie dom to jednak dom, a poza tym nie miałam gdzie się podziać. Na tyłach stacji benzynowej, na skraju parkingu zauważyłam kilka zaparkowanych kamperów i przyczepę turystyczną. Kampery były niedostępne, ale drzwi przyczepy okazały się otwarte, więc weszłam do środka i po omacku przedarłam się na sam tył.

Musiałam zapaść w sen, bo obudziły mnie głosy, mężczyzny i kobiety, którzy zbliżali się do przyczepy. Potem od razu ruszyliśmy w drogę.

Nikt nie przyszedł sprawdzić wnętrza przyczepy w porcie, ale dwanaście lat temu pewnie nie było powodu, by to robić. Zresztą był środek nocy. Bujanie promu wkrótce ukołysało mnie do snu. Obudziłam się, kiedy wpływaliśmy do portu, a świadomość, że udało mi się w miarę łatwo dostać do Anglii, dodała mi pewności, że uda mi się przebyć jakoś resztę drogi na Lewis.

Kiedy wreszcie zatrzymaliśmy się kilka godzin później, para od razu weszła do swojego domu, pozostawiwszy przyczepę na podjeździe. Zaczęłam myszkować w środku w poszukiwaniu pieniędzy. Wiedziałam, że prawdopodobnie uda mi się dojechać stopem do Ullapool, ale stamtąd będę musiała dostać się promem do Stornoway. W kieszeni spodni znalazłam kilka pogniecionych banknotów, a w czarnej torebce portmonetkę, w której było sześćdziesiąt funtów i kilka monet. W końcu zabrałam całą torebkę, a ponieważ było mi zimno, wzięłam też męską kurtkę. Włożyłam ją na swoją, a na głowę wełnianą czapkę, żeby zakryć włosy.

Był wczesny ranek i pamiętam, że zastanawiałam się, gdzie jesteś, czy wróciłeś do St Mary's, zadowolony, że się mnie pozbyłeś, czy jesteś jeszcze we Francji. Z oddali dobiegał mnie warkot nielicznych samochodów, więc poszłam w tamtym kierunku, w nadziei że ktoś mnie podwiezie. Od razu pomyślałam o Ellen i o tym, jak by się przeraziła, gdyby wiedziała, że zamierzam zrobić coś tak niebezpiecznego. Szloch utknął mi w gardle. Sama nie mogłam uwierzyć w to, że zamierzam wrócić do mężczyzny, który tak brutalnie ją zamordował i porzucił jej ciało na torfowisku. Bo tam właśnie znajduje się Ellen, Finn, na torfowisku. Nigdy jej nie znałeś, poznałeś tylko moją jej wersję.

Mój ojciec był agresywnym tyranem, który tolerował Ellen, a mnie nienawidził. Jedynie matka potrafiła go kontrolować, a kiedy zmarła, nasz świat, i tak już najeżony trudnościami, zamienił się w koszmar. Z powodu charakteru ojca żyliśmy na Lewis w prawie całkowitej izolacji. Chociaż Ellen i ja chodziłyśmy do szkoły, nie miałyśmy przyjaciół. Byłyśmy dziwaczkami, pochodziłyśmy z rodziny żyjącej na marginesie społeczeństwa. Na pogrzebie matki było nas czworo, ojciec, ja, Ellen i nauczycielka ze szkoły.

Kiedy zmarła mama, Ellen miała szesnaście lat, a ja piętnaście. Ellen już nigdy nie wróciła do szkoły i nikt nie przyszedł jej szukać. Przejęła matczyne obowiązki, dbała o mnie i o ojca. Śmierć mamy wywarła na mnie silny wpływ. Coś trzasnęło mi w głowie, jakby pękła jakaś gumka. Nie przyjmowałam do wiadomości, że mama nie żyje, rozmawiałam z nią, a potem odpowiadałam jej głosem.

– Czy możemy zjeść makaron na kolację? – pytałam.

– Tak, oczywiście – odpowiadałam głosem matki, zanim zdążyła to zrobić Ellen.

Doprowadzało to ojca do furii, więc Ellen błagała, żebym rozmawiała z mamą tylko wtedy, gdy go nie będzie w pobliżu. To był jednak mój mechanizm obronny i nie byłam w stanie się przed tym powstrzymać, tak jak ojciec nie umiał przestać pić. Przejęłam nawyki matki, a wreszcie dzieliła ze mną moją głowę. Co do szkoły, przestałam do niej chodzić, i mnie również nikt nie przyszedł szukać. Zbyt bano się naszego ojca.

Przed śmiercią mama dała Ellen pudełko z pieniędzmi podbieranymi z portfela ojca, kiedy był zbyt pijany, by to zauważyć. To był jej prezent dla nas, bilet umożliwiający ucieczkę od ojca. Miałyśmy wyjechać razem, jak dozbieramy dość pieniędzy. Ellen zaczęła liczyć, ile nam potrzeba na dotarcie do Londynu. Chciałam, żebyśmy wyjechały, jak tylko skończę szesnaście lat, ale Ellen zamierzała zaczekać, aż będę miała osiemnaście. Myślałam o Londynie jako o wielkiej przygodzie, lecz ona zachowywała ostrożność. Może nie byłyśmy szczęśliwe w miejscu, w którym mieszkałyśmy, ale przynajmniej byłyśmy względnie bezpieczne. Dopóki nie zrobiłyśmy czegoś, co zdenerwowało ojca. Kiedy był w pobliżu, Ellen trzymała się na widoku, a ja schodziłam mu z oczu. Jeśli nie widział Ellen, wzywał ją wrzaskiem, zawsze chciał wiedzieć, gdzie jest. Na mój widok wrzeszczał, żebym się wynosiła. Nie wiedziałam, dlaczego mnie tak nienawidzi, ale nic mnie to nie obchodziło, nie zniosłabym, gdyby mnie choćby tolerował.

Ellen zamierzała uzbierać tysiąc funtów. W pudełku było ponad siedemset, kiedy mama dała je Ellen i prawie trzy lata zabrało nam uzbieranie reszty. Do tego czasu ojcu znacznie pogorszył się wzrok, ale nie chciał nic z tym robić. Często, gdy zapadał zmierzch, miałam ogromną frajdę z tego, że zostawiałam porozrzucane w różnych miejscach przedmioty, w nadziei że ojciec się o nie potknie, a może nawet upadnie i roztrzaska głowę o kamienną podłogę. Nie udało się jednak i zaczęłam rozpaczliwie pragnąć stamtąd wyjechać. Chciałam spędzić Boże Narodzenie w Londynie, ale Ellen uważała, że byłoby niewłaściwe zostawiać ojca przed sylwestrem. Sądziłam, że możemy wyjechać, nic mu nie mówiąc – ale ona uważała, że tak się nie godzi. „Jest, jaki jest, ale to jednak nasz ojciec" – powiedziała. Poza tym uważała, że gdybyśmy ot tak, po prostu zniknęły, mógłby wezwać policję, a ta zmusiłaby nas do powrotu. Wątpiłam, by to zrobił, a także w to, że policja kazałaby nam do niego wrócić, ale jeśli istniało najmniejsze ryzyko, że coś takiego mogłoby się zdarzyć, nie chciałam go podejmować. Zgodziłam się odłożyć wyjazd i to kosztowało Ellen życie.

To była moja wina. Tydzień przed Bożym Narodzeniem ojciec wpadł we wściekłość, kiedy Ellen powiedziała, że zabrakło mleka do herbaty. Zaczął się na nią wydzierać jak nigdy przedtem, obrzucał najgorszymi wyzwiskami, jakie mu przychodziły do głowy. Nieświadoma tego, co robię, zaczęłam krzyczeć na niego głosem matki, przeklinałam go tak, jak ona by się nie odważyła, mówiłam, że jest tyranem i leniwym nieudacznikiem, że cieszy się, bo go opuszczamy.

– Powinnyście wyjechać już teraz! – powiedziałam do Ellen głosem matki. – No, dalej, zabieraj Laylę, dopóki jeszcze nie jest za późno!

Nie wiem, czy rzeczywiście uwierzył, że planujemy wyjazd, ale rzucił się na mnie z podniesioną ręką. Kiedy próbowałam mu umknąć, powalił mnie jednym ciosem. Leżałam skulona na podłodze, a on nachylił się nade mną i zaczął okładać mnie pięściami. Osłaniałam się, jak mogłam. Nagle usłyszałam głośny trzask, a potem jęk ojca. Spojrzałam w górę i zobaczyłam Ellen, która trzymała łopatę zabraną sprzed drzwi. Nawet z podłogi widziałam morderczy wyraz w mętnych oczach ojca i krzyknęłam do Ellen, by uciekała. Nie miała z nim jednak szans. Bez trudu wyrwał jej łopatę i trzasnął nią Ellen. Wywróciła się jak kręgiel i roztrzaskała sobie głowę o kamienną podłogę, a kiedy krew wyciekała z jej czaszki, ojciec dalej tłukł ją łopatą, aż zamieniła się w krwawą miazgę. Wtedy rzucił łopatę, zgarnął martwe ciało i wyniósł je z domu, zostawiając za sobą krwawy ślad.

Nie ruszałam się. Sparaliżowana szokiem, nawet się nie rozpłakałam. Leżałam w tej samej pozycji, skulona na podłodze, z rękami nad głową. Nie wiem, ile czasu minęło, zanim ojciec wrócił.

– Niech to będzie nauczka dla ciebie – powiedział, stając nade mną. – Spróbuj tylko wyjechać, a skończysz na torfowisku jak twoja siostra. Idź spać.

Nie zrobiłam tego, bo nie byłam w stanie się ruszyć, więc szarpnął mnie za rękę do góry, zawlókł do pokoju i wepchnął do środka.

Kolejne kilka dni pamiętam jak przez mgłę. Przejęłam obowiązki Ellen i wykonywałam wszystko jak automat, niemal bezwiednie gotowałam i sprzątałam. Wiedziałam, że kiedyś będę musiała przebrnąć przez ten szlam w swoim umyśle, ale na razie był przydatny, bo mogłam nie dopuszczać do świadomości tego, co stało się z Ellen. Mogłam udawać, że tylko na jakiś czas wyjechała, tak samo jak robiłam po śmierci mamy.

Szlam wreszcie jakby opadł i odzyskałam jasność umysłu na tyle, by wiedzieć, że muszę uciekać. Nie było to trudne – wyjechałam w środku nocy, kiedy ojciec był pijany. Całą drogę do Stornoway przeszłam pieszo i tam za pieniądze z pudełka kupiłam bilet na prom do Ullapool, a potem na pociąg do Londynu.

Byłam tak naiwna, kiedy przyjechałam. Niczego wcześniej nie zaplanowałam, działałam jeszcze w szoku. Nie wiem, co by się ze mną stało, gdybyś mi nie pomógł. Nie byłam w stanie pogodzić się ze śmiercią Ellen. Dlatego wysyłałam do siebie pocztówki, niby od niej. Były to widokówki z Lewis, kupione przez Ellen w sklepie w Stornoway, które miałyśmy zabrać ze sobą, wyjeżdżając, by przypominały nam, gdzie spacerowałyśmy z mamą. Kupiłam też sobie kartkę urodzinową i kartkę na Boże Narodzenie, a kiedy odczytywałam ci je na głos, szczerze wierzyłam, że są od Ellen.

Dzięki tobie poczułam się taka bezpieczna, taka kochana, że szybko się w tobie zabujałam. Ale skoro naprawdę cię kochałam, to jak mogłam przespać się z kimś innym? Nadmiar alkoholu był tylko jedną z przyczyn. Drugą było tempo, w jakim rozwijała się nasza znajomość. Przyjechałam do Londynu, by czerpać doświadczenia życiowe, a tymczasem ustatkowałam się. Koleżanki żartowały sobie z tego tamtej nocy, a jak wyciągnęły ode mnie, że kiedy cię poznałam, byłam jeszcze dziewicą, były zszokowane; mówiły, że mogę nigdy się nie dowiedzieć, czym jest seks z kimś innym. Nie zamierzam ich o to winić, ale wiedziałam, że próbują mnie upić i napuszczają na mnie tego faceta – nawet nie pamiętam jego imienia. I nagle miałam na niego ochotę, chciałam z nim iść do łóżka. Teraz brzmi to strasznie, ale byłam młoda i głupia, i w końcu zapłaciłam za swoją głupotę. Straciłam ciebie.

Gdyby ktoś mi powiedział wcześniej, że po piętnastu miesiącach od wyjazdu wrócę do Lewis i będę się opiekowała ojcem, którego tak się bałam, uznałabym go za wariata. Jazda autostopem do Ullapool zajęła mi dwa dni. Nikt na promie do Stornoway mnie nie rozpoznał – bo niby dlaczego miałoby być inaczej? Ellen i ja nie byłyśmy znane pośród miejscowych. Zresztą ukryłam swoje rude włosy pod czapką i miałam na sobie ubrania, których normalnie bym nie nosiła, więc nie przypominałam dawnej siebie.

Kiedy szłam Pentland Road do domu, modliłam się, by ojciec zdążył już zapić się na śmierć, umarł na raka albo w wyniku komplikacji pocukrzycowych. Tak się nie stało, ale przekonałam się na własne oczy, jak w ciągu stosunkowo krótkiego czasu w umyśle i ciele człowieka mogą zajść takie spustoszenia, że trudno go rozpoznać. Pierwszych podejrzeń z tym związanych nabrałam, kiedy pchnęłam drzwi i weszłam w korytarz.

– Ellen, to ty?! – usłyszałam jakiś głos i dopiero po chwili zorientowałam się, że to ojciec, a nie ktoś obcy, jak pomyślałam w pierwszej chwili. Wzięłam głęboki oddech, weszłam do pokoju po prawej i ujrzałam człowieka, którego ledwie rozpoznałam. Ojciec tak wychudł, że została z niego połowa.

– Ellen? – powtórzył, wychylając się w fotelu, a ja po sposobie, w jaki mrużył oczy, domyśliłam się, że nie jest w stanie mnie rozpoznać.

Ucieszyłam się, bo zdawałam sobie sprawę, że jeśli zdołam go przekonać, że jestem Ellen, będzie mi łatwiej. Ale przecież wiedział, że Ellen nie żyje, na pewno pamiętał, że ją zabił, pomyślałam.

– Tak, to ja – powiedziałam, przybierając łagodniejszy ton, jakim mówiła Ellen. Cieszyłam się, że nie widzi, jak się trzęsę, bo na jego widok powrócił dawny lęk.

Opadł z ulgą na oparcie fotela.

– To zrób mi herbaty.

Uciekłam do kuchni, zastanawiając się, czy to nie podstęp z jego strony: dobrze wie, że jestem Laylą, a tylko ze mną igra. Kiedy jednak otworzyłam pierwszą szafkę w kuchni, zrozumiałam, że on nawet nie jest w stanie o siebie zadbać, a co dopiero bawić się w jakieś gierki. Szafki świeciły pustkami, znalazłam w nich tylko herbatę i dużą torebkę płatków owsianych, w zlewie piętrzyły się brudne naczynia. Gdy czekałam, aż zagotuje się woda w czajniku, podeszłam do drzwi jego sypialni i otworzyłam je pchnięciem. Po odorze domyśliłam się, że ojciec nie zmieniał pościeli od wielu miesięcy i nie kontroluje czynności fizjologicznych.

Zaniosłam mu herbatę. Była czarna, a kiedy przypomniałam sobie, że brak mleka do herbaty doprowadził do śmierci Ellen, zaczęła mi się trząść ręka.

– Gdzie się podziewałaś? – spytał.

– Byłam w Edynburgu – odpowiedziałam, nie mogąc się nadziwić, że naśladowanie głosu Ellen nie sprawia mi żadnego trudu.

Odchrząknął pod nosem.

– Ta twoja siostrunia też się wyniosła.

– Pojechała do Londynu – wyjaśniłam, zdając sobie sprawę, że nie tylko stracił wzrok z powodu cukrzycy, ale również nastąpiły zmiany w mózgu od alkoholu albo przez raka. Nie było mi go żal, czułam jedynie ulgę.

Następnego dnia ścięłam włosy do ramion, bo takie miała moja siostra. Musiałam je jeszcze przyciemnić, więc kiedy pojechałam starym rowerem Ellen do miasteczka po farbę do włosów i jedzenie, miałam na sobie jej ubrania i chustkę na głowie.

Zdałam sobie sprawę, że jestem poszukiwana, dopiero gdy zobaczyłam notatkę w gazecie porzuconej na ławce przed supermarketem, mniej więcej tydzień po powrocie na Lewis. Wpadłam w panikę. Nie wspomniano o tym, że pochodzę z Lewis; w gazecie była mowa tylko o Londynie. Kilka dni później zjawili się jednak policjanci, a wkrótce po nich dziennikarz. Trzęsłam się ze strachu, że ktoś się dowie, że jestem Laylą, ale ponieważ ojciec wołał do mnie „Ellen" i domagał się wyjaśnień, pytali mnie tylko o to, kiedy ostatnio miałam kontakt z siostrą, i prosili, bym dała znać, jeśli się ze mną skontaktuje. Najdziwniejsze było to, że ja już czułam się Ellen, więc nie miałam trudności z mówieniem o Layli jako o swojej siostrze. Zresztą wcale nie chciałam być Laylą. Wstydziłam się, że zmarnowałam szansę na lepsze życie. Nie zasługiwałam na to, by istnieć.

Dziennikarz nie zabawił u nas długo; zanim ojciec kazał mu się odpieprzyć, poinformował go jedynie, że Layla była „latawicą". Później, gdy przeczytałam w gazecie, że rzekomo mi się oświadczyłeś, byłam zła i przybita. Rozumiałam, dlaczego nie powiedziałeś im prawdy – gdybyś to zrobił, policja uznałaby, że zabiłeś mnie w napadzie furii. Ale byłam wściekła, że skłamałeś, a patrząc na zdjęcia pojawiające się w prasie, myślałam, że symulujesz cierpienie. Ucieszyłam się jednak, kiedy dowiedziałam się od Tony'ego, że nie zostały wniesione przeciwko tobie żadne oskarżenia. Teoria, że zostałam uprowadzona, całkiem mi odpowiadała. Napisałam więc do ciebie jako Ellen, że wiem, że nie skrzywdziłbyś mojej siostry, bo chciałam się przekonać, co odpowiesz, czy wyznasz prawdę o naszej kłótni i czy masz wyrzuty sumienia. Ale ty pisałeś tylko o tym, jaki byłeś ze mną szczęśliwy. Wiedziałam, że nie mogę pozwolić ci odejść, nie całkiem, więc byłam wdzięczna za strzępy informacji, które dostawałam od Tony'ego, gdy kontaktował się ze mną, by powiadomić mnie o postępach w śledztwie.

Gdy zasugerował ceremonię dla upamiętnienia Layli, zdążyłam niemal zapomnieć, że kiedyś nią byłam. Ojciec nie żył już niemal od roku, a ja dzięki sprzedaży kilku działek, które posiadał przy Pentland Road, wynajmowałam wygodne mieszkanie w Edynburgu. Drżałam wewnętrznie na myśl o tym, że cię zobaczę, martwiłam się, że to sprowadzi Laylę z powrotem stamtąd, gdzie ją pogrzebałam, chociaż już na dobre zamieszkałam w skórze Ellen. Przejęłam jej nawyki i gesty z równą łatwością, z jaką wcześniej naśladowałam mamę. Kiedy jadłam, mówiłam, chodziłam, stałam, byłam Ellen. Kiedy spałam, to na plecach, z jedną ręką nad głową, a nie zwinięta w kłębek jak Layla. Myślałam jak Ellen, śmiałam się jak Ellen, uśmiechałam się nie tak szeroko jak Layla, bo Ellen była poważniejsza. Jednak coś w głębi mnie – może pozostałości Layli – pragnęło uczestniczyć w tej ceremonii.

Pamiętasz, że ledwie na mnie wtedy spojrzałeś? Gdybyś to zrobił, może dostrzegłbyś we mnie Laylę. Lecz nie zrobiłeś tego. Ona cię jednak widziała. Pragnęła cię dotknąć, ucałować zmarszczki w kącikach twoich oczu, przygładzić dłońmi włosy, tak jak zawsze robiła. I później, kiedy wróciłam do Edynburga, nie chciała zostawić mnie w spokoju. Czułam, jak usilnie próbuje powrócić, chce znów być częścią twojego życia. Więc przypomniałam jej o tym, co zrobiła, jak cię zdradziła. Nie przyjąłby cię z powrotem, mówiłam z pogardą. Ale ty mogłabyś go mieć, podpowiedziała przebiegle, a ja aż podskoczyłam, ponieważ od dawna nie słyszałam jej głosu. Mogłabyś mieć Finna. Zadrżałam na samą myśl o tym, bo przecież Finn był brutalny, tak jak nasz ojciec. Jeśli staniesz się doskonała, jeśli nigdy nie zrobisz nic, by go rozzłościć, może być twój, przekonywała mnie. A ty nie będziesz miała nic przeciwko temu? – spytałam. Odejdziesz i nigdy nie wrócisz, zostawisz mnie w spokoju, pozwolisz być Ellen? Tak, powiedziała. Jeśli przyrzekniesz, że będziesz go kochała, będziesz się o niego troszczyć.

Byłam podekscytowana perspektywą, że mogę cię odzyskać. Nie chciałam spędzić reszty życia samotnie. Ale wiedziałam, że to będzie długi proces i że próba może się nie powieść. Zaczęłam od podtrzymywania kontaktu z Harrym i czekałam, aż moja przyjaźń z nim rozkwitnie; podwoiłam też wysiłki, by rozwinąć swoją pączkującą karierę ilustratorki. Po osiemnastu miesiącach wydeptywania chodników Edynburga, Glasgow i Londynu z teczką rysunków pod pachą udało mi się wreszcie zdobyć agenta z Finsbury i gdy tylko wiedziałam, że będę w Londynie, powiadamiałam Harry'ego. Tymczasem ty zacząłeś znów u niego pracować i w trakcie tygodnia mieszkałeś w waszym dawnym mieszkaniu, więc Harry i ja spotykaliśmy się w barze w moim hotelu. Myślę, że było mu mnie żal: że wiodę takie życie i nie mam rodziny.

Pewnego dnia, gdy miałam podwinięte rękawy, zauważył, że mam taką samą skórę jak Layla. Od razu wiedziałam, że chodzi mu o piegi; te na twarzy nie były widoczne pod makijażem, ale to było dla mnie ostrzeżenie, że nadal noszę fizyczne ślady obecności Layli. Co by się stało, gdybyś zobaczył mnie bez makijażu? Przez kolejne pół roku poddawałam się zabiegom laserowym dla wyrównania odcienia skóry. O kształt ciała się nie martwiłam – po latach skromnego życia z ojcem ważyłam prawie dziesięć kilo mniej niż kiedyś. Z oczami niewiele mogłam zrobić, ale zamiast nakładać tusz i przyciemniać brwi, zaczęłam je barwić na stałe, żeby wyglądały inaczej.

Wreszcie Harry zaczął mi proponować, bym zatrzymywała się w waszym mieszkaniu za każdym razem, gdy przyjeżdżałam z Edynburga. Na początku trzymałeś się na dystans, ale po piątej czy szóstej wizycie odprężyłeś się, a kiedy zaczęliśmy rozmawiać o jazzie, zauważyłam, że wzbudziłam twoje zainteresowanie. Potem zaprosiłeś mnie do Simonsbridge na weekend, bym poznała Peggy, bo mówiłam ci, że uwielbiam psy. A Peggy było tak łatwo pokochać, że wyzbyłam się lęku Layli przed psami.

Wiedziałam od Harry'ego, że jesteś w związku z Ruby, zauważyłam jednak, że ona jest bardziej zakochana od ciebie. To mnie zmobilizowało, by ruszyć sprawy do przodu. Więc któregoś wieczoru pocałowałam cię i wylądowaliśmy w łóżku.

Byliśmy ze sobą szczęśliwi. Poczułam się jak w siódmym niebie, gdy mi się oświadczyłeś, bo pamiętałam, że Layli nie poprosiłeś o rękę. Byłam ciekawa, czy zamierzałeś to kiedyś zrobić, ale zaprzeczyłeś, a ja byłam zadowolona, bo to znaczyło, że mnie kochasz bardziej niż ją. Layla nie była jednak szczęśliwa z powodu naszego zbliżającego się ślubu. Zaczęłam się niepokoić, bo coraz bardziej dawała mi odczuć swoją obecność. Martwiąc się, że możesz chcieć sprzedać domek w St Mary's, zapragnęła zobaczyć go po raz ostatni. Sprzeciwiałam się, ale nie dawała za wygraną, więc pomyślałam, że jeśli jej to umożliwię, dam jej tę jedną rzecz, będę w stanie pochować ją raz na zawsze. Tylko że ponowne ujrzenie domku przyniosło odwrotny efekt. Nie dość, że nie zgodziła się odejść, to jeszcze chciała, byś dowiedział się, że wróciła. A potem znalazła list, w którym prosiłeś ją o rękę, i pierścionek. I zaczęła się walka o ciebie.

Muszę już ruszać w drogę. Nie wiem, jak to wszystko się skończy, czy mnie odnajdziesz, czy sprowadzisz mnie z powrotem. Ale gdybyś tego nie zrobił, chcę, żebyś wiedział jedno. Zawsze cię kochałam, Finn.

Obie cię kochałyśmy.

# EPILOG

## *Finn*

Sprowadziłem Laylę z powrotem. Zawiozłem ją do St Mary's, by pochować na miejscowym cmentarzyku. W czasie pogrzebu miałem kajdanki, połączone z ręką policjanta, ale przynajmniej byłem obecny – dzięki Harry'emu, który znowu pociągnął dla mnie za różne sznurki. Chciał próbować pomóc mi wywinąć się z zarzutu nieumyślnego spowodowania śmierci, ale mu nie pozwoliłem. Zresztą Layla miała na rękach siniaki, dowód na to, że ją mocno chwyciłem, potrząsałem nią, a wreszcie pchnąłem.

Jestem przetrzymywany w samotnej celi, pod obserwacją, jako potencjalny samobójca i mam mnóstwo czasu na rozmyślania, co by mogło się zdarzyć, gdybym tylko zrozumiał, o co chodzi. Zasłużyłem na samotne życie. Rezygnuję z odwiedzin Harry'ego, Ruby i Tony'ego. Jedynym pocieszeniem jest dla mnie to, że Peggy jest kochana i ma dobrą opiekę Pod Kawką.

Myślałem, że najgorzej jest nie wiedzieć. Nie wiedzieć, co się stało z Laylą, nie wiedzieć, gdzie ona jest, czy żyje, czy jest martwa. Ale wiedzieć jest znacznie gorzej; wiedzieć, ile musiała wycierpieć, wiedzieć, że ją zawiodłem, wiedzieć, że w końcu ją zabiłem. Najbardziej jednak dręczy mnie ta oto myśl: gdybym naprawdę kochał Laylę, na pewno wszędzie bym ją rozpoznał.

# Podziękowania

Wygląda na to, że im więcej książek piszę, tym liczniejsza jest grupa osób, którym należą się podziękowania. Jak zawsze na szczycie listy są niezwykle utalentowane Camilla Wray i Sally Williamson – pierwsza jest moją agentką, druga redaktorką. Bez ich entuzjazmu, wsparcia i nieskończonej cierpliwości nie spełniłabym swego marzenia o zostaniu pisarką. Nigdy nie będę w stanie im wystarczająco podziękować. Naprawdę są najlepsze. Ogromne podziękowania składam również niezwykłym Lisie Milton i Kate Mills.

Jestem również zobowiązana pozostałym członkom zespołu Darley Anderson i HQ, którzy pracują niestrudzenie, by moje książki docierały do jak najszerszego kręgu odbiorców, zarówno w Wielkiej Brytanii, jak i za granicą. Przykro mi, że nie mogę wymienić wszystkich z nazwiska, ponieważ lista byłaby zbyt długa. Ale wiecie, o kogo chodzi!

Miałam w tym roku wielką przyjemność poznać niektórych wydawców w innych krajach i brać udział w festiwalach książkowych na całym świecie. Dziękuję za zaproszenie i za to, że dzięki Wam tak przyjemnie spędziłam czas. Specjalne podziękowania dla wydawców w Stanach Zjednoczonych, St Martin's Press, w szczególności dla Sally Richardson, Jennifer Weis i Lizy Senz, oraz dla moich wydawców we Francji – Bertranda Pirela i Marie Dêcreme z Hugo et Cie.

Wielkie podziękowania dla nieznanych bohaterów branży książkowej – blogerów i czytelników oraz bibliotekarzy, których wsparcie jest takie ważne. Dziękuję, że kupujecie moje książki, że je czytacie, polecacie, dziękuję za recenzje. Bez Was nie dałabym rady.

Dziękuję kolegom pisarzom, których wielu spotkałam w tym roku i którzy stali się dla mnie wspaniałymi przyjaciółmi. To prawdziwa przyjemność omawiać wszelkie kwestie związane z książkami przy lunchu albo herbacie. Dziękuję również swoim przyjaciołom spoza świata książek, zarówno w Wielkiej Brytanii, jak i Francji, za to, że zawsze są zainteresowani i dają mi wsparcie.

Szczególne podziękowania należą się Ninie Phipps z wyspy Lewis na Hebrydach Zewnętrznych, która uprzejmie zasugerowała, że Pentland Road nadawałaby się na umiejscowienie domu, w którym wychowała się Layla. Dziękuję również Dominique Oddon, która służyła mi fachowymi poradami psychologicznymi dotyczącymi zaburzeń osobowości.

I na końcu, ale nie mniej serdecznie, pragnę podziękować swojej Rodzinie. Przede wszystkim ukochanym córkom: Sophie, Chloe, Celine, Eloise i Margaux za to, że są moimi pierwszymi czytelniczkami i że pozwalają mi gadać do znudzenia o swoich książkach. Calumowi – za bezustanne wsparcie i za to, że nadal mnie codziennie rozśmiesza, a to nie lada wyczyn po trzydziestu pięciu latach małżeństwa. Moim Rodzicom za to, że nadal tu są, mając dziewięćdziesiąt cztery i osiemdziesiąt siedem lat, i mogą czytać moje kolejne książki – jedz dalej tę owsiankę, Tato! Dziękuję Christine, najlepszej siostrze na świecie, i mojej najlepszej przyjaciółce. Dziękuję braciom – Kevinowi, Francisowi, Philipowi i Dominicowi – za to, że zawsze pytają o moje pisarstwo, ze specjalnym uwzględnieniem Francisa, który ofiarowuje mi najlepszą i najbardziej satysfakcjonującą rzecz na świecie – ten się śmieje, kto się śmieje ostatni. Dzięki, Frank!

*Polecamy powieść B.A. Paris*

KIEDY TWOJA GŁOWA JEST NAJGORSZYM WIĘZIENIEM.

Wszystko zaczęło się tamtej nocy w lesie. Cass Anderson nie sprawdziła, czy samotna kobieta siedząca w samochodzie zaparkowanym na odludziu nie potrzebuje pomocy. A teraz okazało się, że kobieta została zamordowana.

Od tamtej pory Cass nie może się pozbierać. Nękana wyrzutami sumienia i głuchymi telefonami, zaczyna popadać w obłęd. Coraz częściej nie może sobie przypomnieć, czy zażyła lekarstwa, jaki jest kod do alarmu i czy leżący na blacie nóż na pewno nie był pokryty krwią...

**A skoro nie może zaufać sobie, to czy może ufać komukolwiek?**